エロゲーの悪役に転生したはずなのに
気付けば攻略対象者になっていた

Characters
{登場人物紹介}
ザガン
転生者で、Sランク冒険者。
元ブレイディ伯爵子息。
闇属性として孤独な人生を
送ってきた。とにかく強い。
リュカ
ソレイユ王国、第二王子。
エロゲ主人公で、光属性。
超イケメンの高身長。
ザガンに対してのみ激甘になる。

「リュミエール～星の欠片を求めて～」のヒロイン達
ニナ
風属性の元盗賊。元孤児でスラム街育ち。明るくて前向き。
ミランダ
火属性の冒険者。豪快で格好良いが、乙女な面もある。
ノエル
ブレイディ伯爵息女で、聖属性の見習い騎士。リュカの幼馴染。とにかく正義感が強い。
ベネット
水属性の料理人。気弱な、男の娘。感受性豊かで涙脆い。
カミラ
天才錬金術師。火と水の二属性。少女姿だが35歳↑。聡明で冷静沈着。
シンディ
司書。土属性。ゆるふわお姉さん。大の読書好き。

目次

エロゲーの悪役に転生したはずなのに
気付けば攻略対象者になっていた

1.

「ん、ぁん……ん、……ふぁ、ん……？　ん、ん……あっ？」

なんだ、何が起こっている？

何かが中に埋まっている感覚がする。奥までいっぱいにされて、侵食されていて、それがとてつもなく気持ち良い。腰の中からゾクゾクと快楽が湧き上がり、身体が震えている。

なんだこれは。訳がわからない。

埋まっているもので、くちゅんと奥を突き上げられた。ひ、と悲鳴が零れる。ブワブワッと大きな快感が全身を巡っていき、腰がガクガクする。

「ぁ、あ……なに、なにが……」

「起きたんだね、ザガン。良かった」

ホッとした様子で、覗き込んでくる顔があった。知っている相手だ。

「お、まえ……リュカ、なに、……あ」

自分がどうなっているかわからなくて、助けを求めようと手を伸ばしたら、その手を握られた。

指先に唇を寄せられキスされたあと、くちゅん、くちゅんと断続的に腹の奥をつつかれる。

「ぁっ……あん、んっ？　なに、や、あ」

なんだこれ、気持ち良い。中が擦られている。尻もゾクゾクする。気持ち良くて、中のものをきゅっと締め付けて、余計に感じてしまう。状況を把握しようとしても、どうしてか頭がふわふわするし、視界もチカチカする。本当に、何が。

「ふふ、訳わからないって顔して戸惑ってるザガン、すごく可愛い。いつもは冷静だし、表情もほとんど動かないのにね」

「ふぁ……あ、あんっ、……んあ、あ……」

「ん、気持ち良さそうな声。俺もザガンに包まれて、とても気持ち良いよ。はぁ……今ね、ザガンの胎内に、俺のペニスが入ってるの。お尻でずっぽり、俺の熱くて大きいペニスを咥《くわ》えているんだよ。わかる？」

握られていた手を、尻に持っていかれた。そして自分のアナルに触れさせられる。

そこはリュカの言うように、彼のペニスを咥《くわ》えて広がっていた。把握したと同時にきゅっと締め付けてしまい、無理矢理広げられている縁から、ゾクゾクした感覚が溢れてくる。どうにかしたいのに、快感のせいか身体に力が入らない。

「そ、そんな……何故、こんな……ぁ、んっ」

「まだぼんやりしてるザガン、ホント可愛い。いいよ、そのまま俺でいっぱい感じて」

ちゅ、ちゅっと、頬や眦《まなじり》にキスされた。柔らかな唇の感触に、反射的に目を瞑《つむ》る。するとポロリと零れた涙を舐められ、耳を食《は》まれた。

「はう……リュカ、……あん、ん……あふ、……あ、ん」

何故このような状況に陥ってしまっているのか。

ちゅぷちゅぷ胎内を掻き混ぜられ、喘ぎながらも、どうにか思考を巡らせた。

＊

俺は産まれた時から、母に忌避されていた。黒髪だったからだ。

この世界は、属性や魔力量、その強さなどの性質によって、髪色が決まっている。たとえば母の髪は空色なので、属性は水、魔力量は少なめだ。濃紅《こきべに》色の父は、強大な力を持つ火属性。

そして黒髪の俺は、膨大な魔力を秘めた闇属性になる。

これが薄紫だったなら、母は怯えなかっただろう。無視はされたかもしれないが。

紫色でも、貴族の一員として存在していることは許されたかもしれない。ただし確実に、他貴族の者達から迫害を受けるが。

しかし漆黒である。闇属性持ち自体がとても少なく、闇属性というだけで迫害の対象になるこの王国において、漆黒の髪を持って生まれたのだ。邪悪の象徴である。

さらに赤目とくれば、国を滅ぼそうとしている、邪神そのもの。それゆえ母は、俺を視界に入れるだけで怯えた。

救いだったのは、王都魔導師団に所属する父が、優しく聡明だったことか。赤子ならずっと帽子を被っていても問題ないからと、髪を剃《そ》ったうえで帽子で頭を隠し、周囲を騙してくれた。だから乳母はミルクをくれたし、世話を一任されていた執事だけでなく、手の空いたメイド達も面倒を見てくれていた。

なお、髪を染めることは不可能である。髪にも魔力が通っているので、染料を弾いてしまう。無理に着色しようとすると魔力の流れが乱れてしまい、酷い頭痛に苛まれるらしい。下手をすれば脳が破壊されるとか。

とにかく闇属性とバレないようにするには、髪を隠すしかない。

したがって室内で帽子を被るのが難しくなってきた三歳の頃には、周囲に見られないよう、地下に幽閉された。

そうして父により、徹底的に魔法を排除した教育を受ける。

邪神によって幾度も王国が滅びかけた歴史を教えられ、闇魔法の恐ろしさや、闇属性を持つ者達の危険性もたくさん語られた。俺は国にとって邪悪な存在と見なされるため、人目に付いてはいけないのだと。決して魔法を使ってはいけないと。

返事を躊躇《ちゅうちょ》すると怒られ、頬をぶたれることもあった。その時は痛かったし、幽閉されてつらく感じたこともある。だが俺は父を憎まなかった。

中身が本当に子供であれば、憎んだだろう。それが本来のシナリオだから。

俺は前世持ちだ。日本で生きた記憶がある。

さらには、前世で大好きだったエロゲー『リュミエール～星の欠片を求めて～』の、悪役ザガンに転生している自覚があった。

ゲームでのザガンは、幽閉されてから何度も何度も怒鳴《どな》られ叩かれた。そのせいか、成長するにつれて増えていく魔力を暴走させ、母親を意識不明の重体に追い込んでしまう。結果として十歳に満たない年齢で、国境のエトワール大森林に捨てられる。

虐待から解放された彼は、暴走気味の膨大な魔力でもって襲ってくるモンスターを退けながら、数ヶ月かけてどうにか大森林から脱出した。

けれど辿り着いた村で待っていたのは、村人達からの残酷な対応だった。悪魔だと悲鳴を上げられ、罵声を浴びせられながら石を投げられる。武器を持つ者達からも追いかけられて、反射的に闇魔法を使用すると、余計に激昂されてしまう。

泣きながら逃げた彼は、最初は己の境遇を呪った。

しかしすぐに、自分を認めない人間や国を憎むようになる。父親に付けられた名を捨てて、昔存在したと言われる悪魔『ザガン』を名乗り、人を殺すようになる。

殺して、殺して、殺して、殺し続けて。

その命が数万になる頃には、殺戮者《さつりくしゃ》と呼ばれ、人々から恐れられるようになっていた……そんな極悪非道の悪役だ。

だからか、外見も邪悪そのもののように描かれていた。黒髪で顔半分を隠され、赤い片目がギロリとこちらを向いている。そして薄汚れた黒いローブ。ストーリー中盤までは主人公達の邪魔をしてくるものの、あまりにも狂気に満ちたうえに自己中なせいで、終盤手前で同じ闇組織の者達と衝突し、殺されるキャラである。

ちなみにザガンを殺した闇組織は邪神復活を目論んでおり、それ自体は成功するものの、制御出来ずに全員死亡。主人公達が邪神を倒して、エンディングを迎える。

そんなわけで、俺は邪神がどのような存在かを理解していた。属性のせいで、世間から迫害されることも。ゆえに俺の存在を隠そうとする、父の心も。

彼は濃紅髪《こきべに》であり、幼少期から称賛を浴びながら育った魔導師である。天才だと自負さえしていた。伯爵令嬢の美しい妻《めと》も娶れた。

なのに産まれてきたのは——黒髪の子供。

俺という存在が公になれば、元凶である息子だけでなく、親である自分達まで周囲から忌避されてしまう。貴族社会から爪弾きにされてしまう。

守らなければならなかったのだ。魔導師として積み上げてきた輝かしい功績を。歴史を紡いできた家系を。そして愛する家族を。

よって俺は、屋敷を出ることになった。当時九歳。九歳にして、魔力量だけなら父に匹敵するほどになっていたから。魔力操作について何も学んでおらず、もしも膨大な魔力を暴走させてしまったら、優秀な父でも防ぎきれない。

だが魔力量が多いということは、屋敷を出ても生きていけるという意味でもある。病弱と偽って地下に隠れ続けるよりも、貴族の身分を捨てて外へ出たほうが、俺のためになるのではないか。そんな父の提案に、俺は頷いた。

彼は、俺を家族として愛してくれた。言われた通り地下から一度も出ようとせず、魔法も一切発動しなかったからだろう。しっかり教育を施してくれた。

美味い食事や高級な服も与えられたし、本をたくさん買ってくれた。部屋に本が入りきらなくなると、大容量の劣化を防止するマジックバッグまで買ってくれた。父と執事だけは、誕生日も毎年祝ってくれた。

それゆえ屋敷を出るのは寂しかったが、最後の最後に遠くからでも母上の姿を見られたし、時々地下に忍び込んできていた小さな妹が、笑顔で手を振ってくれたのも嬉しい思い出か。妹を抱えていた執事も、かけてくる言葉は少なかったものの、幌馬車《ほろばしゃ》に乗った俺から、姿が見えなくなるまで決して目を逸らさなかった。

何より父上が、エトワール大森林まで俺を送ると、ひと月ほど共に森で暮らしてくれた。最後に生きる術《すべ》と、戦い方を教えてくれたのには、感謝してもしきれない。

ゲームの裏設定がどうだったかは知らない。けれど俺は、父が買ってくれたマジックバッグを持っていた。今まで買ってもらった本は全部しまっていたし、衣類や食料、魔導具、日用品やポーション類などの必需品は、父がたくさん入れてくれた。

頭を隠せるフード付きマントや、クリスタルの短剣までいただいた。

だから父と別れてからの数年間は、そのまま大森林で生活した。ようやく魔法が解禁されたのだから、鍛錬しないはずがない。

なおゲームでのステータス画面に並ぶ技名は、現実だと魔法や剣技を使おうとした際に、自然と脳内に浮かぶ。『〇〇〇を覚えた』というテロップも同様。前世の記憶がある俺からすると不思議な現象だが、これがこの世界の理《ことわり》だ。

またモンスターは魔瘴から発生するものであり、倒すと消滅して、その種ごとに決められたアイテムが残る。核となる魔石に、生肉、皮、爪、牙や骨など。武器や防具を装備している奴もいるが、装備品までがそのモンスターの括《くく》りらしく、基本的には討伐と同時に消滅する。でもたまにレアアイテムとしてドロップする。

大森林には動物も普通に生息しており、動物に似ているモンスターもたくさんいた。それでも間違えることはない。モンスターは魔瘴を纏っているので、すぐに見分けが付く。

ただひたすらモンスターと戦闘する毎日。

最初は弱くて、息を殺して隠れなければならないことが多かった。けれど少しずつ、倒せる相手が増えていく。以前は敵わなかった奴を倒せるようになるのは嬉しいし、ドロップする肉がだんだん上等なものになっていくのも嬉しい。

基本的には大森林に籠り、どうしても必要なものがある時だけ、フードで頭を隠して街に行くという生活を、六年間。

十五歳になり成長期を終えたら、冒険者ギルドに登録した。

名前はもちろん、ザガンだ。屋敷から出た時点でプレイディ家の人間ではなくなっているので、父上からいただいた名は名乗れない。俺の存在はたぶん、ゲームと同じく病弱で死亡したことにされているだろう。

冒険者となり、ギルドに出されている依頼をこなしていった。髪はターバンを巻いてからフードを被って極力見えないようにしたし、独りで行動していたので、モンスター素材を集めるだけの低ランク時代は目立たなかったはずだ。

しかしランクが上がると、護衛や盗賊討伐、救助という依頼が回ってくる。するとどうしても人前で魔法を使わなければならず、俺が闇属性だと周囲に広まっていった。

俺を知る者は、俺を見ると恐怖するようになった。

だがゲームのように、石を投げられたり追われたりはしない。どこの誰かわからない薄汚れた子供か、高ランクの有名な冒険者かで、人々からの対応はこうも変わる。

それに貴族社会とは違い、冒険者ギルドは結果が全てだ。たとえ世間から迫害されている闇属性であろうと、依頼を達成すれば評価が上がるし、モンスターを討伐してアイテムを提出すればするだけ、ポイントが加算される。

ゆえに二十三歳現在で、Sランク冒険者となっている。

＊

ゲームシナリオが開始されたのは、今年の一月一日。王国中に知らせが回った。『王城にリュミエールが出現した。実に三十年ぶりである』と。

《リュミエール》とは、王国全土から集まる、負の魔力で形成された結晶のこと。またリュミエールが王城に出現する時、王都を囲んでいる十二の大都市のダンジョン内部も変化し、《星の欠片》と総称されている宝石がそれぞれ出現する。

よって我々国民は、第一都市から一ヶ月ごとに変化していくダンジョンを攻略し、十二ヶ月——一年間で《星の欠片》を全て入手しなければならない。

星の欠片を集めてリュミエールを浄化しなければ、国の魔力が循環しなくなり、大地が衰えてしまうそうだ。逆にリュミエールを浄化すると、綺麗になった魔力が国中に飛散して、大地はまた何十年と恵みをもたらしてくれる。

ダンジョン攻略なので命の危険が伴うものの、欠片を最も多く集めた者には王から褒美が与えられるので、国に所属している騎士や魔導師、Aランク以上の冒険者など、資格ある者達はこぞってダンジョン攻略に挑戦する。

しかし中には、国のためではなく、星の欠片そのものを求める者達もいる。十二個集めればリュミエールを浄化出来るほどの魔力が内包されているので、己の欲望のために求める人間が出てくるのも、当然のこと。

ゲームではそれがザガンであり、彼と衝突した闇組織でもある。

プロローグは、主人公が王城内を歩いているところから始まる。彼は王家の代表として欠片を集めるよう、父親である国王から命を受けるのだ。

ソレイユ王国第二王子、リュカ・ソレイユ。見事な黄金の髪は、膨大な魔力を有している光属性の証である。ゲームでは提示されていなかったが、現在二十一歳。それにゲームでは顔グラフィックがなかったものの、美形である。……王子だからか。

王命を受けた彼は、世話になっている魔法教師の娘であり幼馴染でもある年下の女の子と共に、第一都市へ向かう。

その子がメインヒロインだ。名はノエル・ブレイディ。白銀髪で聖属性と珍しいものの、魔力はそこまで高くないので、見習い騎士になっている。騎士らしく凛々しく美しいが、少々ドジ気質でもある、可愛い女の子。

何を隠そう、俺の妹である。途中で死ぬ悪役ザガンに詳細設定があるのも、彼女のシナリオに絡んでいるからだ。俺の五つ下なので、現在十八歳。

ちなみに第一都市に到着する前に、触手に襲われて主人公に助けられるという強制エロイベントがあるので、ノエルはすでに奴の毒牙にかかっているだろう。前世で存分にゲームを楽しんだ身だし、妹に正体を明かすつもりもないので邪魔しなかったが、第一都市で歩く二人を見つけた時は複雑な気持ちになった。

ゲームのザガンとは違い、俺にはリュカから星の欠片を奪う理由がない。

だが行かないと、第一ダンジョンから闇組織に欠片を取られてしまう可能性がある。それだけは絶対に阻止しなければ。それに基本的に大森林で生活しているとはいえ、この国のSランク冒険者として、攻略に参加しないわけにはいかないだろう。

星の欠片ダンジョンは、第一都市から順に、毎月十一日に扉が開く。

一月十一日。さっそく変化したダンジョンに入ったところ、ゲーム通りではあるものの、本当に以前とは内部が違っていて驚いた。

ゴツゴツした岩壁ではなく、荘厳さを感じる美しい大広間。ダンジョンが世界の力で創られているのは知っているが、それでも感動せずにはいられない。人々から忌避されている闇魔法も、世界の力に比べればちっぽけなものだ。

しかも初っ端からルートが十二に分かれていた。ここはゲームと違っている。攻略者が多すぎて待機列が出来ているのを鑑みるに、混雑を防ぐ配慮かもしれない。

とりあえず適当なルートを選んで、前に進んだ。入り組んでいる道を歩き、モンスターに遭遇すれば倒して、ギミックがあれば解除を試みる。腹が減ればマジックバッグに入れてきた飯を食い、時計を確認しつつ眠くなれば毛布に包まる。

ダンジョン内にはセーフティルームと呼ばれる空間があり、そこにある転移魔法陣から外に出ることも可能だ。元の場所に戻るには、大広間から転移魔法陣に乗れば良いだけ。

だがこの世界には、生活魔法という誰もが使える魔法もあり、ある程度なら清潔に保てた。なので、籠ろうと思えば何日間でも籠っていられる。

そんなわけで外に出る理由がなかったため、ひたすら攻略に勤しんだ。

攻略を開始してから十日後には、最深部に到達した。重い鉄扉を開けたところ、まだ祭壇に星の欠片が置かれていたし、ボスモンスターもいる。一番乗りか。

ゲームでは、主人公達が先にボスフロアに辿り着く。膨大な光属性なので当然という設定。そのあとザガンが現れるのだが、現実では俺が先だった。

サクッとボスを倒して、祭壇に置かれていた欠片を入手する。

深紅のガーネット。生憎と宝石には興味ないが、それでもキラキラ輝いている紅は、とても綺麗に思えた。それに五センチ程度の石なのに、膨大な魔力が伝わってくる。ゲームでは感じられなかった、実際に触れているからこそわかる、星の欠片の素晴らしさ。

神秘的な美しさに魅了されながらもバッグにしまっていると、後ろからギギギィと、扉の開く音がした。振り返れば、ようやくリュカ達の到着である。

「あれ、先を越されてしまっていたね」

「私達よりも先に、来ている方がいるなんて。それも一人で？　すごいです」

リュカやノエルが、祭壇下から見上げてきた。

すでに街でチラリと見かけていたが、こうして改めて対峙すると、感慨深いものがある。自分がプレイしていたゲームの主人公が、そこにいるのだから。

それに前世ではイラストでしかなかったノエルが、現実となってそこにいる。好きだった声優と同じ声で喋《しゃべ》っている。……あの小さかった妹が、立派に成長している。

「私達が最初だと思っていたんだけどね。アンタ、何者だい？」

ダンジョン内で出会う二人目のヒロインも、しっかり仲間に入っていた。

巨乳で姉御肌のミランダ、冒険者ランクはA。彼女はソロで攻略していたところ、たくさんのモンスターに囲まれて苦戦してしまう。そのタイミングで主人公達が助けに入り、共に行動するようになる。王からの褒美はパーティー全員に与えられるので、仲間割れの心配もない。

「……ザガンだ」

「ザガンだって？　たった数年でSランクになった、深淵の闇ザガンかい。とんだ大物に出会えたもんだねぇ。リュカ、ノエル。コイツは闇属性だよ。星の欠片を奪わないと、厄介なことになる」

「えっ。でもこの方は、冒険者でしょう？　それもSランクの」

「闇属性の連中がどれほど危険か、お嬢ちゃんは知らないのかい⁉」

「それは、知っていますが」

ノエルが戸惑っている。妹は、父上からどんな教育を受けたのだろう？　俺と同じ内容なら、闇属性を嫌悪しそうな気がするが。

ミランダは大切な恋人を闇属性の人間に殺された過去があるので、闇属性というだけで激しい憎悪を向けてくる。

彼女達のやり取りを眺めていると、リュカが一歩前に出てきた。

「ザガンと言ったね。俺はリュカ・ソレイユ。君が悪いわけではないけど、闇属性の者達が危険視されているのも事実なんだ。だから君が入手した欠片を、王城まで預からせてもらえないかな。もちろん、君が入手したものとして王に報告する。どうだろう？」

とても理知的だ。あまり記憶に残っていないが、こんな人物だったか？

ふむ、どうするか。

ゲームでは主人公達が先に入手した欠片を、あとから現れたザガンが奪う。立ち位置は逆だが現状のように対峙していたし、ミランダが名を尋ねていた。もちろんザガンと答え、さらに自ら黒髪を晒すので、闇属性の凶悪犯罪者だとわかり完全に敵認定される。

しかし現実の俺は冒険者であり、邪神を蘇《よみがえ》らせたいという野望も持っていないため、彼らと敵対する理由がない。王からの褒美もいらないので、渡しても構わない。

探るように見つめてくる、リュカの蒼眼。

その目を見返して、ゆっくりと口を開く。

「――貴様らは、闇属性の者達に対してなら、何をしても許されるのだろう？　迫害し殺しても、罪に問われないのだろう？　ならば、俺を殺して奪えば良い。それでも貴様らは、悪にはならないのだから」

「ッ……言ってくれるじゃないか！」

挑発した途端、ミランダが斧を振った。飛んでくる炎。戦闘開始だ。

＊

三対一でも俺が勝った。まぁそうなるだろうとは思っていた。まだゲームの一章なのに、主人公が悪役より強かったら困る。

ゲームでも主人公はザガンに負け、闇属性特有の触手でノエルを拘束されて、人質に取られてしまう。傷付いている彼女の恥部をまさぐるザガン。

捕らわれた幼馴染を守るためには星の欠片を渡すしかなく、ザガンは彼らの弱さに殺す価値もないと嘲笑い、ダンジョンから去る。今まで光属性だと持て囃《はや》されていた主人公が、挫折を知り、強くなろうと決心する場面だ。

けれど俺は、リュカを強くしたくて挑発したわけではない。彼が強くならなくても、俺が全ダンジョンを攻略すれば良い。ゲームとは違って闇組織との関わりもないので、彼らに殺されて所持していた欠片を全部奪われる、という事態にもならないはず。

では何故、わざわざ戦闘したのか。

たんに、可愛い妹に手を出した男への、制裁である。そういうシナリオなので仕方ないとわかっていても、兄として魔法の一発や二発や十発くらい入れておかなければ気が済まなかった。もちろん後悔はしていない。

満身創痍《まんしんそうい》で、地面に倒れているリュカ。情けない姿を晒す男を、真上から見下ろす。

「見事な黄金の髪だからどれほど強いかと思えば、期待ハズレだな。もう少し鍛錬したほうが良いのではないか？」

防御力の高いフードやターバンを吹き飛ばし、この黒髪を露わにしただけでも、褒めてやらなくはない。だが黒髪を見た途端、動揺して隙だらけになったのは愚かである。

痛みで動けないのか、ただただ呆然として見上げてくるリュカ。そんな彼から離れて、壁際に座っているノエルのほうへ行く。彼女には攻撃していないので、怪我はしていないはずだ。

「その子に手を出すな！」

という声が聞こえたが、無視しておく。なおミランダが静かなのは、容赦なく攻撃して気絶させたからだ。女であろうと、殺そうとしてきた相手に慈悲をかけるほど、俺は優しくない。

「い、嫌だ……来るな。来ないでっ」

前に立てば、ノエルは涙目になって怯えた。

彼女は聖属性なので、回復魔法しか使えない近接攻撃型。だから触手で拘束して動きを封じてしまえば、攻撃手段がなくなる。必死にもがいても、俺の魔力を凝縮させた触手なので、そう簡単には外れない。

片膝をついて視線を合わせると、ヒッと小さな悲鳴が上がった。

やはり覚えていないか。別れた当時はまだ四歳だったし、あれからもう十四年経っているので、当然と言えば当然である。一抹《いちまつ》の寂しさを覚えるものの、闇属性の兄など覚えていないほうが良いので、構わない。

過去を懐かしみながら、彼女の頭に手を乗せ、そっと撫でる。

「………え」

この時ゲームでは、ザガンに恥部を弄られ、胎内に指まで入れられる描写がされていた。この子が妹だと、ザガンは知らないから。

彼がその事実を知るのは、五章後半で発生する個別イベントである。しかも知ると、余計に非道なことをする。拉致しての凌辱《りょうじょく》だ。エロゲーに時々ある、主人公以外からの凌辱《りょうじょく》。同じ親から生まれたのに、幽閉も虐待もされず普通に育てられた妹に、憎悪を募らせる。

俺もまたザガンであり、闇属性である。

自分で属性を選んだわけではなく、たまたまそのように生まれてきただけ。だから闇属性というだけで怯えたり憎んだりする者達は愚かだと思うし、迫害してくる人間を全員殺したい気持ちも、わからなくはない。

「……周囲が迫害しなければ、闇属性の者達も、誰かを傷付けようとはしなかっただろうにな」

なんとなく呟いた声に、ノエルがハッとしたように目を見開いた。

気にせず頭から手を退かして、立ち上がる。拘束している触手は俺から離れているので、そのうち魔力が飛散して消えるだろう。リュカも問題なさそうだ。

じっと見つめてくる二人の視線を感じながらも、床に落ちていたターバンを拾う。巻き直したらフードを被り、彼らを見ることなく祭壇の階段を上がった。祭壇奥には転移魔法陣が展開されていて、乗ると一瞬にして一階大広間に移動する。

外に出れば、久しぶりの太陽に迎えられた。かなり眩しい。

星の欠片がダンジョンから出されると、攻略途中の者達は全員、世界の力によって強制的に大広間に転移させられる。

姿を見られないよう影に潜んで十分ほど待っていると、ダンジョンから数人出てきた。それから徐々に増えてきて、しばらくするとリュカ達も出てくる。三人とも回復したようだ。

無事な姿を確認し終えたので、俺もその場から離れた。

＊

ゲームで次に主人公とザガンが遭遇するのは、四章となる。二章も三章もザガンに先を越され、彼らは攻略途中で強制的にダンジョン外に追い出されてしまう。四章でようやく、今度はダンジョン途中で遭遇して、再戦する。

その時には、ヒロイン達も全員集まっていることだろう。

一章終わり、次の都市へ移動しようとする前日には、盗みを働いている盗賊ニナを主人公達が捕まえる。ご奉仕するから見逃してくれと、頭を下げるニナ。しかも主人公が王子だとわかると、金目当てで無理矢理付いてくる。

二章初めでは、第二都市までの道中にある街に寄り、合法ロリ錬金術師カミラの店でアイテムを購入する。カミラは主人公達がダンジョン攻略のために第十二都市まで回ることを知ると、ダンジョンの貴重な素材目的で仲間になる。

第二都市に着いてすぐには、気弱な男の娘ベネットと出会う。男達に追いかけられて逃げているところを、助けるのだ。父親が借金したせいで売られそうになり、居場所がなくなった彼……いや彼女は、料理が得意ということで加入する。

そして最後のヒロインは、三章後半の第三ダンジョン攻略中と、少々遅い。

丸眼鏡をかけた、ゆるふわお姉さんのシンディ。ギミックがわからず前に進めなくなり、一度ダンジョンから出て、図書館で働いていた彼女の頭脳を借りる。ダンジョン攻略自体はザガンに負けるものの、そのまま主人公達の仲間になる。

ニナ、カミラ、ベネット、シンディ。それにミランダと、俺の妹であるノエル。

計六人のヒロインと、主人公は旅をする。常に女六人に囲まれながら生活するなんて、俺だったら精神がやられそうだ。

とにかく次にリュカ達と遭遇するのは、約二ヶ月半後の第四ダンジョン内だろう。七対一の戦いで、しかもシナリオ通りであれば、途中でイベントが発生するので勝負に決着が付かない。現実はどう転ぶかわからないが、七人全員を相手にするのは、かなり面倒だ。

……などと考えながらも第二都市に着いたら、何故かリュカと出会ってしまった。

「ザガン、奇遇だね。君も人助け？」

しかも、王子らしいキラキラした笑顔で、話しかけてくる。

現在俺達がいるのは、冒険者ギルドだ。ダンジョンが開くまで数日あるので、素材を売るついでに依頼を確認しに来たんだが。……そうか、ゲームとは違って俺も普通に都市で生活しているから、遭遇してもおかしくないのか。

ゲームの流れは、ダンジョンに潜っていない期間は日常パートとして、朝・昼・夕・夜の四回、行動を選択することになる。

都市から都市への移動期間中である一日～五日に出現する選択肢は、〈鍛練〉、〈会話〉、〈読書〉の三つのみ。鍛練や会話は、誰と一緒にするかによって、上昇するパラメーターが違う。好感度も上がるが微量だ。

そして夜になると、誰を誘うかという選択肢が出現する。エロゲーなので、もちろんセックス相手だ。このゲームは主に、セックスして好感度を上げる仕様である。ただしセックスするとモラルのパラメーターが少々減るし、翌日別のヒロインを選ぼうものなら激減するので、注意が必要。モラルがゼロになると、バッドエンド直行である。

六日〜十日及び、二十六日〜月末は、都市内での行動となる。〈鍛錬〉、〈会話〉、〈読書〉、〈売買〉、〈散歩〉、そして〈依頼〉。

この〈依頼〉をすることで、モラルが回復する。なのでとても重要な行動なんだが、どうやらその内容は、冒険者ギルドに張り出されているものだったらしい。ゲームでは、犬の散歩とか、荷物の配達とか、カフェの店員とか、公園の清掃だったのに。

それにしても、リュカは俺が黒髪の闇属性だと知っているし、この前ボロ負けしたのに、よく話しかける気になったな。

「……リュカ・ソレイユだったか。王子でもギルドの依頼を受けるのだな」

「少しでも人々の助けになりたいからね。といっても、最近ギルドに登録したばかりだから、簡単な依頼しか受けられないけど」

彼が立っているのは、Gランク掲示板の前。見れば、犬の世話や、部屋の片付けと書かれた依頼書があった。あのバイトのようなラインナップは、Gランクの依頼だったようだ。俺はレア素材を提出してさっさとDランクまで上がったので、知らなかった。

犬の世話か。きっと可愛いだろうな。

「これ、ザガンも一緒に行く？」

俺がじっと紙を見ていたからか、リュカはその依頼書を掲示板から剥がして、誘ってきた。

なんだこの男、コミュ強か。俺は闇属性なんだが？　あと自分のほうが身長高いからって、わざわざ首を傾げて顔を覗き込んでくるな。眉間に皺《しわ》が寄る。

しかし、犬の世話か。俺一人では絶対に受けられない依頼である。

「………少しなら、手伝ってやらなくもない」

悩んだ末、先輩冒険者として同行することにした。後輩を指導するのも、たまには良いだろう。

結論、犬はとても可愛かった。依頼場所がペット預かり所だったので結構な数がいたが、どの子も撫でるとしっぽを振って喜ぶし、闇属性であろうと人間のように怯えたりしない。前世で犬を飼っていたこともあり、懐かしさも湧いてくる。

「ふふ、みんなとても可愛いね」

その通りなので素直に頷くと、リュカはまたふふっと笑みを零す。どうやらリュカも犬好きだったらしく、とても嬉しそうにブラッシングしていた。

＊

それからというもの、リュカが受けるGランク依頼に同行するようになった。昼過ぎにギルドに行くと、何故かいるのだ。しかも毎度誘ってくる。内容が興味ないものであれば断るが、動物関連ばかり選ぶから、付いていかざるを得ない。

第二ダンジョン攻略前に三回、攻略後に二回。第三都市で攻略前に四回、攻略後に三回。そして第四都市攻略前に、三回。時には夕食を共にすることもあった。

それだけ会っていれば、世間話もするようになる。彼自身のプロフィールに、普段どのように過ごしているかや、祖父母に両親、兄、妹弟の話など。リュカは家族ととても仲が良く、父と兄には尊敬の念も抱いているようだ。

俺のプロフィールも聞かれたので、答えておいた。ちなみに誕生日は、七月八日である。

今までどのような生活を送ってきたかについては、元貴族子息であることや、ノエルが妹なことを隠しながら話した。地下で生活していたこと、家を出たあとはエトワール大森林で生活していたこと、十五歳で冒険者になったことなど。

あと動物の発情や交尾について話している時には、さりげなく俺の経験を聞かれた。王子でイケメンなリュカでも、そういう話題に興味があるんだな。もちろん俺も男として、なおかつエロゲープレイヤーとして興味はあるものの、しかし俺である。

「闇属性の人間と肌を合わせようとする者が、いると思うか？　凌辱《りょうじょく》しない限り、そのような経験は出来ないだろう」

「……凌辱《りょうじょく》したいと思うことは？」

「ないな。俺を見て怯える連中になど、触りたくもない」

「なら良かった。でも、それだとキスもまだなのかな」

「…………妹の髪や額にならある」

「そっか。素敵な思い出だね」

我ながらあまりの経験のなさに少々羞恥を覚えたが、リュカは馬鹿にしてこなかった。エロゲーの主人公なのに、同性にも優しくて良いのだろうか。


話は変わるが、ソレイユ王国には四季があり、日本と同様の暦である。しかも第一都市攻略時は一月、第二都市は二月と、わかりやすくなっている。

季節に合わせてのイベントもあり、第二ダンジョン攻略開始前日の二月十日時点で、好感度一〇以上のヒロインはチョコレートをくれる。

ただしその時点で加入していないシンディ以外の全員から貰おうとする場合、ミランダ、ニナ、カミラ、ベネットの四人を、一月二十六日〜二月九日の間に上げなければならない。厳しいスケジュールだが、ノエルを含んだ五人の好感度が一〇以上だとスチルイベントが発生するため、誰もが一度は攻略サイトを見ながら頑張るだろう。

そんなわけでバレンタインシーズンの甘い街並みに煽られた俺は、自分用に板チョコを買った。甘すぎるのは苦手だが、ビターは好きだ。

それをリュカと食べたのは、たまたま十日に会ったからである。

もうすぐバレンタインだねと言われ、チョコが欲しいのかと返したら頷かれたので、買っておいた板チョコを開けた。公園のベンチに座り、ペキペキ割りながら男二人で板チョコを食べる図は、傍から見れば笑えたかもしれない。意外にもリュカは、嬉しそうだったが。もしかして、誰からも貰えなかったのか？

三月には動物クッキーを出され、一緒に食べようと誘われた。日付的に、板チョコのお返しである。男相手に律儀な奴だ。まぁクッキー自体は、さくほろで美味かった。

四月上旬には、ゴンドラに乗らされて川から桜並木を鑑賞した。

街並みは西洋ファンタジーのものでありながら、満開の桜も見られるソレイユ王国。夕陽を受ける桜の美しさには目を奪われたし、淡い花びらが時々落ちてくるとつい手を出してしまい、リュカに微笑まれてしまった。

ちなみにゴンドラ乗船には、王子特権を使っていた。何故ヒロインを誘わないんだ。いやでも、花見イベントは全員参加のメインストーリーのみで、個別にはなかったか。

どれだけ『リュミエール』の世界に似ていようと、ここは現実であり、リュカは自由自在に動ける生きた人間である。ゲームのように一日四回しか行動出来ないわけでも、シナリオにある言動しか出来ないわけでもない。

だからこんなふうに、誰かと二人きりで花見をするのも、おかしくはないが……俺を誘うくらいなら、ヒロインの誰かと親睦を深めておけ。

まぁ桜の美しさには感動したし、ゴンドラに乗るのも楽しかったので、良い体験をさせてもらったとは思っている。

＊

四月十一日になり、第四ダンジョンが開いた。

出入口が混雑する早朝は避けて、昼過ぎからダンジョンに入る。そして今回も、十二あるうちから適当なルートを選んで、ひたすら前に進んだ。

今まで攻略途中に、誰かと会うことはなかった。大広間の時点で十二に分岐していて、途中でも幾度となく道が分かれているので、遭遇率はとても低いのである。最初にリュカ達と会ったのも、あくまでもボスフロアだからだ。

なので、ゲームではこの第四ダンジョン内で主人公達と遭遇していたが、現実では会わないかもしれない。俺にはリュカと争う理由もないし。

だがシナリオの力は思いの外強く作用するらしく、結局途中で遭遇してしまった。三ヶ所から合流する開けたセーフティルームで、休憩していた彼ら。

「あぁザガン。ここで会えるなん」

「深淵の闇ザガン!?　こんなところで会うなんて、ついてないね」

「ほう？　こやつが以前お主らを負かしたという、闇属性か。なるほど、確かにものすごい魔力を秘めておる。これは一筋縄ではいかんのぅ」

「まぁでも、多勢に無勢っしょ。私達ならやれるやれる！」

「ふ、ふえぇぇ、怖いよぉ……」

「あらあら、お姉さんも死なないように、頑張らなきゃいけないわねぇ」

笑顔で声をかけてきたリュカの言葉を遮《さえぎ》り、ヒロイン達が次々武器を構えた。温度差が酷い。

「ちょ、ちょっと待ってください！　たまたま会っただけの御仁《ごじん》に、何故そんな、うわっ！」

ノエルを触手で捕らえて上に吊るし、動きを封じる。これで六対一。

ワンテンポ遅れて放たれた魔法は全てマジックバリアで無効化させ、繰り出されたニナの双剣とミランダの斧は、短剣と杖で防御する。

大振りのミランダの攻撃は重いが、身体強化を使えば対処が可能。隙もデカいので、背後からの双剣を避けながら斧を受け流して、彼女の脇腹に短剣を刺した。容赦はしない。彼女達も魔法や防具で強化されているので、死ぬこともない。

「ぐ、ぅ……っ！　あぐぅ!!」

呻《うめ》くミランダを壁に蹴り飛ばした。それを見て小さく悲鳴を上げたベネットのところへ、足を身体強化させて一瞬で近付き、やはり短剣で斬り付ける。

「きゃあああ！」

「ミランダ！　ベネット！　こんの野郎!!」

「ニナ落ち着いて！　闇雲に攻撃してもザガンには当たらない！　シンディ、二人の回復を！」

「わかったわ、お姉さんに任せてっ」

「くっ……リュカ、ニナ、あの者の杖を早く落とせ！　デカいのが来てしまう！」

杖に魔力を溜めるのを阻止しようと、カミラが何発も魔法を打ってくる。バリアで防ぎきれなかった攻撃が、フードやターバンを吹き飛ばす。目を見開くカミラ。

「なんと。は、はは……漆黒とな……まるで悪魔じゃ」

「愚者に血の審判を下せ――ブラッディジャッジメント」

全方位を襲う上級魔法。この空間を、破壊し尽くすほどの威力だ。

「く、ぁ、あああぁ！」

「キャアアア!!」

必死にマジックバリアを張る彼らだったが、一分以上続く魔法が終わった時、きちんと立っていたのはリュカだけだった。あれを防御するとは、さすがは膨大な魔力を保持している光属性だ。しかしそれでも、かなり傷付いている。

カミラは膝をついていた。ボロボロで呼吸も荒いので、魔力はほとんど残っていないだろう。他のヒロインは壁際に吹っ飛んでいるし、意識もないようだ。ノエルは俺の頭上に捕らえたまま触手で守ったので、傷一つ付いていない。

これで戦闘が強制的に終わると思っていたが、まだ続くらしい。ノエルを捕らえているからか？とりあえずリュカから少し離れた場所に、そっと下ろしておく。

「は……ザガン、君は容赦ないな」

「当然だ。貴様らは完膚なきまでに叩き潰さなければ、無駄に何度も喧嘩を吹っかけてくる。俺を見たら逃げるくらいにしておくのが、ちょうど良いと思わないか？　悪いが勝たせてもらうぞ」

剣を構えたまま警戒している彼に、短剣を向ける。交差する視線。そうして互いに一歩、踏み込んだ瞬間。リュカの足元が崩れた。

「うわっ……！」

「ッ……⁉」

イベントが発生し、戦闘は強制的に終了。

決着は付かないまま、主人公は好感度が最も高いヒロインと共に、崩落に巻き込まれて落ちてしまう。それを見たザガンは、主人公が落ちたことで先を越されるのを懸念して、他のヒロイン達を放置してダンジョン攻略に戻る。

——なのに何故、そのザガンである俺が、一緒に落ちている？

瓦礫《がれき》は下の階層の地面を壊していき、結局三層分が破壊された。そしてとてつもなく広い階層へと放り出される。ダンジョンには時々空が存在し、自然の広がる階層がある。空から落ちているので、もちろん地面までは相当遠い。

ゲームでは確か、先程通過した三階層目のレンガ壁が、場面背景だった気がする。主人公はあそこで傷付いたヒロインを介抱しながら、他の仲間を待つというシナリオだ。

ここは現実であり、ゲームと違うのは当然のこと。けれどこれほどの窮地に陥るとは、想像もしていなかった。このままでは、地面に激突して死んでしまう。

とにかくリュカを触手で引き寄せたら、魔法杖を持つ左手にありったけの魔力を込めた。その間にも、落下速度がどんどん速くなる。大地が近くなっていく。

「黒き流星よ我が元へ集え――ダークネスミーティア！」

闇の超級魔法を放った。何千という黒い魔力の塊が、激しく地面に衝突していく。いくつもいくつも降り注ぎ、どんどん大地を抉っていく。

その衝撃や爆風でどうにか落下速度を抑えて、死なずに地面に着地した。

……それからの記憶はない。

＊

「は、ぁ……俺は、魔力切れを起こして、気絶した、のか……？」

「ふふ、ようやく思い出したんだね。思い出すまでに三回も軽くイっちゃうなんて、ザガンったらすごく可愛い」

「ひっ……ぁ、あんんっ、ん、……ん」

「あのあと気絶した君を抱えて、近くにあった水場まで運んだんだよ。ずっとあそこにいるのは、危険だったから」

確かに危険だ。抉れた地面が再び崩落し、さらに下の階層に落ちてしまうかもしれない。上空から瓦礫《がれき》が落ちてくる可能性もあるし、あれだけ目立つ魔法を撃ったので、時間が経てばモンスターも集まってくるだろう。

シートでなくわざわざテントを出したのは、モンスター避け機能が付いているからと思われる。

水場回りがセーフティエリアでも、その周辺で待ち構えられたら危険だから。布団に寝かされているのは、気絶した俺を介抱するため。

だがそこまで気遣ってくれておいて、どうして魔力を回復させる方法がこれなんだ。精液に魔力がたくさん含まれているとはいえ、俺は女じゃないんだが……もしかして、MPポーションを持っていなかったのか？

「ザガン、俺を助けてくれてありがとう。お礼に俺の魔力をいっぱいあげるから、全部、下のお口でゴックンしてね」

「ん、あん、ん……も、起きたから、MPポーション飲めば、い……ひぅっ」

「んん……奥ちょっと突くだけで、中も縁もきゅうきゅうしながら、頑張ってしゃぶってくるよ。俺の魔力、美味しいね？」

低音で柔らかな、脳を揺さ振るような官能的な声。

ゲームでの彼にはボイスがなかったので、どんな声であろうと目の前にいるリュカの自由だが、何故こんなにもイケボなんだ。くそ、エロゲ主人公め……！

どうにか離れさせたいのに、まだ魔力が少ないせいで、思うように身体が動いてくれない。そのうえ快楽に侵されている現状では、どうしても震えるばかり。

くちゅんと奥をつつかれて、ペニスを締め付けた。その中をずるずる擦りながら出ていき、途中で止まると、狭まったところをゆっくり擦りながら入ってきて、また奥をつつかれる。それを何度も繰り返される。気持ち良さからか、涙が滲《にじ》んでくる。

「あんん……、リュカ……ふぁ、あ……」

「はぁ、すごい……ザガンが、闇属性だからかな。君の柔らかな胎内や、魔力に絡み付かれていると、すごく刺激されて……んん、そろそろ、出る」

腰を掴まれ、奥の奥までペニスで抉られた。たぶん結腸まで入っている。

埋められている感覚だけでも全身が痙攣《けいれん》するほど感じているのに、ビュルルルッと熱い精液を出されてしまった。光の魔力が奥で炸裂して、ブワブワブワッと全身に広がっていく。リュカの魔力に侵食されて、脳天から足の爪先までが、強烈な快楽に見舞われる。

「――――……ッ！」

なんだこれ、ヤバい。おかしくなる。気持ち良い、気持ち良すぎて、全身が引き攣る。パチパチと光の魔力が奥で弾けていて、断続的に腰が跳ねる。視界がチカチカする。

気持ち良い、気持ち良い。射精していないのにイってしまっている。

「ッ――……あ、あ、あっ……！　あう、んんん！」

「は、すご……ザガンのお尻、すごく締め付けてくる。搾られてる。とても、気持ち良いよ」

髪を梳《す》かれながら、胎内を優しく嬲《なぶ》られた。出された精液を、結腸奥で掻き混ぜられる。するとどうしても身体が震えるし、腰が跳ねてしまう。

「ふぁっ……あ、ぁんん……、んっ」

「ふふ。俺に種付けされながら、ぬちぬち掻き混ぜられるの、気持ち良いね？」

「そんな……あん、ん」

種付け。種付けされている。そうだ、パチパチ小さく弾けているのは、リュカの精子だ。種付けされたものが魔力に変換されて、全身へと浸透していく。何億という彼の精子に、侵されている。

「あぅ……リュカ、おれ、おれ……」

「うんうん、ザガンのお尻、すごくきゅうきゅうしてるよ。エッチなこと言われて感じちゃうの、ホント可愛い。目が蕩《とろ》けてハートまで浮かんでるし、舌も出ちゃってるし。ふふ、キスしてほしいんだね？　もちろんいっぱいしてあげる。ほら、ちゅー」

閉じられない唇をちゅっと吸われ、舌に舌が絡まってきた。艶《なま》めかしい感触に捕らわれて、ふるりと肩が震える。触れ合っている舌先が気持ち良くて、背筋がゾクゾクする。

「ふ、ぁん……ん、んむ……ん、ん」

「ん……ザガン、……ん、ふ……」

何度も舌を絡められ、ピチャリピチャリと唾液が混ざった。熱い吐息も混ざる。溢れそうになる唾液を飲んだら、キスしながらもリュカが小さく笑う。

たくさん舐められて、ちゅうと吸われて。つつぅとゆっくり舌裏を辿られると、ようやく唇が離れていった。舌先がじんじんしている。キスだけで、とてつもなく感じている。

「ふ……はぁ、ん……、はじめて……なのに、こんな」

「大丈夫、もう初めてじゃないよ。ザガンが寝ている間に、いっぱいキスしたから」

いや、何が大丈夫なんだ。もっと駄目ではないか。

悪態は吐かなかったが、どうにも眉間に皺《しわ》が寄ってしまう。そんな俺にリュカは微笑むと、顎《あご》に零れていた唾液を拭ってきた。

「童貞おちんちんも、いっぱい舐めたよ。魔力が枯渇していて勃ちはしなかったけど、気持ち良さそうに腰をくねらせて、すごく可愛かったなぁ。……うん、まだ勃たないね。やっぱり一回出しただけじゃ、回復しないか。指先は、だいぶあったかくなったけど」

ペニスをふにふに揉まれたあと、そっと手を取られた。確認するように指先を撫でられ、そこに唇を寄せられる。そして指を絡めながら手を握られた。

その優しい仕草や、ふわりとした微笑は王子らしいのに、吐いてくる言葉はまるでエロゲ主人公のようだ。いや、正しくエロゲ主人公なのだが、これほどのイケメンに卑猥なことを言われると、どう反応すれば良いかわからなくなる。

迷ったままじっと見つめていると、彼は小さく笑った。

「大丈夫、まだザガンの中にいてあげるよ。ちゃんと勃起するようになるまで、いっぱいエッチして、気持ち良くなろうね」

唇にキスされて、中に埋められているペニスを再び動かされた。くちゅん、くちゅんと奥を嬲《なぶ》られると、どうしても快楽が湧いて、震えながら喘ぐだけになる。

それから何度も何度もリュカの熱いペニスで奥をつつかれて、どうしようもなく気持ち良くて、ほぼイきっぱなしになってしまっていた。特に中出しされると、光の魔力がたくさん弾けて腸壁を刺激してくるから、そのたびに背中が大きく撓る。

「ふぁ、あ、あん……ん、ん――……ッ」

「は……ザガン、ザガン……んぅっ」

「っ、あぅ……またリュカの、光が、奥に……。もぅ、いっぱい……」

全身が光に浸っているのではないかというくらい魔力は回復したのに、さらに出されるから、変換出来ずに溜まったままになっていた。リュカのたくさんの子種が奥にあるのを想像してしまい、きゅっと胎内を締めてしまう。

すると下腹部を優しく撫でられた。

「うんうん。俺の子種、いっぱいゴックン出来たね。魔力も回復したようで良かった。ちゃんと童貞おちんちんが勃起して、蜜を零してるよ。俺のより小振りだし、綺麗なピンクで可愛いなぁ」

「ん、んぁ……あ……」

「ああ見て。俺の魔力に押されて、外にザガンの魔力が溢れてる。黒くて小さいハートがいっぱい飛んでるね。俺とエッチするのが大好きって、ザガンの魔力が言ってるんだ」

「ぁん……そんな、ことは……」

ない、と言いきれなかったのは、魔力が嘘をつかないのを知っているからだ。それに気持ち良いのは事実である。ただしそれが大好きに結び付くかはわからないし、肯定するのも恥ずかしくて、素直に同意出来そうにない。

だから口を噤《つぐ》んだが、結果としてさらに羞恥を煽られることに。

「違うの？　でもザガンのエッチで可愛いお尻は、俺専用だよね？　俺に処女奪われて、いっぱい犯されて、もうすっかり俺の形になってるもの。んんっ、すごい蠕動《ぜんどう》。ふふ、もっと俺が欲しいんだね。もちろんいっぱいあげるよ」

「あんんっ……ふぁ、あ、リュカ……も、……あ、あ、あ」

駄目だ、そんなふうに奥をつつかれたら、駄目になってしまう。快楽に侵されすぎて、おかしくなる。ああ駄目だ、気持ち良い、気持ち良い。

「ザガン可愛い。……はぁ、もっともっと、いっぱい苛めてあげるからね。独りではいられなくなるくらいに、いっぱい。……ね、ザガン。俺だけの、ザガン」

「あ……ぁん、ん――……、……」

＊

しばらく瞼を閉じたまま微睡《まどろ》んでいたが、次第に意識が鮮明になる。腹に腕が回され、背中から抱き締められているようだ。うっすら目を開けると、テント内に、外からの光が漏れてきていた。いつの間にか意識を失い、そのまま眠ったらしい。

仰向けになるよう身動ぎしながら、背後へと顔を向ける。リュカはまだ眠っていた。

と思いきや、彼の手がペニスを包んできた。ふにふにと軽く揉まれて、震えてしまう。反射的に身体を縮こまらせたら、うなじに唇が触れてくる。

「ザガン、起きたんだね。おはよう」

「……、…………おはよう」

とても久しぶりにかけられた、寝起きの挨拶。少々戸惑ったものの、どうにか返答すると、リュカは小さく喉を震わせた。嬉しそうなのが、密着している場所から魔力を通じて、なんとなく伝わってくる。

俺がリュカの感情を知れるということは、俺の感情も、リュカに伝わっているだろう。だからか彼の手が、そっと下腹部を覆ってきた。

「ザガンの中から、まだ俺の魔力が感じられるよ。しばらくは光に浸されたままだね」

「……そうだな」

リュカの魔力は、あたたかくて心地好い。陽のようにぽかぽかしていて、ずっと微睡《まどろ》んでいたくなる。裸で抱き締められて他者の温もりに包まれるのも初めてだが、とても気持ち良い。相手が光属性だからか、それともリュカだからかは、判断付かないが。

起きるのが勿体なくて抱き締められたまま横になっていると、うなじや髪にキスされた。それに下腹部を覆っていた手が、脇腹へと移動する。腰のラインを確かめるように太腿まで下りていき、尻も撫でられた。そしてくにくにと、アナルの表面をさすってくる。

「ん、リュカ……そこは」

「ザガンのここ、まだ柔らかい。指なら簡単に飲み込んじゃいそう。中も、俺の精液でトロトロだろうなぁ。ねぇザガン、入れて確かめてみても良い？」

「そ、れは……朝からするべきではないだろう」

「前立腺、とんとんってたくさんマッサージしてあげるよ。ちっちゃいおっぱいも吸うし、ずっと童貞なおちんちんも、うんと舐めて可愛がってあげる。……駄目かな？」

どう考えても駄目なんだが、間近から覗き込んでくる蒼い双眸《そうぼう》に、言葉が詰まってしまう。駄目と言おうとした瞬間、唇で唇を塞がれる。片腕でしっかり腰を抱き込んでいるあたり、逃がすつもりは微塵もないのだ。

リュカに触れられるのが、嫌というわけではない。前立腺を弄られて気持ち良くなれるのは昨日でわかっているし、想像したら情けなくもペニスが勃起してしまった。それに闇属性で今後もずっと童貞なのは明らかなので、否定のしようもない。

だがしかし、それでも俺は男である。気持ち良いとわかっていても、自尊心や羞恥で、素直に頷けそうにない。

だから黙ったままでいると、ちゅっと頬にキスされ、アナルに触れている指に力が込められた。入ってくる。そう思い、反射的に下腹部に力を入れた瞬間。

ぐうぅぅと、盛大に腹が鳴った。きょとんとして、ついリュカと顔を見合わせてしまう。

「………………腹が減った」

「ふ……あははっ。そうだよね。何時間もエッチしてたし、そのまま寝ちゃって、夕食取っていないものね。ふふ、俺もお腹空いてきちゃったよ」

結果的に朝からセックスするのは免《まぬが》れ、服を着たり洗顔したりとあれこれ準備したら、外にテーブルを置いてリュカと二人で朝飯を食べた。マジックバッグから出しただけの普段から食べている弁当だが、一人じゃないからか、いつもより美味かった気がする。

朝飯を終えたあとはコーヒーで一服して、武器や防具を装備し、テーブルやテントを片付けたら準備完了である。

けれどその途端、リュカに腰を抱き寄せられ、引き留められた。

「やっぱり別行動じゃないと駄目？」

「駄目だ。お前の仲間達は、俺を恐れているだろう。そんな連中に一緒にいるところを見られて、また喧嘩を売られたら面倒だ。それに、俺は独りが良い」

「またそんな寂しいことを言って。俺はザガンと一緒にいたいのに」

「王子という自覚を持て。ダンジョン攻略に参加しているのは、Aランク以上の冒険者か、騎士か魔導師で、ほとんどの者が俺を闇属性だと知っている。貴族出身の連中に、共にいるところを見られたら厄介だろう」

「そうだね、貴族社会はいろいろ面倒だから。特に俺は光属性のせいか、期待してくる人が多くてさ。君といたら何を言われるか……いっそ片っ端から潰そうかな」

ボソッと呟かれるが、これだけ近くにいるから当然聞こえる。

「止めろ。闇属性が悪とされているのは、昔からだ。人の意識は、そう簡単には変えられない。それに闇属性達が、多くの人間を殺しているのは事実だろう」

「ザガンは悪くないじゃない」

「悪いのさ。同じ闇属性だからな」

闇属性だから、悪である。それが何百年と積み上げられてきたソレイユ王国の歴史であり、世界の意思だ。

リュカは反論してこなかった。代わりにぎゅううと抱き締めて、首筋に顔を押し付けてきたので、ポンポン背中を叩いて宥める。

「街を一緒に歩くぶんには平気だ。民間人のほとんどは、Sランク冒険者に闇属性がいることは知っていても、その外見までは知らない。髪を隠している限り、闇属性だとはバレない。だから街での依頼であれば、今まで通り付き合ってや……らなくもない」

「ザガン……。ふふ、相変わらず素直じゃないなぁ。そこが可愛いんだけど。それじゃあ、今度またデートしようね」

頬にキスされた。デート。そうか、あれらはデートだったのか。

唇にもされそうになったので手で塞ぎ、そのままリュカの身体を押して距離を取る。

「つれないなぁ」

「うるさい。俺はもう行く。じゃあなリュカ」

「うん、気を付けて」

手を振られ、リュカと別れた。

そして今日も、ダンジョン攻略に勤しむ。

2.

リュカとあのようなことをして時間を取られても、第四都市では俺が星の欠片を入手した。シナリオ通りに。ならば第五都市では、リュカ達が手に入れるだろう。やはりシナリオ通りに。

ここは現実だ。けれど思った以上に、ゲームの影響力が強い。

第一ダンジョンの時は、まだ気付かなかった。ゲームでは主人公達が先に着くところを、俺が先に着いてボスを倒していたから。しかし結果としてシナリオ通りに俺が欠片を所持して、ダンジョンから出ている。

第二でも第三でも、他にも攻略者達がいるのに、やはり俺が最初に最深部に到着していた。そして第四でも。たとえ俺がゲーム通りのザガンでなくても、ゲーム通りにシナリオが進むように調整されている気がする。

だからこそ考えてしまう。もし俺が入手するはずの章で、そもそもダンジョン攻略に行っていなかった場合、どうなっていたのかと。リュカ達が欠片を入手するなら構わない。後々出てくる闇組織の人間でなければ、誰でも構わない。

だがもしかしたら、俺が最下層に到着するまで、他の者達は延々とダンジョン内を巡らされていたかもしれない。そう考えてしまうほどに、シナリオの作用が強い。

世界の力が、人の感情にまで影響されていなくて良かった。父上は俺に優しかったし、ノエルも闇属性の兄がいたのを知っているのか、他の者より闇属性に甘い。リュカは自由すぎて、本来は攻略対象者でない俺を落とそうとしてきている。

第四ダンジョンで俺がリュカと共に落ちたのも、あそこにいた中でリュカに最も好意を抱いているのが、俺だったからだろう。あれだけ共に依頼をこなしたり夕飯を食べたり、遊んだりすれば、友人と認識するくらいの好意は持つ。

まぁ女性であるヒロイン達より、男の俺のほうがリュカを好きというのには、気恥ずかしさがあるけれども。彼は俺以外と出かけたり、セックスしたりしていないのだろうか？　……あれほどの女性達に囲まれていれば、さすがにするよな。

ともかくあの場面では、一緒に落ちたヒロインを、主人公が介抱する。それが俺の場合、魔力を使い切らせて気絶させるしか、介抱させる状況を作り出せなかったんだろう。だから空が存在する自然階層まで落とされた。やはり、世界によって。

世界の力が作用するのがダンジョン内のみなら、憂いはない。だが章が進むにつれて、街でもイベントが起こるようになる。

もしも、リュカがシナリオ通りにヒロイン全員を仲間にしてきたのが、世界の意思ならば。ダンジョンの外でも、世界の力が働くとすれば。

――……俺は、死ぬだろう。

九章後半。ザガンはダンジョン攻略後に闇組織と衝突し、彼らの召喚した五体のダークドラゴンと戦うも敵わず殺害されて、集めた六つの星の欠片を奪われる。また、都市を破壊するこのダークドラゴンは主人公達が倒すものの、多くの人間が犠牲になる。

そのような惨憺《さんたん》たる出来事が、これから現実で起きるかもしれない。

もちろん死にたくないので抗うし、人々が死ぬのも阻止したい。けれど現状、俺は闇組織とまったく接点がないのだ。彼らが現在どうしているかもわからない。こちらから探って下手に刺激するのも避けたいので、今は静観するしかない。

――《闇組織》。文字通り、闇属性の者達が集まった組織である。産まれた時から迫害され、存在を否定されてきた者達。

ソレイユ王国の人間達は、相手が闇属性であれば、迫害するのが当然だと認識している。闇属性が街を歩いていれば、我先にと石を投げる。傷付いた姿を見て嘲笑い、こちらが反撃すれば傷付けられたと被害者面をする。我々が誰かを殺すのは許さないくせに、彼らが闇属性を殺しても罪には問われず、むしろ周囲から褒め称えられる。

邪神によって幾度も滅ぼされかけた国であるがゆえに、いつしか根付いた意識。

だから闇組織は、この国を滅ぼそうとしている。

＊

五月六日、第五都市に到着。しかし午後四時過ぎという中途半端な時間だったし、実は第五都市に来たのは初めてで、どこに何があるのかわからなかった。

そもそも俺は、冒険者になったあとも基本はエトワール大森林に住んでいるので、隣接している街にさえ数回ずつしか行ったことがない。大都市で隣接しているのが第十二～第四都市なので、今まではさほど困らなかっただけ。

とにかく外門付近にある都市の案内板を確認したら、ひとまず冒険者ギルドに向かった。どの街でも冒険者ギルドは外門近くにあるし、デカいのでわかりやすい。

建物内に入ると、タイミング良……いのかどうかはわからないが、リュカがいた。彼は俺を見つけると、嬉しそうに駆け寄って、抱き付いてくる。

「ザガン、俺に会いに来てくれたんだね！　すごく嬉しいよ」

「俺は冒険者だ、冒険者ギルドに来るのは当然だろう。お前に会いに来たわけではない。あと人前で抱き付くな」

「それじゃあ、今すぐ人前じゃないところに行こうか」

「行くわけないだろう」

ふふっと笑うリュカをカウンターに引き摺っていき、まずは道中で仕留めたモンスターの、不要な素材の売却を行う。

いらっしゃいませと声をかけてきたギルド職員にカードを見せると、とても驚かれた。広大なソレイユ王国に、五十人いるかいないかというSランク。そして名前を確認された途端、その者の顔が強張《こわば》るのも、いつものことだ。

ちなみにSランクが少ないのは、登録するだけで誰でもなれてしまう冒険者よりも、厳選された騎士や魔導師のほうが、強者が集まるからだろう。

国所属となる師団は大多数が貴族で編成されているが、収入が安定するので、騎士や魔導師は憧れの職業として民間人でも目指す者は多い。だが試験がある。強くなければ受からない。だからこそ、自分の実力を試そうとする強者が集まっていく。

ひとまず素材を売却し終えて、星の欠片ダンジョンに潜るための弁当も注文したら、リュカを引き摺りながら掲示板前に移動した。Sランクの依頼は、星の欠片ダンジョンしか貼られていない。Aランクも、急を要するものはなさそうだ。

Gランクを見る。目に付いたのは、動物園の清掃。

この都市には動物園があるのか。そういえば誰かの個別イベントに、動物園デートがあった気がする。……そうか、動物園か。

再びカウンターに戻り、第五都市のガイドブックを購入した。邪魔にならない壁際に移動して、地図で動物園の場所を確認する。これか。敷地面積広いな。

ここからだと、馬車で行くのが良さそうだ。それでも一時間はかかりそうだが。大都市なので魔導列車もあるものの、残念ながら動物園付近には通っていない。自転車なら近道出来るかもしれないが、あまり冒険者らしくないし、フードが脱げてしまうので却下。

ガイドページで、開園時間も調べておく。朝九時からか。

「動物園に行きたいの？」

「ああ。……あ、いや。少し気になるだけだ」

後ろから腰に腕を回したまま離れないリュカが、フードを少し退かして、顔を覗き込んできた。そんなに俺と目を合わせたいのか。照れてしまうから止めてほしい。あと頬が赤らんでいたからといって、ふふっと耳元で笑うのも止めてほしい。

「ザガン可愛い。じゃあ明日、一緒に行こうか。朝から待ち合わせて、動物園デートしよう」

「は？　俺と行くのか？」

「えっ、駄目なの」

思わず聞いてしまい、驚かれた。でも驚いたのは俺のほうである。ヒロイン達はどうした？

確かに先月までは、俺の好感度が一番高かったかもしれない。

だが『リュミエール』は、メインストーリーを進めながら、期間内に規定以上まで好感度を上げて個別イベントを発生させていくタイプの恋愛シミュレーションなので、誰が一番高いかは時々しか関係しない。最終的に攻略必須の個別イベントを全部発生させたヒロインの中から選んで、エンディングを迎えるのだ。

もちろん必須イベントをバッティングしないように全部発生させて、全員同時攻略が出来れば、ハーレムエンドも選べる。

第四ダンジョン攻略後から昨夜までで、リュカは彼女達とさらに仲を深めただろう。毎夜六人から選びたい放題なので、セックスもしているはずだ。むしろしていなければ、エロゲ主人公ではない。こんなイケメンを、女性達が放っておくとも思えない。

だからこそ俺だけに時間を割いてないで、ヒロイン達とのイベントを発生させるべきだ。

「……お前には仲間がいるだろう。アイツらとは行かないのか？」

促すつもりで聞くと、リュカは困ったように眉尻を下げた。

「旅の仲間ではあるけど、デートに誘いたい相手ではないかな。何もしていないザガンに、闇属性というだけであんなに敵意を向けるし、攻撃態勢にも入っちゃうし。さすがにノエル……ザガンに敵意を向けなかった子ね。あの子は幼馴染だから、誘われたら行くけど。でも俺からデートに誘うのは、ザガンだけだよ」

なんと、ヒロインの誰も攻略していないとは。もしやセックスすらしていないのか？　エロゲ主人公なのに。王子なので、セフレの数人くらい許されそうなのに。

いやもちろん、誠実なのは良いことだ。

しかし現状、ノエル以外の好感度が低い気がするんだが、大丈夫だろうか。

実はノエル以外のヒロインは、九章終了時点で好感度二〇以下だと、十章の都市到着までに仲間から抜けてしまう。しかもモブやモンスターによる凌辱《りょうじょく》付き。あくまでもゲームの話だが、彼女達にそのような残酷な道は辿ってほしくない。

「ザガン、どうしたの？　何か悩んでる？　それとも、俺と動物園に行くのは嫌？」

悲しそうな声に、慌てて首を横に振る。

「嫌ではない。ただ……仲間とはそれなりに良好な関係を築いておかないと、大変ではないかと思っただけだ。俺自身に仲間がいたことがないから、ハッキリしたことは言えないが……信頼関係がなければ、共に戦えないのではないか？　連携が上手くいかないと危険に陥る可能性もあるだろうし、何より俺に勝てないぞ」

リュカが少しでも彼女達との仲を深めるよう、それとなく挑発しておく。俺に勝てなくても問題ないが、男として負けっぱなしなのは悔しいはずだ。それに九章終了までに好感度二〇以上という条件なら、会話や鍛錬だけでも間に合う。

「確かに信頼関係は大事だね。仲間としては充分良好な関係を築いているつもりだし、ザガンに敵意を向けた件については、キレたノエルを宥めるほうが大変だったけど。……そうだね、彼女達が喧嘩しないように、もう少し気にかけてみるよ」

いや、ノエルがキレたって。ヒロイン達が俺に敵意を向けた程度で、どうしてキレるんだ。自分だけ拘束されて戦えなかったのが、悔しかったのか？　あるいは他の理由があるのか。

気になるが、兄妹とバレるわけにはいかないので聞けない。

「ふふ、そんなに俺を心配してくれるなんて、ザガンはホント優しいなぁ。ありがとう、ザガン。とりあえず明日は、俺と一緒に動物園に行こうね」

「…………わかった」

リュカがどうしても俺と行きたいのであれば、付いていってやらなくもない。

というわけで待ち合わせ時間や場所の相談をし、そのあとは一緒にギルド周辺を散策して、見つけた酒場で早めの夕飯を食べた。

リュカはエロゲ主人公でありながら、誠実な男らしい。しかも攻略相手は、まさかの俺。ゲームと違って、悪役ではないからだろうか？　しかしエロゲ主人公なら、普通は男を恋愛対象として認識しないはずだ。ヒロインに男の娘がいるからか？

そういえばベネットのシナリオは、王子である主人公を好きになるも、妊娠出来ない身体なので悩むという内容だった。自分には跡取りを産めない、王子に相応しくないと。だがカミラに相談すると、男でも妊娠可能になる薬を開発してくれる。よってベネットを攻略するには、カミラがパーティーから離脱しないことが必須である。

つまりあの二人がいると、俺さえも妊娠出来てしまうかもしれないと。……恐ろしいな。闇組織より確実に恐ろしい。リュカには絶対言わないようにしよう。

俺はリュカが王子だろうと気にしない。むしろ闇属性の俺と本気で一緒にいたいなら、リュカが王子身分を捨てるしかない。

＊

翌朝、天気は晴れ。宿でトイレや歯磨き洗顔を済ませたら、服を選ぶ。

今までは依頼ついでに誘われていたが、今回は待ち合わせてのデートなので、それらしい服を着るべきである。しかも場所は動物園。だから武器も防具もマントも身に付けるわけにはいかない。

「……これにするか」

どうしようか悩んで、結局だぼっとした黒の猫耳パーカーを手に取った。以前街を歩いていて、店頭に並んでいるのを見かけた瞬間、衝動買いしたものである。

ゲームのザガンからはかけ離れている服かもしれないが、中身は俺だし、これから行くのは動物園なので構わないだろう。だいたい私服は四着しか持っておらず、これ以外はただの黒パーカーばかりで、あまりデートっぽくないのだ。

髪についてはヘアピンで前髪を留めて、でこ丸出しにした。あと耳裏から左右とも刺し、前から見えないようにする。戦闘するわけではないので、これで充分だ。

ところでこの世界は、前世よりも服装の幅が広い。

現在着ている前世と同じような私服はもちろん、前世だとコスプレになる格好も、ここでは防御力が付加された防具として普通に存在している。たとえ水着のようでも、レア素材で作られれば、防御力が高いのだ。しかも女冒険者は、ランクが高いほどに露出度も高い風潮がある。鍛えた美しい身体やレア防具を、周囲に見せ付けるためにに。

ミランダが、まさにそのような格好をしている。ニナは盗賊風、カミラは魔女っ子、ベネットはメイド服、シンディはファンタジー司書。そして見習い騎士であるノエルは、騎士らしくしっかり甲冑を着けており、露出しているのは絶対領域のみだ。兄は安心である。

もちろんデートイベントでは、全員私服姿だった。

朝八時半、冒険者ギルド前。リュカは先に待っていた、のだが。

なんだあのイケメン。どこのハリウッド俳優だ。ああ、王子だったか。ジャケットにズボンというシンプルな服装なのに、いつも以上にキラキラしているように見える。気のせいか？

微妙に近付きたくなかったが、それでも動物園には行きたいので傍に寄る。

俺に気付いたリュカは、声をかけようとしたまま、笑顔で固まった。こんな格好なので、驚くのも無理はない。普段のイメージと違う自覚はある。

しかし我に返ったかと思えば、ぎゅうぎゅう抱き締めてきた。

「猫耳パーカーだなんて、予想外すぎるんだけど？　萌え袖まで押さえてるし。なんなの。なんで普段は格好良いのに、今日はそんなに可愛くなってるの？　俺を萌え殺す気かな？」

「え。殺すつもりはないが」

「しかも天然っ。ツンデレの天然なんて、最強じゃないか！」

コイツ大丈夫か。俺は男だぞ。男のツンデレなんて需要ないぞ。

ちなみに萌えも天然もツンデレも、この国では普通にある言葉だ。ゲームでも時々出てきたし、現実でもギルド内で何回か耳にしたことがある。

抱き付いているリュカをどうにか退かして、大通りにある馬車乗り場へ移動。軽量馬車に乗り、一時間かけて動物園に向かった。

園内はとても開放的だった。金網や檻がないからだろう。木や蔓、岩、水場などで動物達を上手く囲っているし、何より魔導バリアが張られている。

この世界には魔力を利用した魔導具が数多く存在していて、魔導バリアもその一つだ。

透明なので、金網で覆われていて動物が見えにくい、ということにはならないし、動物達からしても圧迫感がなくて良さそうである。また、バリアに触れると波紋が広がって壁があることを教えてくれるし、もしぶつかっても衝撃を吸収するので安心だ。

それなりの魔法でなければ壊せない、優秀な魔導具である。

ルートに沿って歩きながら、いろんな動物を観覧した。動物は好きだけど詳しいわけではないので、前世にもいた種類なのか、それともこの世界特有のものなのかはわからない。でも小動物のちまちま動く姿は可愛らしく、単純に癒される。

特にこの区画は、掌サイズの動物ばかりだ。ハムスターがちょうど食事をしている。

その様子をじっと観察していたら、突然手を繋がれた。思わず隣にいるリュカを見ると、ふわりと柔らかく微笑まれる。

「みんな動物に夢中だから。ね？」

くっ、さすがはイケメンのコミュ強。俺には出来ないことを平然とやってのける。

恥ずかしかったが、抵抗するとむしろ目立ってしまうので、そのままでいるしかなかった。

だが区画から出ても手を放してくれないので、結局周囲から見られてしまう。この男、心臓がオリハルコンで出来ていないか？

適当な店で昼飯を食べたあとは、ジャングル区画に行った。魔導トロッコに乗り、ジャングルのように緑溢れる道を、ゆっくり進んでいく区画。魔力が通っているレール上を浮いて進んでいくトロッコなので、揺れもなければ音もしない。

とても優れた魔導具に感心しながらも、動物はしっかり観察する。

時々バリアすれすれのところを通っているのか、ライオンやトラ、キリン、ゾウなど、様々な動物をかなり近くから見られた。迫力があって素晴らしい。

なお二匹のトラが寄り添って歩いている姿を見ていたところ、リュカからキスされたので、腹パンしておいた。余所見していないで、常に動物を見ておけ。

閉園前には、土産屋に寄った。デフォルメされた動物のぬいぐるみがたくさんあり、どうしてもその付近ばかりウロウロしてしまう。前世と違って大金を所持しているし、買ってもマジックバッグに入れれば邪魔にならないので、記念に何か買おう。

しばらく悩んで、五十センチくらいのホワイトタイガーを手に取る。

「ザガン、それが欲しいの？　俺が買ってあげるね」

「いい。これくらい自分で買える」

「俺が買ってあげたいんだよ。そうすればこのぬいぐるみを見た時、俺と一緒に動物園に行ったんだって思い出せるでしょ？」

なるほど、そういう考え方があるのか。さすがコミュ強。しかし俺だけでは不公平だろう。

「……わかった。ではリュカの分は、俺が買おう。何が欲しい？」

「ありがとう。せっかくだから、ザガンに選んでほしいな」

なんと、俺が選ばなければならないのか。

しかもリュカは俺からぬいぐるみを取ると、仲間達の土産も買うと言って、探しにいってしまった。仕方なく、再び店内を見回る。

リュカが持っていても、おかしくないもの。格好良いものや、シンプルなものがあれば良いんだが。……あぁ、これなんかどうだろう？

黒猫シルエットのレザーキーホルダー。スマートな形だし、動物園名が書かれた長方形レザーが格好良さを上乗せしている。小さいからバッグに付けていても目立たない。……俺も欲しくなってきたので、二つ買おう。

カウンターで支払って、先に待っていたリュカと、互いに購入したものを交換した。俺が買ったキーホルダーを見て、彼は破顔する。

「今のザガンみたいだね。しかもお揃いなんだ。すごく嬉しいな」

「………………そんなつもりはなかった」

「ふふ、大事にするね」

本当にそんなつもりはなかったのに、ツンデレだなぁと思われている気がするのは何故だろう。あとぬいぐるみを抱える俺を見て、満足そうに頷くな。しまおうとしたら止められるし。

少々腹が立ったので、リュカからキーホルダーを奪い、無理矢理バッグに付けてやった。ついでに俺のキーホルダーも、自分でバッグに付ける。

「あぁ、俺が付けてあげたかったのに。ホントつれないなぁ」

つれなくて結構だ。

＊

夕方、馬車で大通りに帰ってきた。そのまま解散するつもりでいたが、引き留められてしまう。

「せっかくだし、夕食も一緒に取ろうよ。近くにゆっくり出来る場所があるんだ」

「仲間達が待っているんじゃないのか？」

「デートで帰らないと言ってあるから、大丈夫」

「お、おい放せ。こんな場所で繋ぐな。おいリュカ、聞いているのか」

人通りの多い場所なのに手を繋がれてしまい、小声で窘めるも、リュカは聞く耳を持たず。こうなったら絶対離さないだろう。抗うだけ疲れるし、もうすぐ陽が落ちて見えなくなるので、諦めて大人しく付いていく。

だがそうして連れていかれたのは、何故かホテルだった。

ソレイユ王国のホテルは、貴族や商人などの金持ちが利用する施設であり、経営も貴族である。冒険者が利用するのは大抵、民間人が経営している宿屋だ。俺はおそらく貴族以上に金を持っているが、それでも冒険者なのでホテルを利用したことはない。

まず外観が、宮殿のようである。玄関前アプローチも広いし、箱型馬車がよく出入りしていて、ドア付近には案内人まで立っている。もちろん警備兵もあちこちにいる。見るからに上流階級専用の施設であり、冒険者というだけで追い出されそうだ。

けれどリュカが門を通ろうとすると、ラフな服装なのに警備兵が敬礼するし、魔導具で連絡を入れたのか、何人もの従業員がドアから出てきて頭を下げた。エントランスに入れば、待ち構えていた男がホテル支配人だと自己紹介してくる。

もうすぐ星の欠片ダンジョンが開かれる時期に現れた、キラキラ輝いている金髪に、蒼眼の男。しかも長身のイケメン。彼はわかりやすく、第二王子なのだ。そのせいか手を握られている俺は、フードで髪を隠してぬいぐるみを抱えていても、スルーされている。

「大きいベッド一つに風呂、二人分の夕食と朝食が付く部屋をお願い」

「ちょっと待て」

白金貨一枚出したリュカを、慌てて止めた。白金貨一枚＝百万G＝百万円。一泊でそんなに払うなんて、どれだけのサービスを要求するつもりだ。そもそも。

「俺は、食事をしたいと言われたから付いてきたんだ。どうして泊まる必要がある？」

「もちろん、君も食べたいから」

「……………は……そ、れは。遠慮したいんだが」

遠回しにセックスしたいと言われてしまい、驚いて言葉に詰まったものの、どうにか拒否した。いきなりすぎるだろう。

「駄目かな？　元々外泊込みのつもりで、デートに誘ったんだけど。それに前回は初めてだったのに、テントの中だったでしょ。だからリベンジさせてほしいな」

「テントで充分だから、リベンジは必要ない。それと俺は、このような高級な施設に泊まれるほどの神経を、持ち合わせていない」

リュカがエロゲ主人公で、俺を攻略対象者として認識している以上、抱くなとは言わない。それにその……き、気持ち良かったし、あったかい気持ちにもなれるから、どうしてもと言うなら受け入れてやらなくもない。

でも男同士なんだから、もっとひっそりした場所で、隠れてするべきじゃないか？

こんなふうに男二人で手を繋いでホテルなんて入ったら、何を目的としているか周囲にバレバレではないか。今だって絶対ここにいる全員から、『これからアレコレするのだな』とか、『第二王子は男色か』と思われているぞ。それで良いのか王子。俺は嫌だ、恥ずかしいから帰りたい。頼むから常にテントでしてほしい。

拒否する俺に何を思ったのか、じっと見つめてくるリュカ。だから負けじと見返していると、腰を引き寄せられ、顔もぐっと近付けられた。

って、ちょ、おま。今さりげなく支配人に金を渡しただろう。視界の端で、恭しく頭を下げているのが見えているぞ？

「ザガンは慎ましくて可愛いね。でもあの時、君が俺を助けてくれなければ、俺はきっと死んでいたんだよ。もちろんザガンとしては、ついでだったかもしれない。それでも君が助けたのは、俺なんだ。その意味わかる？」

「わからん。相手が王子だろうと貴族だろうと民間人だろうと、俺にとっては同じ命だ。ギルドの護衛依頼でも、場所や過程によって金額は変わるが、護衛対象による変化はない。ついでに助けた人間が誰であろうと、ギルドを通した依頼でないなら対価は発生しない。お前は確かに王子だ。だが誰にとっても自分は特別などという、自惚れた考えは持つな」

売り言葉に買い言葉である。無礼は承知。いっそ怒ったフリして、このまま帰ってやろうか。なんて思いながらも睨み続けていると、リュカは嬉しそうに微笑んできた。

「君ならそう言うよね。ああ、やっぱり好きだなぁ」

「……へ？　あ、…………えっ」

好き、と言ったのか。俺に対して。な、何故だ？　今はまだ五章前半なのに。主人公が誰かに告白するのは、相手を選ぶエンディングのはずなのに。

「ふふ、驚いてるザガンも可愛い。ねぇザガン。俺は君が大好きだから、うんと大切に抱きたいんだよ。美味しいものを食べて、一緒にお風呂に入って、ゆったり出来る大きなベッドで甘やかして。そうして俺でいっぱいに満たして幸せにして、君にも俺を好きになってもらいたいんだ。そうすれば君は、俺だけのものになってくれるでしょう？」

甘い微笑と、とても柔らかな声。ドクンッと脈打つ心臓。

ヤバい、顔どころか耳まで熱い。なんだ、なんなのだこのイケメンは。なんという口説き文句を、恥ずかしげもなく吐いてくるのか。

真っ赤になっているだろう顔を見られたくなくて、俯いてぬいぐるみに顔を押し付けた。するとフードの上から、頭の天辺にちゅっとキスされる。うぐぐ、本当に恥ずかしいから止めてほしい。

「納得したみたいだから、行こうか」

今のセリフ、半分は支配人に言ったようだ。こちらですと聞こえてきて、顔を上げられないままリュカに手を引かれる。羞恥で逃げたいが、何故か嬉しい気持ちも湧いてきてしまい、相反する感情にぐるぐる混乱した。ドキドキと心臓がうるさいし、握られている手も震えている。

どうすれば良い？　俺は、どうすれば。

リュカと支配人が話していて、何人かが行き来している気配がするも、混乱してきちんと把握出来ない。心臓も大きく鳴り続けている。

お、落ち着け。リュカがイケメンなのは、いつものことではないか。それに加えて、少々甘いセリフを言われただけである。そうだ、今すぐ返事を求められたわけではないのだから、気にしなければ良いんだ。気にするな、気にするな。

何度も言い聞かせているうちに、少しずつ脈拍が正常に戻り、頭もスッキリしてきた。

どうにか落ち着いたので、顔を上げる。すると広くて綺麗な部屋の中、いつの間にかズラリと料理が並んでいたし、リュカと二人きりになっていた。

夕食はとても豪華だった。ワイバーンのステーキだけで、五万G以上するはずだ。他にも色鮮やかなサラダや、ほかほかのクリームスープ、白身魚のムニエルなど。腕の良い料理人が調理してくれたようで、本当に美味かった。ワインも高級なもののようで、爽やかな香りがするし、フルーティーで美味い。

それと最初から料理が全部テーブルに並べられており、途中で誰かが入ってくることがなかったので、フードを脱げたのもありがたかった。

リュカがそのように頼んでくれたのだろう。いろいろ気遣ってくれたのか、それとも隣に座って気兼ねなくあーんしたかっただけかは、定かではないが。

とりあえず口元に料理を運ばれれば食べるしかないし、たまに催促してくるので、何かしら入れてやった。自分が食べるのはあまり気にならないが、食べさせるのは、どうにも照れてしまう。

そんな俺を見て、幸せそうに微笑むリュカ。

「ありがとうザガン。君に食べさせてもらうと、すっごく美味しいよ」

いや、味は変わらないと思うが……まぁ喜んでいるようなので、頷くだけに留めておこう。

腹いっぱいになったあとは、少し休憩してから風呂に入ることに。

料理を運ばれていた時には風呂も用意されていたらしく、浴室を覗いてみたら、すでに湯が張られていた。広くて綺麗なのはありがたいが、薔薇の花びらまで浮いているのは何故なのか。……深く考えてはいけないな。

先に脱衣場で服を脱いでいると、リュカも入ってきた。そしてドアの鍵をかける。不思議に思って首を傾げると、ニコリと微笑まれた。

「もし誰かが入ってきて、バッグを盗まれたら困るからね」

「確かに、困るが」

俺達が入浴している間に、ホテル側は食器を片付けるそうだ。そのついでに、バッグを盗もうとするかもしれないと。しかし王子やその同伴者の所持品を窃盗したら、待っているのは死刑ではないか？　ホテルの評判も地に落ちる。

それにマジックバッグは魔力を流すことで所有者と認識されるが、大抵のものは所有者から離れた状態で他者が触れると、トラップが発動する。先程リュカのバッグにキーホルダーを付けられたのは、リュカの肩にかかっていたからだ。

だからたぶん、違う理由がある。……そうか、もしかしたら脱衣所どころか、浴室にまで入ってこようとする人間がいるかもしれないのか。王子を誘惑したいと考える女は、確実にいるだろうし。モテすぎるのも大変だな。

あれこれ考えながらもさっさと全裸になり、浴室のドアを開けた。身体に湯をかけて、先に洗うかどうか悩んだ末、湯船に浸かる。リュカと二人きりなので、気遣う必要はないだろう。

ふぅと一息ついた頃に、リュカも浴室に入ってきた。

チラリと見ただけで視線を逸らしたが、やはりデカいな。さすがはエロゲ主人公。

……俺のものが小さいわけではないはずだ。いや、この国の平均サイズなど知らないので、なんとも言えないけれど。誰かに見られることがなかったから今までは気にしなかったが、比較対象があると、どうしても比べてしまう。小さくない、よな？

考えていたら、リュカが横に入ってきた。腰を引かれて、背中から抱き締められる。

「広いのだから離れろ」

「触りたいから却下で」

素直に言われて、言葉に詰まってしまった。もう少し好意を隠してほしい。俺が恥ずかしいから。

でも触られるのが嫌というわけではないので、頑なに拒むことはしないでおく。

諦めて寄りかかり、リュカの肩に頭を乗せると、嬉しそうに頬を寄せてきた。それから下腹部を撫でてくる。腰や太腿にも触れてくる。

「はぁ……ザガンの身体、なめらかで抱き心地が良いし、とても綺麗だなぁ。筋肉はちゃんと付いているけど薄めで、腰も細くて手足がスラリとしてる。お尻のラインもすごく綺麗だ」

「それは、褒め言葉なのか？」

「もちろん。おちんちんも小さめで、とても可愛いよね」

「おい、絶対褒めていないだろう」

「属性も光と闇で相対しているからか、相性が良くて、エッチの時にすごく気持ち良くなれるし。もしかしてザガンは、俺に抱かれるために生まれてきてくれたのかな？」

「そ、んなわけ……」

あるのか？

ここはゲームに酷似している世界だ。過去や未来はともかく、現在はリュカがエンディングへ向かうように、世界の力が作用している。

そして俺は、彼の物語を展開させていくために存在している悪役だ。けれど前世の記憶があったので、悪役ではなくなってしまった。それでもシナリオに関われるよう、男でありながらも攻略対象者となり、リュカが好む身体になっているとしたら。

考えてみれば、ゲームでのザガンがこのサイズというのは、あり得ない。詳細は覚えていないが、ノエル凌辱《りょうじょく》シーンでは奥まで届いていたはずだから。しかし今の俺は、正直そんな描写がされるほど大きくない。

つまりこのサイズは、リュカのためなのか。それなら少しくらい、小さくても仕方ないな。

「……まぁ、リュカが気に入ったのなら、触らせてやらなくも、ない」

「え、ホントに？　うわ、すごく嬉しいな。ザガンのおちんちん本当に可愛いから、いっぱい触りたいし舐めたくなるんだよね。口に収まるサイズで咥《くわ》えやすいし、魔力も美味しいし。ふふ、おちんちん苛められすぎて泣いちゃうザガン、すごく可愛いだろうなぁ。今から楽しみだよ」

くそっ、早まってしまったか。

やはりコイツに、甘いことを言ってはいけない。すぐに調子に乗る。

「あとは、おっぱいをもうちょっと大きくしてあげたいな。ザガンの乳首がぷっくりしたら、絶対可愛いから。エッチのたびに弄れば、きっと大きくなるよね」

「……、ん……、あ、ふ……っ」

後ろから両胸を揉まれた。乳首も摘まれて、くりくり弄られる。男が乳首を弄られたところで感じるわけがない、と思いきや、小さな快感が湧いてきた。もどかしい刺激に、ビクビク震えてしまう。ここは浴室だし、まだ身体も洗っていないのに。

これ以上は嫌だったので、触れてくる手を剥がして、リュカから距離を取った。調子に乗らないように、睨んで牽制するのも忘れずに。

「そろそろ身体を洗う。……だが、近寄るなよ」

「ご、ごめんねザガン。お風呂の中じゃ嫌だったよね。謝るから許して？　身体洗わせて？」

無視して湯船から出たら、リュカは焦って付いてくるし、ぎゅっと抱き締めてきた。入浴中だけでも大人しくしてくれればと思ったのに、この慌てよう。

そんなに俺が好きなのか？　まだ五月なのに、どうしてこうなったんだ。


結局髪や背中を洗われて、仕方ないので洗い返してやり、しばらく湯船に浸かってのんびりしてから入浴を終えた。バスローブなんてものを着たのは、いつ以来だろう。そもそも前世ですら、着たことがあったかどうか。

首を傾げつつも、バッグを持って寝室に向かう。百万G払っただけあって、寝室のドアを開けてみると、とてつもなく大きなベッドに迎えられた。

はたして何人で眠るのを想定したサイズなのか。しかも天蓋付きである。上流階級の人間は、皆このようなベッドを使用しているのか？

「もしやリュカも、普段からこんなデカいベッドを使っている？」

「何を想像されたかは察したけど、俺のはもっと小さいし、誰かを連れ込んだこともないからね？どんな相手だろうと城に招待すると周囲に全部把握されるし、それが貴族令嬢であろうものなら、確実に面倒なことになっちゃう」

「ああ。王子というのは、本当に大変なんだな」

リュカはまたしても、しっかり鍵をかけた。誰かに入ってこられたら困るものな。俺も、この黒髪を見られるわけにはいかない。

荷物を近くのソファに置いたら、ベッドに横になってみる。ふむ、寝心地は抜群だ。

「部屋の照明は消しちゃうね」

魔力に反応して点いていた魔導ランプを消されて、けれど真っ暗になることはなかった。リュカが魔力操作で、小さな光を灯したから。

彼はベッドに上がってくると、天蓋カーテンを下ろし、閉じ込めた中にさらに光を浮かべていく。一つ、また一つと増えていく、淡い光。それらに照らされたリュカの横顔はとても格好良くて、つい見惚れてしまう。

ツラが良いことは、貴族社会では有利に働くだろう。周囲から侮られなくて済む。だが俺としては、この良すぎる顔面のせいで押し切られている気がするので、複雑である。

そういえば疑問に思っていたんだが。

「リュカは、俺のどこに惚れた？　俺は闇属性だし、しかも男だ。……顔か？」

「ふふ、確かにザガンの顔はとても綺麗だから、好みかと聞かれたら力いっぱい頷いちゃうけど。でも好きになった理由は、その目だよ」

リュカは覆い被さってくると、間近から目を覗いてきた。その心地好い重みに感じ入りながらも見つめ返せば、ふわりと優しく微笑まれる。

「君と初めて出会い、剣を交えて。その最中に君のフードが脱げて、この赤い瞳がハッキリと見えた瞬間――あまりの美しさに、見惚れずにはいられなかった。まったく濁っていない、まっすぐで強烈な視線に、心臓を撃ち抜かれてしまったんだ」

「……………そうか」

あの時狼狽《うろた》えていたのは、黒髪を見たせいではなかったのか。あの瞬間に、俺を好きになったから。それはなんとも、不思議な感覚だ。

ゲームでヒロイン達の好感度を上げるのは、彼女達が攻略対象者として存在しているからである。好きになるキャラはプレイヤーによって違うし、あまり興味ないキャラだろうと、攻略するためであれば好感度を上げる。

そのせいか先に好きになるのは大抵ヒロインからであり、主人公の感情は、プレイヤーがエンディングで誰かを選んで初めて、その子を好きだと明確に表現される。

しかし実際には、俺がリュカを好きになる前にリュカが俺を好きになっているし、こんなにも好意を伝えてくる。いくらゲームと酷似していても。本当にこの身体が、リュカのために変化していたとしても……それでもここは、現実だから。

だから彼の温もりをあたたかいと感じるし、ゆっくり下りてくる唇に目を閉じれば、触れてきた柔らかな感触の気持ち良さに、どうしても身体が震えるのだ。

＊

「ザガン、好きだよ。君が大好き」

ちゅ、ちゅ、といくつもキスが降ってくる。唇にだけでなく、眦《まなじり》や頬にも。頭を撫でられ、前髪を梳《す》かれて、額にも唇を寄せられる。

柔らかな感触をひたすら受け止めていると、リュカは自分のバスローブの紐を解いて、前を開けた。それから俺のも。

肌を露わにされたら、心臓辺りを撫でられ、乳首を摘まれた。何度かクリクリされたあと、その手は腰へと移動していく。そうして抱き締められて、互いの素肌が密着した。

「触れ合うの、気持ち良いね」

確かに気持ち良い。リュカの温もりに包まれると、あったかくてふわふわした心地になる。光に抱き締められているような感覚。だが素直に頷くのは恥ずかしいし、喜ばせるのも癪なので、口を噤《つぐ》んだ。結局嬉しそうに微笑まれたけれど。

「照れてるザガンも可愛い」

「……視力が悪いんじゃないのか。上級ポーション飲め」

上級ポーションでも、視力が治るわけではないらしいが。それがわかっているからか、リュカは楽しげに喉を震わせる。

「素直じゃないところも可愛くて、好きだなぁ」

首筋にキスされ、くすぐったさに身動ぎしたら、ペニスが触れ合った。すると身体をグッと押し付けられて、ゆるゆる腰を動かされ、ペニスを擦られる。気持ち良くて下腹部が疼《うず》く。

「っ、……ん、ふ……っう」

「はぁ、ん……ああ、ザガンのおちんちん、勃起してきた」

「う……お前なんて……風呂の時から、だろうが」

「うん。ザガンとエッチ出来ると思うだけで興奮しちゃうから、仕方ないよね」

恥ずかしいことを恥ずかしげもなく言うこの男を、本当にどうにかしてほしい。あと耳元で喋《しゃべ》るな、それだけでゾクゾクするから。

震えている間にもペニスを掴まれて、亀頭を撫でられ、パクパク息づいている尿道を抉られた。腰が跳ねると、宥めるようにこめかみにキスされる。

「ん、は……ん……、……」

リュカは俺のペニスから手を離すと、身体を起こして、股の間に座ってきた。少しの接触だけで勃起したペニスをまじまじ見られてしまい、ブワッと熱が上がる。

すでに前回見られているが、あの時は最初から快楽で朦朧《もうろう》としていたので、思考がそこまで向かなかった。だが今は駄目だ。意識がハッキリした状態では、どうしても羞恥が湧いてくる。

だから反射的に隠そうとしたのに、手を掴まれて阻まれてしまった。

「駄目だよザガン、隠しちゃ駄目。俺に、君の全てを見せて」

「……、……う」

だから、その良すぎる顔面と、甘いセリフをどうにかしろ。何故か心臓がバクバクするし、混乱して思考がぐるぐるして、抵抗する気力が奪われるだろうが。

両手を握られたまま、勃起したペニスを観察された。それがまた羞恥を煽ってきて、顔が熱くなり、涙まで滲《にじ》んでくる。俺はいったい、どうしてしまったんだろう？　告白されてからというもの、なんだか変だ。

「ふふ、ザガンの童貞おちんちん、震えていて可愛い。このままもっと苛めてあげたいけど、ちょっと待っててね。先にこっちを用意しよう」

こっちと言って触れてきたのは、なんとアナルだった。しかもトロリとしたものを塗られる。広がる、あたたかな魔力。これはもしかして、リュカの先走りか？　こんな、こんなの、すぐにでも蕩《とろ》けてしまうではないか。

「うぅ……っ、ん、……ふ、っ」

表面にくちくち馴染まされたあと、指が一本、入ってきた。ゆっくりと括約筋を広げられていく感覚がただただ気持ち良くて、小さく腰が跳ねる。そっと掻き混ぜられるだけで、腸壁がきゅうきゅう指を締め付けて、塗られている先走りを吸収しようとする。

前立腺も優しく撫でられて、どうしても気持ち良くて、腰がガクガクした。

「あ、う……、うう、っ……うぐっ」

胎内を弄られながらも、身体のあちこちを愛撫された。太腿を撫でられたし、腰も撫でられる。その手は胸まで上がってきて、また乳首を摘まれた。でもすぐに離れて、代わりにゆっくりと、リュカの頭が下りてくる。

埋まっている指に感じながらも、どうにか目を開けてその様子を見ていると、ちゅっと、心臓の上にキスされた。優しくあたたかな唇に、胸がきゅううと締め付けられて、苦しくなる。この感情は、いったいなんなのか。

ついでに胎内もきゅううと締め付けて、気持ち良さに身悶えてしまう。

「っ、ふ、……ん、んぐぅ」

「ん……ザガン？　もしかして、声が出そうになるの、我慢してる？」

頷いた。だってそうだろう。男の喘ぎなんて、聞きたくないはずだ。俺自身、喘いでしまうのは恥ずかしい。だから声が出ないように、口を押さえて歯を食い縛る。

すると何を思ったのか、リュカは顔を上げると、口を覆っている手の甲を撫でてきた。くすぐったい刺激に震えて、力が抜けて。

そうして恭しくその手を取られ、指先にそっとキスされる。

「俺はザガンの感じてる声、聴きたいな。……ね、我慢しないで？」

間近から見つめてくる優しい目と、優しい囁《ささや》き。そんなふうに宥められたら、言うことを聞いても良いかと思ってしまうではないか。少しくらい聞かせても、リュカなら嫌悪しないと。

だがそれでも、俺は男だ。

……男だから、リュカの告白に、どう返答すれば良いのかわからない。

困ってひたすら震えていると、閉じたままの唇に、ちゅっとキスされた。もう一度、ちゅっと。柔らかな刺激が気持ち良くて、自然と唇が緩んでしまう。

そのタイミングを見計らっていたかのように、クンッと前立腺を強く押された。

「ひぁっ⁉　あ、あんっ、ん……ふあぁっ」

ビクビクッと身体が痙攣《けいれん》して、背中が大きく撓る。

声が出てしまった。慌ててどうにか閉じようとしても、一度開いた唇は、与えられる快感にハクハク動くばかり。恥ずかしい、恥ずかしい。

「ああ、可愛い。ザガンの喘ぎ声、すごく可愛い。声だけでイきそうになる」

「あうぅ……、あんっ、んっ……あ、あ」

胎内を弄ってくる指を二本に増やされ、再び前立腺をさすられた。先程からずっと入れられているせいか、イきたくて仕方ない。だが後ろ、しかも指だけでなんてイきたくない。

「は……ん、あ、あ……あふ」

弾けそうになる快楽を必死に抑えていたら、リュカの頭が股間へ下りていった。トロトロと先走りを零している俺のペニスに近付き、ゆっくりと唇が開いていく。その様子に視線が吸い寄せられてしまい、どうしても逸らせない。

わずかに見える舌、先端にかかる吐息。艶《なま》めかしい光景に、はく、と音にならない声が漏れる。

「…………ぁ、っ……あ……」

ちろりと舐められた。それだけで腰が震える。先端を吸われる柔らかな刺激に、はぁと吐息が漏れていく。とても気持ち良い。

竿も舐められた。裏筋を辿られると、ゾクゾクッと快楽が湧き上がる。ペニス全体を覆うように咥《くわ》えられて、咥内の熱くぬめった感触に包まれて、震えずにはいられない。でも前からの刺激なので、素直に身を任せられた。

「んあ……は、ぁ……ん、んあ、あ……っ」

前立腺もずっと弄られ続けていて、中からも強い快感がブワブワ押し寄せてきている。とにかく一度イきたくて、溜まっているものの溢れそうな感覚に促されるまま、ぎゅっと身体に力を入れた。すると合わせるようにペニスを強く擦られるし、先端も舌で抉られる。

「ひ、ぁ……ん――……っ！」

ブワワッと快感が溢れて、弾けていった。硬直する身体、飛び出ていく精液。解放感が気持ち良い。でもリュカの咥内に射精してしまったせいで、喉を鳴らして飲んでいる音が聞こえてくるのは恥ずかしい。それにさらに飲もうとしているのか、ちゅうちゅう吸ってくる。

「ひぁ、あ、ぁ……でない。もう出ない、……から」

震える手で彼の頭を押さえると、素直に口を放してくれたので、ひとまずホッとする。萎《な》えたペニスにキスされたが、それくらいなら問題ない。

「ふふ、ザガンのおちんちん、やっぱり可愛いなぁ。精液も美味しかったし。それにお尻の中も、物足りなさそうに指を締め付けて……早く俺のペニスが欲しいって、催促してきてる」

「ん……そん、な……ぁんっ」

ようやく胎内から指を抜かれた。けれど縁の窄《すぼ》まる感覚に震えているうちに、足を抱えられ、アナルにリュカのものを宛がわれる。

風呂で見たリュカのペニスは、すごくデカかった。あんな大きなものが、俺の尻に入るはずがない。絶対裂けてしまう。前回入ったなんて関係ない。あ、あ、駄目だ、入って、くる。

「あ、あ……リュカ、ま……ひん、ひ、あうぅっ」

ゆっくり埋まってきて、狭いはずの場所が、無理矢理リュカのサイズにされていく。きちんと解かされたからか裂けてはいないものの、括約筋の広がる感覚にすごくゾクゾクした。先走りのせいか光の魔力も弾けていて、視界がチカチカする。

奥の奥まで広がっていく感覚に身体を強張《こわば》らせていると、ようやくリュカが止まってくれた。脈打っている、熱くてデカいペニス。あれが自分の中を埋め尽くしていると考えるだけで、きゅっと締め付けてしまい、イきそうになる。

「あう、う……ふぁ……あ、ぁん、ん」

「はぁ……ザガンの中、きゅうきゅう搾ってきて、すごく気持ち良いよ。ザガンも……うん、気持ち良さそうだね。おちんちん勃起してるし。ふふ、さっき射精したばかりなのに、可愛いなぁ」

「ひあ……あ、あん……ぁん」

「ああ、もう蕩《とろ》けてるんだね。入れただけでトロトロになってくれるなんて、ホント可愛い。きっと魔力の相性も、身体の相性も、どっちも良すぎるからだろうな」

なんと言われたか、よく聞こえなかった。ただ涙で滲《にじ》む視界の中、気持ち良さそうに目を細め、頬を紅潮させながら熱い吐息を零す姿に、また胸を締め付けられる。

俺の身体で、リュカが感じている。それがこんなにも……こんなにも、なんだろう？

「ふぁ、リュカ……ぁ、あ、ん」

腰を掴まれると、ペニスが半ばまで出ていった。そして狭まったところに再び入ってきて、奥まで抉られる。腸壁をゆっくり擦られるのが、とても気持ち良い。たまに前立腺付近まで抜かれて、小刻みに動かれてカリで掻かれるのも、気持ち良い。

「ふぁ、あっ、あん……リュカ、あ……あふ」

「ん、すごい……ザガンの中、すごく蠢《うごめ》いてるよ」

「そんな、あ、あんぅっ……ふぁ、あ、あ」

突然動きが激しくなり、ずぷっずぷっと何度も奥を穿たれた。そのたびに身体が戦慄《わなな》く。快感を我慢しようとして胎内を締めて、むしろ埋まっているリュカのペニスをまざまざと感じてしまい、腰が大きく震えた。結腸奥に亀頭を嵌められ、ぬちぬち掻き混ぜられるのも堪らない。

「んあぁ、あ、あんっ……あんぅ」

「はぁ、ザガン……ザガン、どう？　気持ち良い？」

「あ……きもひ、いいっ……あ、あんっ」

「うんうん、気持ち良いね。ふふ、ザガン可愛い。大好き」

このまま絶頂に向かうのかと思いきや、リュカは小さく笑うと、動きを止めた。しかし埋まっている感覚だけでも気持ち良くて、きゅっと胎内を締めてしまう。

どうにか緩めて快感を逃がそうとしていると、覆い被さられ、背中に両腕を回された。抱き寄せられるから反射的に彼の首にしがみ付けば、ふふっと笑みが聞こえてきたあと、眦《まなじり》にキスされる。

そして囁《ささや》かれる。ザガン、と愛おしげに。

「リュカ……あん、ん、んっ……っ」

互いの汗ばんでいる肌が密着し、温もりに包まれた状態で、また激しく律動された。奥まで抉られるたび、全身に快感が広がっていく。背中が撓り、腰が揺れて、自分からも奥を掻き混ぜるように動いてしまう。

気持ち良い。きつく抱き締められて、揺さ振られて、熱くて硬いリュカのペニスで奥までいっぱいにされるのが、本当に気持ち良い。

「あ、あ、りゅか……も、イく……あ、あっ」

イくと言ったからか、より激しく奥を突かれた。括約筋も腸壁もたくさん擦られるから、ブルブル震えるし、逃げるように腰を振ってしまう。それでもなお抉られて、結腸まで入ってきて。

「ぁ……っ、あ、んぅ――……ッ!」

脳天まで走り抜けていく、とてつもない快楽。同時に、リュカが耳元で呻《うめ》いた。

「は、っ……ぁ、ぐう……っ!」

ビュルルッと、勢いよく射精される。精液でいっぱいになり、光がたくさん弾けながら、リュカの魔力が全身へと広がっていく。あ、あ……駄目だ。これは駄目だ。おかしく、なる。

「ひ、う……ッ! ――……ッ!」

イってる。またイっている。気持ち良い。気持ち良すぎて、腰が弓なりに反れたまま、全身が硬直してしまっている。ぎゅううぅとペニスを締めて、その大きさに余計に感じて、絶頂から下りられない。涙も勝手に零れていく。身体が、自分のものではなくなっていくような感覚。

駄目だ、おかしくなる。リュカ、リュカ、助けてくれリュカ。

「ッ、うう――……ッ、ひ、ひぐ……ッ」

「っ……ザガン、大丈夫だよ。大丈夫だから、少しずつ、力抜いていこう？」

優しく声をかけられ、腰を撫でられたり、ぽんぽん叩かれたりしてあやされた。外からの刺激のおかげか、硬直が少しだけ緩む。

「ごめんねザガン。まだ二回目なのに、魔力が満タンなところに俺のをたくさん入れたら、いっぱい押し出されちゃうよね。あんなに大きなハートが出たくらいだ、感じすぎて苦しかったよね」

「う、んうー……う、ぁ……」

リュカの手に促されるままどうにか力を抜いたら、埋まっていたペニスがゆっくり出ていった。圧迫感がなくなって、だいぶ楽になる。

すると今度は全身が脱力して、腕がベッドに落ちた。どこもかしこも快楽で痺れていて、まともに動けそうにない。涙腺も崩壊しているみたいで、涙が止まらない。

「抱かせてくれてありがとう。ザガン、大好きだよ」

横たわったままふぅふぅ息を吐いていると、そっと抱き締められ、額に張り付いていた前髪を梳《す》かれた。落ちている涙も拭われたあと、唇にキスされる。ちゅっと、甘く優しい口付け。情けなくも、ぐずりと鼻を啜《すす》ってしまう。

どうやら魔力が満タンの時に中出しされると、感じすぎてしまうようだ。だがまだ二回目なのも原因らしいので、もしかしたら何度かリュカの魔力を受け入れているうちに浸透しやすくなって、いずれは満タンでも問題なくなるのかもしれない。

とにかく最後は驚いてしまったものの、とても気持ち良かった。

それにこうしてゆったり抱き締められていると、リュカの想いが伝わってくる。幸せだ、大好きだと。たくさん伝わってくるから、心がふわふわした。俺の想いは、どうだろうか？　どんな感情が彼に伝わっているのだろう？

自分のことながら不明だが、こうしてリュカに包まれているのは心地好い。いつの間にか涙も止まっていて、それでも顔中にキスされる。くすぐったくて少し身動ぎすれば、胎内からぬちゅりと音が聞こえてきた。

精液が漏れないようにもぞもぞ動いて、彼の懐に顔を埋める。すると嬉しそうに喉を鳴らして、頭を撫でてきた。その手も気持ち良い。

だが何度か梳《す》いただけで、リュカは身体を起こした。

「ちょっとだけごめんね。バスローブ脱がすから」

そういえば腕に引っかかったままだ。それにこのまま眠るには、尻辺りが濡れすぎている。ペニスを出し入れされると、どうしても腸液と先走りの混ざったものが漏れてしまう。

「…………、う……ん」

うっかりアナルから液体が漏れていく光景を想像してしまい、頬が火照った。けれど脱がされたバスローブで尻を拭かれている最中だったので、顔を見られることはない。賢者タイム中なので、勃起もしない。

その萎《な》えているペニスや、腹を汚していた精液も、綺麗に拭いてくれた。そのあと生活魔法を使えばスッキリして、素肌に触れるシーツが気持ち良く感じられる。寝心地抜群な高級ベッドに、セックスして疲れたあと悠々と横になるという贅沢。

なんだか嬉しくなってきて、うつ伏せになりシーツに頬を擦り付けた。そのままの体勢で止まったあとは、胎内にあるリュカの魔力に意識を向ける。ん、贅沢だ。

そうしていると、同じように全裸になって身体を綺麗にしたリュカが、隣に寝転がってきた。

「ふふ、ベッド気持ち良いね」

コクリと頷けば、腰を引き寄せられ、再び抱き締められる。先程のように懐に顔を埋めると、また黒髪に触れてくれた。梳《す》いてくる優しい手付きに酔いしれる。

少しすると、眠くなってきた。ふわふわのベッドと、リュカのあたたかな温もりに包まれているからだ。うとうとしていたら、俺が眠ろうとしているのがわかったらしく、声をかけてくる。

「おやすみザガン。良い夢を」

優しい囁《ささや》きに促されて、意識は落ちていった。

3.

リュカから告白され、豪華なベッドでセックスして。それでも翌日ホテルから出れば、立場をわきまえなければならない日常が戻ってくる。リュカは人から注目を浴びる王子で、俺は人目に髪を晒せない闇属性。だから一緒にはいられない。

わかっていても寂しいらしく、別れ際には切なそうな顔をするから、少々胸が痛む。ただダンジョン攻略前にもう一度ギルドで出会い、その時には変わりなく嬉しそうに微笑んで抱き付いてきたので、内心安堵した。

ゲームでは、第五ダンジョンでも主人公とザガンは遭遇する。主人公側が星の欠片を入手し、しかもヒロイン達は欠片を持って、先に魔法陣を使って逃げる。

ここでノエルの好感度が規定値を超えていて、彼女の攻略必須イベントを網羅していると、個別イベントが発生する。ノエルも残り、ザガンを迎え撃とうとするのだ。

『私はノエル・ブレイディ。殺戮者《さつりくしゃ》ザガンよ。我が剣にかけて、貴様をここで倒す！』

『あ？　ブレイディ、だと？　……くっ、ははは！　ブレイディか。あははははは!!』

『な、なんだ。何故そんなに笑う！』

『ははは、何故だと思う？　ふ、ははっ。確かにお前は、あの男に似ているぜ。まさか娘がいたとはなぁ。お前を嬲《なぶ》り殺せば、お前の両親は心底絶望するだろうなぁ。ああ痛快だ。あのクソ共に、こんな形で復讐出来るなんて』

『貴様、どうして私の両親を……ま、まさか過去に母様を殺そうとしたのは、貴様なのか⁉』

『さぁ、どうだろうな。くっ、ははは。せいぜい愉しませてくれよ？　ノエル・ブレイディ』

その言葉に激昂して刃を交えるも、まったく歯が立たず。

結局ノエルはダンジョンの力によって先に強制転移させられ、残った主人公が続いてザガンと戦いながら、彼女は自分が守ると宣言する。


というわけで、攻略開始から十四日後。ようやく最深部に着いたら、すでにボスを倒し終えたリュカ達が、星の欠片を手にして話し合っていた。バタンと扉を閉じた音で、全員こちらを向く。

「ザガン！　君も辿り着いたんだね」

俺を認めると、リュカは相変わらず嬉しそうに微笑んできた。ヒロイン達も、今回は戦闘態勢にならない。前回かなり痛め付けたし、理由は不明だがノエルがキレたと言っていたので、何かしら約束を交わしたのだろう。

睨んでくるミランダとニナ、視線を逸らすベネット、興味ありげに見てくるカミラとシンディ。そしてキラキラした眼差しを向けてくるノエル。

リュカはカミラに星の欠片を預けて先に行くよう促すと、祭壇を下りて駆け寄ってきた。

「今回は俺達が先だったね。五回目にして、ようやく君に勝てたよ」

「そうだな。……まぁ、少しなら褒めてやらなくもない」

「ふふ、相変わらずツンデレだなぁ」

ツンデレではない。リュカ相手だと、普通に褒めようという気が起きないだけだ。これがノエルであれば、頑張ったなと褒めるぞ。

そのノエルもこちらにやってくると、他のヒロインは魔法陣で離脱した。どうしてか、ノエルイベントのような状況になる。

「自己紹介が遅くなってしまい、申し訳ございません。私はノエル・ブレイディと申します。ザガン殿のたった数年でSランクに到達した実力、敬服いたします」

リュカは彼女とのイベントを進めていないはずなのに、自己紹介してきた。まぁゲームより丁寧だし、剣を抜かれていないという違いはあるが。

「以前俺の髪を見たなら、察していると思うが……たんに、膨大な魔力を持って生まれただけだ。敬服されるようなことではない」

「確かにその通りかもしれません。ですがとてつもない強敵相手でも戦おうとする心意気、そして必ず勝つという強い意志を持っていなければ、Sランクには到達出来ないのではないでしょうか。貴殿はやはり、素晴らしい冒険者です」

「称賛はありがたく受け取っておこう。……ノエル、は。騎士か？」

「はい。まだ見習いの身でありますが」

そういえばどうして、騎士の道を選んだのだろう。ゲームと違い、俺は魔力を暴走させていないので、母上は健康のはずである。

ゲームでの母は歩けない身体になっていて、しかも呪いまでかけられており、上級ポーションでも治せない。だからノエルは、犯人を捕らえて裁くために、騎士の道を選んでいた。両親は闇属性の兄がいることも怪我の真相も伏せているため、ノエル個別イベントを進めないと、彼女は最後まで何も知らないままになる。

「何故騎士になろうと思った？　失礼を承知で言うが、攻撃魔法を使えないうえに女性となると、あまり昇進出来ないのではないか？」

「ザガン殿の仰る通りです。しかし私の父は王都魔導師団の副団長を務めていますし、兄も膨大な魔力を保持していたと聞いています。確かに私は、攻撃魔法を使えません。ですが剣一本でも戦えますし、前線で傷付いた仲間を即座に回復することが可能です。私は少しでも兄の代わりになれるよう、我がブレイディ家のため、そして国民のために戦いたいのです。……兄様はきっと、そうしたかっただろうから」

「……亡くなったのか？」

「いえ。あっ……ええと。表向きは病死ですが、実際はザガン殿と同じく闇属性だそうです。そのせいで家にいられなくなり、幼い頃に出ていかれました。もう十年以上昔の話になります」

「そうか。ではもし生きていたとしても、悪行に手を染めているかもしれないな」

「なっ、そんなことはありません！　兄様はとても優しかった！」

突然激昂した彼女に、少々面食らってしまう。

過去に優しかったから、なんだというのだ。

「闇属性にとって、この国は悪意に満ちた地獄だ。その中で生きる苦痛がどれほどのものか、お前にわかるか？　わからないだろう。お前は闇属性ではないのだから」

「そ、れは……でも貴殿は闇属性でありながら、真っ当に生きているじゃないですか！」

「俺が真っ当だと？　は、笑わせてくれる。人間などいつでも簡単に殺せるから、放置しているだけだ。お前の兄も生きていたとしても、人間を憎み、国を滅ぼそうと考えるだろう。死んでいるとしたほうが、お前にとって幸せではないか？」

ノエルは傷付いた表情をした。けれどすぐにキツく睨み付けてくる。その強い双眸《そうぼう》に、俺の顔が冷ややかに映るように見下ろした。

まさかと思うが、俺を兄と疑っているのか？

すでに亡くなっている可能性もあるというのに、何故か生死についての反論がないし、俺が真っ当であれば兄も真っ当だと考えているので、そうかもしれない。だがどれだけ疑われようと、絶対に肯定はしない。

睨まれ続けているので、目を逸らさずひたすら見返していると、傍にいたリュカが俺の腰に腕を回してきた。そしてノエルから引き離される。

「二人とも、そこまでにしようか。ただ睨み合っているだけじゃ、何も進まないよ。ああ、ノエルはそろそろ転移するね。落ち着くためにも、みんなと合流したらすぐに屋敷に戻ってね」

「……わかりました」

ノエルの身体が輝きだし、数秒後にはシュンッと消えた。

彼女がいなくなり、溜息が漏れる。今更妹と会話することになるとは思わず、神経を使った。モンスターと戦うよりも疲れた。

それが伝わったらしく、リュカが苦笑する。

「ノエルがごめんね。悪気があったわけじゃないんだ。きっとお兄さんとの優しい思い出を、壊したくなかったんだよ」

「わかっている。俺も言いすぎた自覚はある。だがあのような甘い考えは、捨てさせたほうが良い。それがあの者のためだ」

「うーん、そうかもしれないね。でもノエルはお兄さんが大好きだから、いくら否定しても無駄なんだ。真実がハッキリしない限り、周囲が何を言っても聞く耳持たずに、反論してくると思うよ。それにもし真実が彼女にとって残酷なものだったとしても、それまでは夢を見ていても良いんじゃない？　――知れるかどうかも、わからないのだから」

顔を近付けられ、耳元で囁《ささや》かれた言葉。ドクリと心臓が大きく脈打ち、冷や汗が滲《にじ》む。

どういう意味だ？　何故その言葉を、あえて俺に聞かせた？

心臓がドクドク鳴るが、それでも平静を装って見返す。

リュカは微笑んだ。しかし、いつものような柔らかさはない。

「ザガン、前に言ってたよね。妹はいくら窘めても、地下に来たって。何度も絵本を読んであげたって。ノエルのお兄さんも地下に幽閉されていたし、何度も絵本を読んでくれたそうだよ。それに彼女のお兄さんって、ザガンと同じ七月八日生まれだし、生きていたらザガンと同じく二十三歳なんだよね」

ノエルは兄が黒髪なのは記憶していなかったのに、何をしてもらったかは覚えていたらしい。そういえば先程も言っていた。兄は優しかったと。

しかもその記憶を、リュカに話していたのか。幼馴染ならば当然かもしれないが、出来れば胸に秘めていてほしかった。いや、そもそも俺が悪いのだろう。俺がリュカに聞かれるまま、妹の話をしてしまったから。

誕生日も以前聞かれたので何も考えず答えたが、まさかリュカが、ノエルの兄の誕生日を知っているとは思わなかった。こちらはたぶん、父上からだ。彼はリュカの魔法教師なので、今日は息子の誕生日だとでも言った可能性が高い。毎年プレゼントをいただいていたし。

「俺は静観するつもりだよ。俺が触れていい問題ではないから」

どう返答すれば良いかわからず沈黙を貫いていると、リュカの身体も輝きだした。そして目の前から消える。

俺が転移して大広間に戻ったのは、彼の数分後だった。周囲を見渡すと、まだかなりの攻略者達が転移されてきている。が、リュカはすでにいない。

待っていなかったことに、ホッと安堵した。

＊

ゲームでのザガンが、ノエルを妹だと知るのは五章。

だがノエルがザガンを兄と知るのは、もう少し先の、六章後半である。しかもダンジョン攻略後にザガンに攫《さら》われ、凌辱《りょうじょく》されながら、お前の兄だと告げられるのだ。

髪のせいで母親から恐れられたこと、地下に幽閉されて父親から何度も何度も叩かれたこと。ただ闇属性というだけで、虐待され続けたこと。

『なぁノエル。同じ環境で生まれたはずなのに、どうしてお前は普通に生活してるんだ？　俺を闇属性に産んだのはテメェらだってのに、おかしいだろ。なぁ!?』

このシーン、ザガンの顔はスチルに描かれていなかった。声はどうだっただろう？　泣いて、いただろうか。ノエルが特に好きだったからシーン自体はそれなりに覚えているものの、物語の悪役でしかないキャラのことまでは、記憶にない。

ノエルは闇属性の兄がいたことに愕然とし、ほとんど抵抗出来ずに喘がされ泣きながらも、ザガンの言葉に心を痛める。

自分にとっては優しいはずの両親が、実は自分の子供を虐待していたのだ。属性が闇というだけで、兄に残虐なことをしていた。どう考えても、両親こそが悪である。ゆえに闇属性が悪だとは、ノエルには思えなくなっていた。

凌辱《りょうじょく》半ばで、主人公が助けに来る。彼は犯されているノエルを見て、激怒して剣を振るう。その攻撃を触手で防ぎ、主人公を拘束するザガン。主人公は光魔法で触手を切り、その間にノエルから離れたザガンも戦闘態勢に入った。

しかし戦おうとする二人を、ノエルが止める。

『待ってください！　その人を傷付けないで！』

『ノエル!?　どうしてっ』

『だって。だってその人は……っ』

『……ハッ、興が醒《さ》めた。今回は見逃してやる。だが次に会った時は……確実に貴様らを殺してやる。せいぜい余生を楽しむんだな。くはっ、あはははは！』

ザガンが闇に紛れて姿を晦《くら》ましたことで、主人公はノエルを連れて仲間の元に帰る。

その晩、ノエルは主人公に、ザガンが兄であることを告げた。

屋敷から出られない母の髪色を、ザガンが知っていたこと。その母が重傷を負ったのは、そもそも両親が虐待していたのが原因らしいということ。

『嘘ではないと思いました。だって父様は、母様をあんなふうにした犯人を、探そうとしていませんでしたから。どれだけ問い詰めても、必要ないと。それもそうですよね。自分の息子が原因だと、最初からわかっていたんですから。……私は犯人を捕らえるために、幼い頃から、騎士を目指していたというのに』

『ザガンが本当に兄だったとして、先生が虐待していたとしても……それでもザガンは、多くの人達を殺してきているんだよ。過去がどうあれ、極悪非道の罪人を見過ごすわけにはいかない。それに、君にも酷いことをした』

『……わかっています。あの人は悪だって。でも次にあの人と戦うことになった時、躊躇《ちゅうちょ》せずに剣を向けられるか、わからないのです。――あの人の、悲痛な声が、聞こえてくるから』

真実を知ってしまい、ふとした瞬間、悩むようになるノエル。

だがそんな憂いは、必要なくなる。次出会う時、ザガンはすでに死んでいるから。

第九都市で、ダークドラゴンを倒したあと。ノエルは都市の外で血まみれになって倒れているザガンを見つけ、その亡骸《なきがら》を抱いて、涙を流すことになる。

＊

次の第六都市へ向かっている道すがら。

空が夕焼けに彩られている頃、前方にテントを張って野宿の準備をしている一行を見つけてしまった。微かに感じる、リュカの気配。

なんという偶然だろう。都市から都市へ移動するのに、いったいどれだけのルートがあると思っているんだ。しかも何故こんな、ところどころに木が生えているだけの小さな休憩所にいる？　王子なら村や街に泊まれ。……まぁ、それはそれで歓迎されて大変だからという理由で、ゲームでも基本は野宿なのだが。

せめて通り過ぎようとしたのに、こちらに気付いていたらしいリュカが、俺の名を呼びながら大きく手を振ってきた。

仕方ないので止まり、風で脱げていたフードを被る。

「ザガン！　良かった、止まってくれて。あの、その乗り物はいったい……？　いやそれよりも、会えて嬉しいよ。今回はダンジョン後に一度も会えなかったから」

俺がギルドに行くのを避けていたので、当然である。ノエルの兄という事実を知られていたことに、混乱していたから。静観すると言われても、十四年も隠し続けた秘密を暴かれていたなんて、すぐに受け入れられるはずがない。

これ以上リュカに近付くべきではないかもしれないとか、俺がブレイディ家の人間だったと、他者に広まってしまう可能性があるとか。そうなったら両親やノエル、屋敷で働く者達に迷惑がかかるとか、いろいろ不安が湧いていた。

でも考えてみれば、相手はリュカである。誠実で優しいし、闇属性を好きになるというハンデを自ら背負うような人間だ。そんな奴が、他者を陥れるとは思えない。

思考を巡らせて返答しないでいると、リュカは困ったように眉を下げた。

「もしかして、この前のことを気にしているのかな。そのせいで、俺と会いたくなかった？」

まさしくその通りである。なかなか敏《さと》い男だ。

誤魔化《ごまか》す理由がないので頷くと、彼はホッと吐息を零した。

「そっか。良かった、嫌われたわけじゃなくて。ごめんねザガン。秘密にしていることを、暴かれたくなかったよね。せめて黙っていれば良かったんだ。無神経で、ホントごめん」

「お前が謝る必要はない。自分のことを話しすぎた、俺の落ち度だ。今後は話さないようにする」

「それは、俺以外には、だよね？」

「………さぁな」

ついと視線を逸らし、乗っているもののハンドルを握り直す。すると慌てたように、抱き締められた。ぎゅううと、痛いほどにきつく。

「意地悪しないで。ザガンと話せなくなったら、つらくて死んじゃう」

大袈裟だと思わなくもなかったが、声は本当につらそうだった。今にも泣きそうな、擦れた声。腕も震えているし、フードやターバンをずらしてまで、頭に頬を擦り寄せてくる。

こんなにも必死にすがり付かれるとは思わず、罪悪感が湧く。

「……俺の正体を他者に知られたら、家族が危うくなってしまう。戸籍上はとっくの昔に家族でなくなっているが。それでも血は繋がっているんだ。守りたいと、思うんだ。だからリュカも、誰にも言わないでくれ」

「言わない。絶対に誰にも言わないよ。だからこれからも、一緒にいろんな話をしよう？　ね？」

「わかった。俺も、試すような真似をして悪かった」

リュカを見上げて、視線を合わせる。

彼の目は、微かに潤《うる》んでいた。夕焼けの光に彩られ、蒼と橙の不思議な色合いになっている。艶やかで、とても綺麗な双眸《そうぼう》。

リュカは気が緩んだようで、へにゃりと笑った。いつものイケメンらしい表情からはだいぶ離れていたが、これはこれで、良い笑顔だった。

「ところでザガン。君が今、乗っているものなんだけど。ええと、これは」

「ああ。自作した魔導車だ」

黒のバイクだが、バイクはソレイユ王国にないので、魔導車としておく。

この世界には様々な魔導具がある。動物園にあった魔導バリアやトロッコ、ある程度の距離なら会話可能な通信機。水道やトイレや風呂、時計や照明など、日常で使われているものの多くに魔石を使用した魔導回路が組み込まれていて、魔力を流すことで作動する。

大都市内では魔導列車も見かけるが、さすがに街から街を繋いでいる列車は存在しない。モンスターがいる大地にレールを敷くのはあまりにも難しく、たとえ敷いたところで、すぐに破壊されてしまうからだ。そしてレールなしに列車ほどデカいものを走らせようものなら、魔力がいくらあっても足りなくなる。

よって街から街への移動は、基本的に馬、あるいは馬車となる。

リュカ達は、幌馬車《ほろばしゃ》を使っていた。馬は二頭で、現在ニナが世話をしている。それからテントを用意しているノエルとミランダ、夕食を作っているベネットとシンディ、焚火《たきび》の前で番をしているカミラ。何故かはわからないが、ミランダ以外は時々こちらを窺《うかが》ってくるので、なるべく見ないようにしておく。

ちなみに前世での、石炭や石油や天然ガスという資源燃料は、まったく使わない。人間の身体に魔素があり、自身の中から魔力が生まれるからだ。消費しても、時間経過で完全に回復する魔力。どこからか取ってくる必要がない、最も身近で最も便利なエネルギーである。ただし限界を超えて魔力を使うと、死に至るが。

「最近タイヤに使用している素材を見直して、新しくした結果、以前よりスピードは出るようになったんだ。だがそれでも、持続して走り続けるには、かなりの魔力を消費してしまう。俺は魔力が多いから長時間乗れるが、大半は二時間持たないかもしれない。乗っている最中にモンスターと遭遇したらそのまま魔法を放つから、もっと消費を抑えたいんだが……魔石の種類や数、組み合わせなどを変えてみたり、車体パーツの素材や重さや形を変えてみたりしても、残念ながらあまり成果は出ていない。前進するための魔力が、ハンドルからタイヤに上手く伝達していないのか？　だとしたら、回路そのものをもう一度見直す必要があるな。あと車体の……と、悪い。こんな話はつまらなかったな」

自分の世界に入りかけたところで、沈黙していたリュカに気付き、すぐに謝る。

前世で機械弄りやプログラミングが好きだったせいかもしれないが、この世界での魔導具や魔石や魔導回路はとても楽しくて、つい夢中になってしまうのだ。夢中になりすぎて周囲が見えなくなるのは、前世からの悪い癖である。

けれど申し訳なさに俯いたら、リュカに頭を撫でられた。

「ううん。ザガンの趣味を知れて、とても嬉しいよ」

——趣味。そうか、これは趣味に分類されるのか。

そういえばヒロイン達も、それぞれ趣味を持っていた。ノエルは裁縫、ミランダは木工、ニナは装飾、カミラは錬金術、ベネットは料理、シンディは読書。趣味に纏わる個別イベントもあるし、ヒロイン達の誕生日には趣味関係のものをプレゼントする。

つまり俺は、魔導工になるのだが。……なんだか恥ずかしくなってきた。これではヒロイン達と同じ立場に立っているようではないか。

いや、すでに攻略対象者として認識されているのはわかっているが、明確な証拠を突き付けられて、より退路を断たれたというか。もしや、俺もヒロ………どこか遠くへ逃げたくなるから、考えるのは止めよう。

先程説明したのが気になるのか、リュカはハンドル部分に触れてきた。アクセル、ブレーキ、クラッチレバー、速度計。彼の長い指が、ゆっくり滑っていく。

「はぁ、こんな複雑なものを作れてしまうなんて、ザガンはすごいね。どうなっているのか、俺には全然わからないよ。すごすぎる」

俺も、前世の知識がなければ作れなかったぞ。

しかもバイクに詳しい理由は、ゲームやアニメのバイクに乗っているキャラクターが、格好良かったからである。男として、格好良さを求めずにはいられなかった。とあるキャラの乗るバイクがあまりにも好みで、構造を研究したこともあった。

「幼少期は時間があり余っていたから、魔導具や魔導回路の本をたくさん読んでいたし、製作に着手したのは十二、三歳からだ。ここまで仕上げるのに十年もかかっているから、あまりすごいとは言えないと思う。だが……これを褒められるのは、素直に嬉しい。ありがとう」

我ながら格好良いと思っている自信作なので、礼を告げる。

するとワンテンポ遅れて、リュカからグッと喉が締まるような、変な音が聞こえてきた。どうしたのだろう。顔が真っ赤になっているし、口元を覆い、心臓まで押さえている。

「リュカ、大丈夫か？　具合が悪いのか？　今すぐ休んだほうが」

「ご、ごめん。違うんだ。その……君の笑顔が、あまりにも可愛かったから」

………え、がお。

「……なっ！　なな、なっ、なに、なにを、言って……っ」

グアッと全身の熱が上がって、反論しようとしたのにどもってしまった。

え、えが、笑顔って。確かに少々微笑んだかもしれないが、それだけでこんな大袈裟に反応されると、恥ずかしくなってしまうではないか。くそっ、顔が熱い。

咄嗟《とっさ》に腕で顔を隠したら、リュカがまたもや唸《うな》る。

「ああもう、なんでザガンはそんなに可愛いのかな⁉　心臓が持たないよ！」

「知らん！　可愛くない！　俺を見るな、近付くな！」

「嫌だ！　もっと見るし近付くし、抱き締めるからね！」

どさくさに紛れて抱擁《ほうよう》を追加した挙句《あげく》、宣言通りぎゅうぎゅう抱き締めてくるリュカ。バイクに跨《また》ったままなので逃げられないし、しかも両腕まで彼の腕の中に閉じ込められてしまっていて、抵抗すら儘《まま》ならない。

人が羞恥で震えているのに、リュカは構わず、頬をすりすり擦り寄せてくる。

「はぁ……ザガンの笑顔、本当に可愛い。初めて見たけど、破壊力がすごかった……。ああもう、ザガンが可愛すぎてつらい」

前から思っていたが、コイツ人のことを可愛い可愛い言いすぎだろう！　男だぞ俺は！

「リュカ君、ザガン君、晩ご飯出来たわよー。そんなところでイチャイチャしてないで、早く座ってちょうだーい」

イチャイチャなどしていない！

聞こえてきたシンディの言葉に物申したいことは多々あったが、リュカの力が弱まったので、腕から抜けることを優先した。動かせるようになった手を彼の背中に回して、とんとん叩く。

「ほらリュカ、仲間が呼んでいるぞ。早く行け」

「何言ってるの。ザガンも一緒に行くんだよ？」

「は？　どうして俺が」

「だってもう夜じゃないか。ザガンも休まないと。ほら立って。魔導車も片付けて」

ハンドルを押さえ、腕を掴んで立たせようとしてくるリュカ。これでは運転して逃走することが出来ない。しかも右腕が微かに光っている。身体強化まで使うなんて、本当に逃がすつもりがないらしい。いつの間にかターバンまで取られているし。

仕方ないのでバイクから降りて、マジックバッグに入れた。バッグを開いて、対象に触れながら入れたいと思えば、大きなものでも入れられる仕様である。魔法や剣技を使うのと同じで、意識すれば自然と出来ることだ。ただし生きているものは入れられないので、仲間が気絶した時は背負わないといけない。

「本当に俺も混ざって良いのか？　場の空気が悪くなるだろう」

「大丈夫だから安心して。それにシンディは、君のことも呼んでいたじゃない」

シンディは包容力があるし、おっとりしているから気にならないのだろう。それに読書好きな彼女にとっては、闇属性の人間も興味の対象になりうる。

しかしミランダはどうなる？　彼女は相手が闇属性というだけで、憎まずにはいられない。俺が近くにいたら、精神が蝕《むしば》まれるのではないか？

そう心配になるも、下手に口出しして状況を悪化させるわけにもいかず、結局引っ張られるままリュカの隣に腰かける。

実際座ってみると、リュカの身体でミランダの姿はほとんど見えなかった。それに彼女の隣にはニナが座っていて、すでに二人で会話しながら食べ始めている。なるほど、大丈夫かどうかはわからないが、配慮はされている。

「こんばんは、ザガン殿。貴殿と食事が取れるなんて、とても嬉しいです」

もう片側にはノエルが座ってきて、笑顔で話しかけてきた。前回気まずい状態で別れたが、あの時の内容には触れない方向で行くようだ。俺としても、そのほうがありがたい。

それにしても、食事時にノエルが隣に座っているとは。

同じ屋敷内で暮らしていても、共に食事したことは一度もなかった。食事時、俺はいつも独りだった。まさか屋敷を出て十四年も経ってから、こうして並んで食べる日が訪れるなんて、当時は想像出来なかったことである。

過去を懐かしみながら焚火《たきび》を眺めていたら、ベネットがこちらにトレイを持ってきた。

「あ、あの。これ、リュカさんと、ザガンさんの分です……」

「ありがとう、ベネット」

「……ありがたく頂戴する」

トレイはリュカが受け取ったので、俺は軽く頭を下げた。ベネットは俺が怖いようで、おどおどした様子である。だがその場に佇《たたず》んだまま、自分の席に戻ろうとはしない。

リュカは近くに用意されていた小さなテーブルにトレイを置くと、俺にスープ皿を渡してきた。

盛られていたのは、たくさんの具が入ったクリームシチューである。

スプーンも渡されたので、いただきますと小さく呟き、一口食べてみる。ふわりと広がる、まろやかな味。それとよく煮込まれた、柔らかいジャガイモ。

「………美味い」

「あっ、ありがとうございます。えっと、僕はベネットです！　おかわりあるので、ぜひたくさん食べてくださいっ」

思わず出た言葉に、ベネットはパァと表情を明るくすると、嬉しそうにお辞儀をしてから席に戻っていった。もしかしたら、俺が怖いわけではないのかもしれない。

そう思いながら彼女を見ていると、両隣から喉を震わせる気配が伝わってきた。黙って見守られていたことに気付いて、なんとも言えない気分になる。

「ベネットの料理、美味しいですよね。私、大好きなんですよ」

「自分の作ったものを褒めてもらえるのって、誰でも嬉しいものなんだね」

ノエルの言葉には素直に頷ける。けれどリュカの言葉には、先程のバイク製作の件が含まれているせいか、どうにも微妙な気持ちになって溜息が出た。それでも料理は美味かった。

＊

夕食が終わる頃には、空は真っ暗になっていた。皆それぞれに寛《くつろ》ぐ、ゆったりした時間。

ベネットは魔導コンロの前で明朝の仕込みをしているが、他は焚火《たきび》の前から動いていない。特にミランダやニナは、俺がいるのでテントに引っ込むと思っていたのに、未だに声が聞こえてくる。

酒を飲みながら、次の都市について話しているようだ。

シンディは読書。カミラは様々な素材を広げて、錬金している。

俺はリュカに促されるまま寄りかかり、星の瞬く夜空を眺めながら、リュカとノエルの思い出話に耳を傾けていた。二人の話を聞くのは、なかなか楽しい。

ただ、少しだけ……ほんの少しだけ、俺もずっとそこにいて、傍で彼らの成長を見守ってみたかったと思わなくもないが、泡沫《うたかた》の夢である。

ところで、こんなに距離が近い俺達に対して、誰も何も言ってこないのは何故だろう。もしかしてリュカは、俺を好いていることを皆に伝えているのか？

そういえば先月動物園に行った時、仲間にはデートで帰らないと伝えてある、みたいなことを言っていた気がする。それに先程シンディも、イチャイチャしてないでと言っていた。

だが男同士である。それなのに、こんなにも自然と受け入れられているなんて。

まさかソレイユ王国では、同性愛がごく普通に認められているのか？　街にいたことがほとんどないから、気付かなかっただけか。

そんなことをつらつら考えていると、相槌《あいづち》を打たなくなった俺に気付いたリュカが、気遣わしげに顔を覗き込んできた。

「ザガン、眠くなった？　もう俺達のテントに入って、寝る準備する？」

ちょっと待て、いつの間に一緒に眠ることになった？　今更バイクで夜道を走ろうとは思わないが、俺は自分のテントを出せるぞ。

だいたいリュカのテントに泊まったら、ゲームでいう夜時間に俺を選択したことになり、セックスする流れになってしまうではないか。いや、ゲームシステムなど関係なく、リュカは確実に俺を抱く。ものすごく俺に触れたそうな、蕩《とろ》けた目を向けてくるから。

むしろ前回から二十五日も経っていると考えれば、同じ男として、よく我慢していると褒めるべきかもしれな……駄目だ、調子に乗られるから止めておこう。

「まだ平気だ。ただ……相変わらず、月が見えないと思っていただけで」

「ええ、そうですね。ずっとずっと、見えませんね」

「…………え？　《ツキ》？」

ノエルは同意してきたのに、どうしてかリュカは驚くから、首を傾げてしまう。

「ツキって、もしかして夜空に浮かぶ天体のこと？」

「そうだが。この状況で、他に月と呼べるものはないだろう」

ただしこの国では、邪神の力によって月が隠されているので、絶対見えないようになっている。何百年、下手すれば千年以上、ソレイユ王国には月が浮かんでいない。

リュカは少し考える素振りを見せたあと、顔を上げて声を張った。

「全員注目！　この中で、夜空に浮かぶ《月》を知っている人は、挙手して」

何故そんなことを、わざわざ聞くのか。疑問に思ったものの、手を挙げたのは、俺とノエルだけだった。なるほど、これは驚かれても仕方ない。

「月……月とな。ふむ。まったく心当たりがないが、二人はどこで知ったのだ？　ああ、わらわはカミラじゃ。よろしく頼むぞ、ザガン」

笑顔で挨拶してくるカミラ。シンディも、柔らかく微笑んでくる。

「私はシンディよ。お姉さんも月というものには心当たりがないし、どんなものか、とっても気になるわぁ。だからぜひ教えてくれないかしら。もちろん、ノエルちゃんでも良いわよぉ」

「わ、私ですか？　……ええと、ですね」

ノエルがこちらを窺《うかが》ってくる。どうして見てくるんだ。しかも何を迷っているのか、チラチラと視線を向けるばかりで、彼女自身は答えようとしない。

まさか、俺に答えろと？　無理に決まっているだろう。答えれば、ノエルに兄ということを確信させてしまう。ああ、確信したいから、俺に答えさせようとしているのか。

ノエルが見つめてくるから、カミラやシンディも、俺ばかり見てくる。

この二人は、相手が闇属性であろうと、黒髪赤目だろうと恐れることがない。なんにでも興味を示すシンディはともかく、カミラは年齢的に、前回出現した邪神を知っているだろうに。物怖じしない性格というのも、厄介なものだ。

どうにかならないかとリュカを見るも、ニッコリ微笑まれるだけ。

おい、約束はどうした。俺の正体について、誰にも言わないのではなかったか？　まさかリュカ自身が広めなければ、問題ないと思って……もちろん問題ないけれども、出来れば気を利かせて、ノエルに答えるよう促してほしい。

でも周囲はとっくに俺からの回答を待つ姿勢になっているので、諦めるしかないようだ。

「………子供向けの、絵本だ」

「わ、私もです。幼い頃、兄様に何度も読んでいただきました！」

そうだったな。何度もせがまれた。だからそのたび小さなノエルを膝に抱き、可愛らしいイラストが描かれている絵本を広げて、朗読してやった。

「じゃあ二人とも、たまたま同じ絵本を、子供の頃に読んでいたんだね。良いなぁノエル、ザガンと共通点があって」

このタイミングで、リュカがフォローしてきた。すまないリュカ。先程、内心でお前を責めてしまっていた。そしてノエル、リュカの言葉を聞いた途端、残念そうな顔して肩を落とすな。俺達はなんの関係もない。そうだろう？

「うーん。お姉さん、難しい本ならいろいろ読んできてるし、小説や童話も嗜《たしな》んでいたけど、絵本はほとんど読んだことなかったわね。盲点だったわぁ」

「右に同じく。で、どんな内容なのだ？」

「神の話だ。《太陽の神》と、《月の女神》。そして《邪神》」

絵的には可愛らしく幼女向けだが、邪神の話だからか、父が買ってきてくれた絵本。まだあまり文字が読めない三歳の頃、それを読んで勉強したことで、この国では月が隠されていることを知ったのだ。のちにきちんと歴史を学び、月が見えないのはソレイユ王国だけと気付いたが。

「ザガン。その本、俺も読んでみたいな。今も持ってる？」

「持っているが、本当に子供向けだぞ？」

「良いよ。月のこと、もっと知りたいから」

「……わかった」

リュカのフォローのおかげで隠す必要がなくなったので、マジックバッグを開いた。中に手を入れると何が入っているか脳裏に見えてくるので、そこから目的のものを出す。表紙に、白銀の満月と、祈りを捧げている月の女神が描かれている絵本。

それをリュカに渡すと、彼は絵本を開いて、ゆっくり朗読し始めた。

あるところに、太陽の神様と、月の女神様がいました。

二人の神様は、とてもキラキラしていて綺麗でした。

そして惹かれ合い、愛し合っていました。

しかしある時、太陽の神様を好きになった邪神が、月の女神様を隠してしまいます。

太陽の神様は怒って邪神を倒しますが、月の女神様はどこにも見当たりません。

——愛しい人。どこだ？　どこにいる？

声をかけても、月の女神様は出てきません。

夜空に浮かんでいたはずの月も、隠れたまま。

邪神と戦ったことで弱ってしまった太陽の神様は、愛する人を捜すことが出来ず、悲しみに暮れたまま眠りにつきます。

いつかまた、月の女神様と会える。

そう信じて、今でも彼女を想いながら、眠りについています。

◇　◇

『ねぇ、にいさま。かみさま、まだおねんねしてるの？』

『そうだ。疲れているからな。ノエルも疲れたら、おねんねするだろう？』

『じゃあいつ起きるの？』

『いつだろうな。いつかはわからない。でも必ず目を覚まして、月の女神様を見つけるさ。太陽の神様は、月の女神様が大好きだからな』

『そっかぁ。かみさま、すきなひとに、はやく会えるといいねぇ』


「…………兄様」

ノエルの呟く声が聞こえてきた。昔を思い出しているのだろうか。

俺も久しぶりに内容を聞いて、懐かしさが込み上げてきた。あれからノエルは、読んでほしいとせがんでは、そろそろ神様起きたかなぁと聞いてくるようになった。

その可愛らしさを思い出してつい笑んでしまいそうになり、周囲に見られないよう、それとなく手で口元を隠す。リュカも同じように口元に手を当てて、絵本を見つめながら、何やら考えていた。

そんなに月が気になるのだろうか。

「ザガン、ちょっと見せてもらってもよいか？」

カミラの言葉に頷くと、彼女はこちらに来て、リュカから絵本を受け取った。席に戻り、シンディと絵本を広げる。ベネットも後ろから覗いた。

「……なるほどのう。王国に眠るという神ソレイユと、封印されておる邪神。その存在を明らかにしながらも、どうして二神が争ったかという理由については明確でないため、幼児でもわかりやすい恋にしたのだな。その相手として、月の女神が登場していると。つまり実際この絵に描かれている月とやらがあり、隠されているかどうかは、わからないのか」

「いや、実際隠されている。大森林を抜け、隣国で月が見えることを確認した」

「は？　お主まさか、エトワール大森林を抜けたのか？　奥に進めば進むだけ闇に沈み、遭遇するモンスターも強くなるという、あの広大な森を」

「ああ、三年ほど前にな。だいぶ強くなったから、挑戦してみた」

「待って！　ザガンそれ、大丈夫だったの!?」

リュカが弾かれたように声をかけてくるし、腕まで掴んでくるから、つい驚いてしまった。ここにいるのだから、大丈夫に決まっているだろう。……ただ。

「思い出してみると、危なかった記憶は何回かある。それに抜けるのに、一年以上かかった。だがどうしても、気になったんだ」

三歳から地下に幽閉されていた。それでも時々は父に抱き上げられて、こっそり外に出ていた。そうして屋敷の中庭から夜空を見上げて、絵本通りに、月が邪神に隠されていて見えないことを確認していた。

また神や邪神がどういう存在かを具体的に知り、歴史を勉強してからは、月が見えないのはソレイユ王国だけということに気付いた。だからいつか他国に行き、確認したかったのだ。この世界の月は、前世と同じなのかと。

ソレイユ王国は大自然に囲まれており、他国から隔離されている国である。第十二～第四都市は大森林に隣接し、第四途中～第六都市までは山岳地帯、第七～第十一都市までは海に面している。よって他国に行こうとするなら、森を抜けるか、海に出るしかない。

最初は海に出たほうが早いかと考えた。そうすればすぐに、月が見えるのではないかと。しかし俺にとって、海は未知数である。海にも様々なモンスターが生息しているし、そもそも独りで船を漕ぐのは、あまりにもリスクが高い。

だが大森林であれば、九歳からずっと過ごしているので慣れている。よって時間がかかっても、森を抜けることを選択した。

その選択は、今は間違っていなかったと断言出来る。海から月を見つけられるなら、船乗り達によって、月のことが国中に広まっているはずだから。

ともかく森を抜けると、古い世界地図に記されていた通り、隣国があった。そして夜空には、月が浮かんでいた。絵本に描かれていた通りの、前世と同じように輝く月が。

「これが《月》だ」

カメラ、前世でのポラロイドカメラに似た魔導具で撮ってきた写真を、バッグから出す。何十枚もの写真の束。ひと月かけて、月の満ち欠けを撮影したものである。

心配そうに眉尻を下げていたリュカに渡すと、諦めたのか小さく溜息をついたあと、真剣な表情で写真を見始めた。よほど月が気になるらしい。

なお絵本は、いつの間にかニナが開いていて、ミランダが横から覗いていた。また、しばらくして写真がカミラ達のところへ渡った頃には、ニナの隣にノエルが移動しており、絵本を大切そうに抱えて一ページ一ページ丁寧に捲っていた。

そんな彼女達を眺めていると、考え込んでいたリュカが顔を上げる。

「つまり絵本の元を描いたのは、月が見えていたことやどんなものかを知っていて、なおかつ邪神に隠されたことも知っている、当時の人なのかな？　それが現代では、子供向けの絵本として、極少数に伝わっていると。あくまでも創作であり、実際に月があるかどうかを確認する人はいなかったから、創作のままで止まっていた。……今までは」

「気になったのだから、仕方ないだろう」

「うん。その危険な道中については、あとで二人きりになった時に、じっくり聞き出すとして」

おい、不穏なことを言うな。

「どうして、月が邪神に隠されていることが、現代に伝わっていないんだろう」

「……理由を挙げるとすれば、千年前はまだ記録に残すことを重要視されていなかった。あるいは何か不都合なことがあり、隠蔽された、ではないか？」

「やっぱりそう考えるのが妥当だよね。だからこうして、絵本という抜け道で、残されていたんだと思う。神に纏わることで不都合があるとしたら、王家くらいか。千年前の王家……どうにかして調べないといけないな」

言われてみると、確かに気になる。どうして月が、国民に伝わっていないのか。どうして邪神が月を隠しているのかも。

だが千年も前のことを、今更調べられるだろうか？

「はいはいはーい。ちょっと質問良い？」

ノエルの横から絵本を眺めていたニナが、手を挙げてきた。

「そもそも神様って、どういう存在なの？　邪神もさ。何回も国を滅ぼそうとしてるってのは聞いたことあるけど、実際見たことないし。だから神様とか邪神とか、本当にいるのかなぁって。ええと、ほら。私孤児で……学校行ったことないから、知らないんだよね」

「こらニナ、自分を卑下するような言葉を、わざわざ付け足すんじゃないよ。知らなければ、今みたいに聞けば良いだけさ」

「あっ、うん。そうだよね。へへっ、ありがとうミランダ」

「私だって、詳しく知らないしね」

「えぇー。せっかく感動してたんだから、そういうセリフ付け足さないでよー」

「あっはっはっはっ！」

豪快に笑うミランダにつられて、ニナも笑う。他の者達も。リュカも微笑んでいた。俺がいるから少々輪が乱れているように見えただけで、実際はすでに良好な関係が築かれているようだ。

「ではわらわが教えてやろう。ニナよ、モンスターはどこから生まれる？」

「黒くモヤモヤした、えっと……《魔瘴》からでしょ？」

「うむ。《魔瘴》から生まれてくるモンスターには、様々な種類がおる。スライムのような弱いものから、悪魔やドラゴンのような強敵まで。しかもモンスター達には寿命がなく、知恵を持つ悪魔やドラゴンの中には、何千、何万年と生きている者達もおる。邪神とは、そんなモンスターと同じく魔瘴から生まれた、しかしドラゴンなどよりももっともっと強い存在のことじゃ。そして神とは、魔瘴とは逆、《魔清》と呼ばれる現象から生まれた、とてつもなく強大な力を持つ存在じゃな。ニナは、精霊や妖精を見たことはあるか？」

「ないなぁ。でも聞いたことはある」

「そうか。今ではごく稀にしか確認されないというスピリット……精霊や妖精、聖獣といった存在は、邪神が国を襲うようになる以前は、当たり前のように人々の傍におったそうだぞ。この国を見守る神ソレイユも、身近な存在だった。だがその絵本にもあるように、邪神のせいで弱ってしまい、姿を見せなくなったわけじゃ」

それが約千年前のこと。今生きている王国の民で、神ソレイユを見た者はいない。それでも、いると信じられている。眠りについているだけだと。王城に《リュミエール》を出現させているのも、その下に眠っている神ソレイユだと。

「ついでに歴史の話もしてしまおうかのう。さてまずは問題じゃ。我々人間を含めた動物、植物、細菌などを纏めて、生物という。ではスピリットやモンスターを纏めて、なんという？　わかる者が答えてよいぞ」

カミラがぐるっと全員を見回した。首を傾げるニナ、横に振るミランダ。微笑むだけのシンディに、席が離れてもやはり俺を窺《うかが》ってくるノエル。だからまたリュカに視線を流したが、前回同様にニッコリ微笑んでくるだけである。コイツ……

誰も答えないでいると、恐る恐るといった様子で、ベネットが挙手した。

「……ま、魔物です。【世界の魔力から生まれるもの】という意味があります」

「正解じゃ」

「えっ、そうなんだ。モンスター＝魔物だと思ってた」

「現代の認識としては、そうなっちゃうわよねぇ。あまりにもスピリットがいないもの」

「うむ。ベネットが答えてくれた通り、魔物とは、世界の魔力から生まれるもの。あちこちに発生する魔瘴や魔清は、世界の魔力の塊であり、その最たる神々は当然、我々人間が誕生する遙か昔から地上に存在しておる」


太古の昔。人間が誕生する以前から、世界には、今でいう神や邪神と呼ばれる強き者達がいた。彼らは時に協力し、時に対立する。そうして大地や海を、破壊あるいは再生していき、数億年かけて今のような形にしていった。

月日が流れ、地上で多くの生物が生活するようになると、強き者達は自身の縄張りを決めて、その地に住む者達を見守るようになった。するとその中でも高い知能を持つ人間達が、強き者を崇め奉るようになる。そしていつしか、神と呼ぶようになった。

また月日が流れ、さらに脳を進化させた人間達は、世界が広大であり、あちこちに神が存在していることを知った。すると自分達を見守る神に、名前を付けた。

この地に住む者達は、太陽のように暖かく見守り続ける――《ソレイユ》と呼ぶようになる。約五千年前、ソレイユ王国の誕生である。

ソレイユ王国に邪神が現れ、神ソレイユと戦ったとされるのが、千年ほど前。当時いきなり魔瘴から生まれたのか、もっと前から周辺にいたのか、遠くから流れ着いてきたのか。邪神についての記録は残されていないので、不明である。

神ソレイユと邪神は共に倒れたものの、二神とも消滅することはなく、眠りについた。それから数十年おきに邪神のみが復活し、王国を滅ぼそうとする。そのたび人間達は抗い、どうにか弱らせて封印するという歴史を繰り返してきた。神ソレイユの復活を願いながら。

魔瘴から生まれようと、魔清から生まれようと、魔物の属性は人間と同じように様々だ。魔清から生まれる闇属性の精霊だって存在する。

しかしソレイユ王国に封印されている邪神は、闇属性。

それゆえ次第に、闇属性は迫害されるようになった。邪神と同属性だ、邪神の眷属《けんぞく》だ。だから、国を滅ぼそうとしている邪神と同じ――悪なのだと。

これらがゲームには設定されていなかった、現実での、我々闇属性が数百年迫害され続けてきている理由である。

＊

「………、ん……ザガン……？」

「すまないリュカ。起こしてしまったな」

夜明け前。毛布から出ようとしたら、隣で眠っていたリュカが、のそりと頭を上げた。薄暗いテント内をぼんやり見渡したあと、こちらを見上げてくる。

「まだ日の出前だけど。……もしかして、もう行くの？」

「ああ、そのつもりだ」

だから服を着たいのだが、腰に腕を回されたせいで、肘をついた状態から動けなくなってしまった。股間に顔を埋めてこられたので、身を捩《よじ》って逃げると、今度は尻に顔を埋めてくる。どうやら腕を離すつもりはないらしい。

「んー……、ザガンのお尻、すべすべしてて気持ち良い」

「……昨夜、散々しただろうが」

「うん。ザガンの中、すごく気持ち良かったよ。きゅうきゅう締め付けて、もっともっと俺の精液ちょうだいって強請《ねだ》ってくるから、何度も奥に注いで。……ああ、思い出したら、またザガンの中に入りたくなってきた」

「誰も強請《ねだ》っていないし、思い出すな。今すぐ忘れろ」

「ふふ。いっぱい出したから、吸収しきれなかった精液が、ちょっとだけ漏れてきてるね。ザガンのお尻、相変わらずエッチでそそるなぁ」

「んっ……おい、見るな」

くいっと尻肉を開かれて、いつの間にか浮かべられていた小さな光に照らされ、アナルを見られた。ふぅと生温かい息がかかると、小さく反応してしまう。くそ、恥ずかしい。

「ヒクヒクして可愛い。今度、いっぱい舐めさせてね。またギルドに行けば、会えるでしょう？」

「会える。会えるから、そろそろ放せ」

ぺしぺしリュカの腕を叩けば、ようやく離れてくれた。起き上がったものの、昨夜散々抱かれたせいか腰が重かったので、まずはポーションを飲む。

準備していると、リュカも起きて服を着始めた。時々頬を緩めて俺の下腹部を見てくるのは、そこから自分の魔力を感じられて、嬉しいからだろう。

リュカの魔力が入っていない時に中出しされると、すごい快感に侵される。でも自分の魔力も少なかったおかげで、前回のような暴力的な快楽ではなかった。それに一度出されると、彼の魔力が全身に広がり、次第に緩やかな感覚に変わっていく。

溢れるほど溜まっている現在は、デカいペニスが埋まっていないのもあり、ただただ光の魔力があたたかく心地好いと感じるだけだ。これだけ出されたので、今日はバイクを走らせながらＭＰポーションを飲む必要は、ないかもしれない。

外に出ると、東の空がほんのり明るくなっていた。まだ眠っているだろう女性達の迷惑にならないよう、リュカと共に休憩所から少し離れる。

「もう危ない真似はしないでね。大森林を抜けた頃は、まだ俺と出会っていなかったから、仕方ないけど。でもこれからは、俺がいるから。だから独りで頑張ろうとしないで。もし独りで頑張ろうとしたら……お仕置きするから」

「お仕置きって。……まぁ、肝に銘じておく」

呆れそうになったが、俺を見てくる視線があまりにも真剣だったので、頷いておいた。

マジックバッグからバイクを出して跨《またが》り、握ったハンドルに魔力を込めていく。その最中に、抱き締められた。痛いほどに、きつく。そして肩口に顔を埋められる。

「今度は絶対に、俺が――……」

何か言ってきたけれど、吐息混じりでほとんど聞こえない。

「リュカ？　どうした？」

「……なんでもないよ。気を付けてね、ザガン」

気になりはしたものの、顔を上げたリュカはいつも通りだったので、それ以上問わなかった。

4.

六月五日。第六都市に着き、まずはいつものように冒険者ギルドに寄った。リュカを追い越して早めに到着しているので、彼と今日会うことはない。

道中で戦ったモンスターの素材を売却したら、依頼掲示板を確認する。ここでもSランクには、星の欠片の依頼しか貼られていなかった。Aランクにはそれなりの数が掲示されているが、他の冒険者達が確認して紙を剥がしていっているので、俺が受ける必要はない。

なので、当初の予定通り都市の地図を買ったら、壁に寄りかかって確認するフリをした。フリなので当然、目的は他にある。リュカ達と一夜を過ごしてからというものの、どうしても気になることがあるので、それを確認したいのだ。

ちなみに月についてではない。もちろんそれも気になるが、たかが数日で答えが見つかるものではないし、ここより図書館に行けという話である。

俺が今知りたいこと、それは――この国では、同性愛者が普通にいるかどうか、だ。

男二人があれだけ近付いていたのに、ノエル達が奇異の目で見てくることなく受け入れていたのは、前世の記憶がある俺からすると驚くべき事態だった。

それにリュカは、毎日六人の女性に囲まれて生活している。俺もそのような状況を実際に体験してみて、改めて疑問に感じたのだ。

どうして彼は、ハーレムに身を置きながら、男の俺を好きでいるのかと。

本人も言っていたが、出会ってすぐは、俺に一目惚れしたかもしれない。だがあの一月下旬から、もう四ヶ月以上も経っているのだぞ？

あれだけ魅力あるヒロイン達に毎日囲まれていながら、どうして男の俺ばかりに好意を寄せていられるんだ。それも苦楽を共にしている仲間ではなく、時々しか会わない、ライバルのような位置にいる俺を。

もしリュカの立場に日本男児が置かれれば、ほとんどがヒロインの誰かに惚れる。イケメン王子として美女六人と絆を深められるので、手を出さないはずかない。なんなら、相手からアプローチされる可能性すらあるのだ。そのような立場にいながら、彼女達に見せびらかすように俺を抱き締めるアイツは、なんなのか。

まさか最初から、同性愛者だったのか？　実は女を受け付けないのか？

そんな馬鹿な。奴はエロゲーの主人公だぞ。ヒロイン達に手を出して、当然の存在ではないか。それに女性が苦手だとすれば、彼女達との生活は、相当なストレスになっているはず。けれどそのような様子は見受けられない。

よっておそらく、ソレイユ王国は同性愛にとても寛容なのだ。同性に恋するのも、普通のこと。それならリュカが俺を好きなのに納得出来るし、俺ももう少しだけ、リュカとの関係について考えられる気がする。黒髪の俺に触れたがる人間なんて、リュカだけだし。

……い、いや違う。人々の認識が、前世と違うか気になるだけだ。俺がリュカとどうこうなりたいとは考えていない。断じて。

とにかく周囲に気付かれないよう、ギルド内のあちこちにさりげなく視線を走らせた。

そうしてしばらくそこに佇《たたず》み、二百人ほど観察した。

結果は、『なるほどわからん』である。

たとえば五メートルほど離れている場所で、筋骨隆々な男二人と、少々小柄な男一人が談笑している。あれが同性愛者かと言われれば、わからない。あそこで肩を叩き合っている若い男二人は？　あちらで新しい装備を見せ合いつつ、くすぐったり抱き付いたりしてじゃれている、四人の女性達は？　仲良しな友人関係にしか思えない。

向こうのほうで、とても顔が近い状態でコソコソ話し合っている男二人は、どうだろうか。片方が相手の背中に手を置いている。しかしあの距離でも、会話の内容によっては、聞かれないように注意を払いながら相談しているだけになる。

駄目だ、サッパリわからない。せめて男同士で手を繋いでいればハッキリするのだが、生憎そのような者達は見当たらない。やはり認められていないのか……

いやたぶん、場所が悪いのだ。

冒険者ギルドとは、依頼を受けたり素材を売ったり、冒険者同士で情報を交換する場所である。抱擁《ほうよう》して愛を交わすところではない。ギルド内であろうと、俺を抱き締めて頬を寄せてくるリュカが、少々変わっているだけ。

だからギルドを出て、地図で調べた宿屋までゆっくり向かうことにした。外であれば様々な人間がいるので、同性愛者もいるはずだ。

歩きながら、ひたすら行き交う人々を観察する。子供連れの主婦だったり、老夫婦だったり。仕事中なのか、大きな荷物を持って急いでいる青年だったり。

男数人で楽しそうに談笑している光景や、男二人だけで歩いている姿もあったが、残念ながら手は繋いでいなかった。男女で繋いでいるのを、数ペア見かけたくらいである。

「……あぁそうか」

思わず呟いてしまう。

そうだよな、もし同性愛に寛容な国だったとしても、すぐに発見出来るほどいるとは限らないではないか。男女で歩いていても手を握っていないほうが多いのに、同性同士のそれを、簡単に見つけられるはずがない。

正直、一ペアだけでもいれば。そして幸せそうであれば、納得出来ると思ったんだが……安易に考えていた自分の浅はかさに、落ち込みそうになる。

そもそも今まで、人々を眺めながら街中を歩いたことがなかった。闇属性だからと、あまり人と関わらないようにしていたから。そこらに並んでいる店に立ち寄って買い物することはあっても、商品しか見ていない。

そんな奴が、いきなり人間観察して、成果を得られるわけがないのだ。

いっそリュカに直接聞いてしまおうか？　何故そんな質問をしてくるのかと疑問に思われるかも

しれないが、それでも彼なら、嫌な顔せず答えてくれるだろう。

ということを考えながらも、どうしても歩調を速める気にはなれず、引き続きゆっくり歩いて周囲を観察していく。

街には本当にいろんな人間がいた。性別や年齢、職業の違い、喜怒哀楽の感情の違い。けれどこうして眺めていて、最もわかりやすいのは髪色の差、つまり属性だ。赤系、青系、緑系、茶系。そして稀にいる金と銀。濃薄《のうはく》の違いもあり、まさに多種多様。

だが当然ながら——紫系の髪である闇属性は、一人もいない。

そろそろ宿屋に着く。そんな時、前から歩いてくるグループの一人と、肩がぶつかった。ドンッと音が鳴るくらいの衝撃。わざと当ててくるのは気配で察知していたし、避けてやるのも面倒だったので、あらかじめ身体強化を使っておいた。

だから俺はまったくダメージを受けなかったが、代わりに相手は痛かったらしい。大きくよろけると、顔を歪ませて肩を押さえた。

「いっ……てぇな！　ふざけんじゃねぇぞクソ野郎が！」

「おいテメェ、どこに行く気だよ！　人様にぶつかっておいて、謝」

「なんだ？」

魔力を放出し、思いきり威圧する。それだけで連中はヒッと悲鳴を上げて、竦《すく》み上がった。人に喧嘩を売っておいて、その反応はなんだ。ふざけているのか？　その濃い髪色は飾りか。

「何か用かと、聞いたのだが」

「なっ、……なんでも……ありま、せん」

「ならばいちいち引き留めるな、不愉快だ」

「ヒィッ！　す、すみません、殺さないでください！」

ギロリと、フードの下から男達を見る。瞳孔が開いていたからか、それとも心臓を突き刺すイメージを脳裏に描いたせいか。とにかく連中はガタガタ震えながら、地面に膝をついて土下座した。

この程度の殺気に恐れて謝るくらいなら、初めから喧嘩など売るな。

いくら髪色が濃くても、鍛錬しなければ強くはなれない。魔力量だけで、どうにかなる世界ではない。なのにそれに気付かず、人より上にいると勘違いして粋がるのは、愚者のすることだ。

「……くだらん」

男達の濃いだけの髪を見下ろし、改めて宿屋へ向かう。

ゆっくり歩いていると、チンピラに遭遇することもあるらしい。

＊

宿屋で宿泊予約を入れたら、周辺の武器防具屋を眺めながら再びギルドに戻り、ダンジョンに潜るための弁当や携帯食を十五日分予約した。これで、十日までに用意してもらえる。ついでにポーション類のアイテムも補充。

そのあとは都市の外でモンスターを狩り、夕方に戻ってきたら、宿屋で夕飯を食った。そして部屋でシャワーを浴びたあと、就寝までバイクを弄る。

翌日、六日。朝は図書館に行った。

冒険者としては早朝からギルドで依頼を受け、陽が沈む前に戻ってくるのが最良だろう。しかしほとんどの者がそのスケジュールで動くので、早朝は混むのだ。人が溢れている中に入ると、フードやターバンが落ちてしまうかもしれない。最も空《す》いているのが昼過ぎなので、俺はいつもその時間にギルドに行っている。

とにかく天井まで聳える書棚の間を歩き、月についての記述が載っている本を探した。

だが膨大すぎる書物の量に、諦めざるを得なかった。文字だけが羅列されている書物は目が滑りがちだし、内容もあまり頭に入ってこない。数式や図式の載っている本であればいくらでも読めるが、必要なのは、千年前の歴史書だろう。俺には無理だ。

昼過ぎにギルドへ向かったが、今日もリュカはいなかった。まだ第六都市に着いていないのか、あるいは着いているが、他にすることがあって来られないのか。しばらく待っても現れない。

二時間経っても来ないので、諦めてギルドを出た。

さて、どこへ行こうか。

「………どうするか」

数歩歩いて、足が止まる。考えようとしても、思い付かない。

当然だ。俺としては、リュカがGランク依頼をこなすのを、手伝う予定だったのだから。いつものように仕事をするアイツの傍にいて、いろいろ話しながら、動物達を撫でさせてもらうつもりでいた。でもリュカは来なかった。

ズシリと、心が重くなっていく。リュカに会えなかっただけなのに。

何故。何故こんなにも、つらく感じるのだろう。きっといると、期待していたからか？　会えると思っていたのに、会えなかったから。

数日前、リュカは俺にまた会いたいと言っていた。けれど日時の約束をしたわけではない。俺が勝手に、リュカが大都市に着くのは五日の夕方前なので、今日の昼過ぎにはギルドにいると思っていただけのこと。

だがそれはゲームを基《もと》にした情報であり、現実では狂うことがあって当然である。

それに都市に着いたばかりなら、まずはダンジョンに潜る準備をしなければならない。装備や道具の新調など、やることは多いだろう。だから会えなくても仕方ない。

……それでも今までは、ギルドに行けば、必ず会えたのに。

「はっ……ありえない、だろ」

路地裏まで移動し、壁にもたれた。ずるずる蹲《うずくま》り、きつく目を瞑《つむ》って心臓を押さえる。

リュカに会えなくて――寂しい、なんて。胸が締め付けられて痛くなるほどに、寂しいと感じているなんて。ありえない。

幼少期は屋敷の地下に幽閉されていて、子供としては独りでいる時間が多かった。大森林で暮らすようになってからは、ごく稀に街を訪れるだけで、常に独りだった。たまに寂しさを感じなくはなかったが、目を瞑《つむ》れば、優しい闇が包んでくれた。

独りで生きてきた。独りで平気だったはずだ。……はずなのに。

「くそっ」

他者に期待することがなかったのだ。誰かに何かをしてもらいたいと、願ったこともなかった。なのに今は、リュカに会いたいと思っている。どうして俺のところに来ないのかと、理不尽に責めたくなっている。

目を瞑《つむ》っていても、脳裏にアイツの笑顔が浮かぶ。

いつの間にか、独りではいられなくなっていた心が……弱くなっていた自分が、あまりにも格好悪くて、情けなくて、また悪態が漏れた。

＊

プレイヤーは都市に着くと、〈鍛錬〉、〈会話〉、〈読書〉、〈売買〉、〈散歩〉、〈依頼〉の中から、何をするか選択する。次に、共に行動する相手を選ぶ。一応誰も選ばないことも可能だが、バッドエンドが見たい時しか選択しないだろう。なお依頼だけはモラルを回復するための選択肢なので、必ず一人行動である。

もしハーレムエンドを目指していた場合、六章にもなると、ヒロイン全員が主人公を好ましく想っている状態になる。だから共に行動するよう頼まれたヒロインは、とても喜ぶはずだ。

しかし選ばれなかった者達は、どう感じるだろうか？　出かける二人を笑顔で見送ったとしても、実は悲しんでいたかもしれない。

もちろん本来はゲームなので、そのようなことを気にする必要はない。けれどこの世界で生きている俺は、どうしても考えてしまう。

今後もリュカが昼過ぎにギルドに来なければ、待ちぼうけを食らうのか、とか。そういえば放置すると好感度が下がるゲームもあったが、俺はリュカから放置されたらどうなるだろう、とか。

いっそのこと、ギルドへ行くのを早朝に変更してしまおうか、とか。

そうすれば会わないことに慣れて、いずれ期待しなくなり、寂しさなんてものも感じなくなるはずだ。リュカと出会う前の、強い自分に戻れるはず。

……今だけだ。会えなくて寂しいと感じるのは、きっと今だけ。


七日、朝八時。出かける準備をして、冒険者ギルドに向かった。

早朝は過ぎていたが、それでもギルド内はかなり混んでいて、掲示板の上部しか見えない。SランクとAランクだけは確認しておきたいので、フードが脱げないように手で押さえつつ、しばらくは人の合間を縫うことに専念する。

十五分ほど経ち、ようやく掲示板を確認し終えた。急を要するものはなかったので、都市から離れてモンスターを狩りに行こう。そう決めて、掲示板前から移動しようとした直後。

何者かに後ろから抱き締められて、身体が硬直する。

「おはようザガン。今日はギルドに来るの、早いんだね。ふふ、会えて嬉しいなぁ」

殺気が籠っていなかったとはいえ、この俺が、背後から伸ばされる手に気付かなかったとは。コイツ、以前よりも強くなっている……ではなくて。

どうしてリュカが、この時間にギルドに来ている？

驚いて背後に顔を向けると、いつものようにフードを少し退かされ、顔を覗き込まれた。そうして嬉しそうに微笑んでいるリュカと、間近で目が合う。

きゅううと、甘く締め付けられる胸。歓喜で、心が満たされる。

何故だ。離れようと決意したばかりで、何故すぐに砕かれてしまうんだ。

こんなタイミングで会ってしまえば、もっともっとお前の存在が大きくなり、胸に刻まれてしまうではないか。傷が浅いうちに、離れようと思っていたのに。これでは後々放置された時に、もっと心臓が痛くなる。

「ザガン？　どうしたの。泣きそうな顔してる。何があったの？」

「そんな顔はしていないし、なんの問題もない。お前こそ、どうしてこんな時間からいるんだ。もしや、いつも朝から来ていたのか？」

無表情を取り繕い、平静を装った。リュカは探るようにじっと見つめてきたが、そのうち諦めて吐息を零すと、質問に答える。

「ザガンのためであれば、朝から待つくらい……と言いたいところだけど、さすがに無理だから、ごめんね。でもその代わり、君が来たら泊まっている貸家まですぐに知らせに来るよう、ここの職員達に頼んでおいたんだ。王子の俺に頼まれたら、ギルドでも断れないし」

「……お前な」

「ああでも、今回からだよ。ほら、前回はダンジョン攻略後に、まったく会えなかったでしょう？　ずっと待っていても、君は来なかった。だから俺が帰ったあとに君が現れたら、知らせてくれるようにお願いしたんだ。結局会えなかったけど、ギルドに頼んでおけば、今後は擦れ違わないで済むかなって。会えないのは、もう嫌だから……呆れた？」

ああ、呆れたさ。あまりのタイミングの良さに。人が時間をずらそうと考えた時に、逃げ場を塞ぐように手を回しているのだから。

「……昨日、リュカはいなかった」

「うん。ここに着いたの、昨日の夕方前だったから。途中モンスターに襲われている人がいたから助けたら、礼をさせてほしいと言われて、近くの街に立ち寄ることになってね。だから昨日ギルドに顔を出したのも、夕方前だったよ。……そっか、俺に会いに来てくれていたんだね。ごめんね、たくさん待たせてしまって。寂しかったね」

こういうところだ。こんなふうに目敏《めざと》く俺の感情の変化に気付いて、あたたかく包み込んでくれるから。優しさが心に沁《し》みてくるから。

だから、嬉しくなる。泣きたくなる。

……リュカだって、前回俺を待っていたくせに。

たった一日の俺よりも、ずっと長く待ってくれていた。なのに、ギルドに寄らなかった俺を責めなかったし、むしろ自分が悪かったと謝ってきた。待つことは苦しかったが、待たせてしまうことも罪悪感が募るし苦しくなると、今になって気付く。

もしも俺が闇属性でなければ……リュカと共に行動出来るのであれば、寂しさや罪悪感を覚えずに済むのだろうか。いや、仮定など無意味である。どれだけ夢想したところで、俺が闇属性であることは変わらない。

「すみません！　ちょっと通してください！」

後ろから声が聞こえてきて、一人のギルド職員が掲示板にやってきた。リュカに引き寄せられるまま横に退くと、その者は慌てた様子で、Sランク掲示板に依頼書を貼ろうとする。

「それ、見せてくれ」

懐からギルドカードを出した。黄金のカードに職員はホッとして、依頼書を渡してくる。

討伐対象、キマイラ三体。確かにSランクの依頼内容だ。

「紙に書かれている村は、どこにある？」

「山岳の麓《ふもと》付近です。地図をご覧になりますか？」

頷き、職員と共にカウンターに移動して、地図を確認する。バイクに乗っても、片道だけで一日以上かかりそうな距離だ。それでも、ダンジョンが開く十一日には戻ってこられるか。

「騎士や魔導師は、討伐に向かっているのか？」

「いいえ、まだです。もうすぐ星の欠片ダンジョンが開かれるので、ほとんどの方がダンジョン攻略の準備をしているか、彼らの代わりに都市の警備に当たっているそうです。よって人を集めるのにどうしても時間がかかってしまうからと、冒険者ギルドに依頼が回されました」

「わかった。これは俺が受ける」

「ありがとうございます。それでは、こちらにサインを」

指定されたところに、魔力を込められるペンで名前を書く。これによって、俺が死亡した場合は名前が消えて、討伐に失敗したことが伝わる。すぐさま次の手段へ移行するための仕組みだ。

依頼を受け終えたら、傍で見ていたリュカと向き合った。

「それでは、俺は討伐に出る。戻ってこられるのは、ダンジョンが開く直前だろうから、」

「うん、じゃあ一緒に行こうか」

「……はっ？」

「そこの君、ダンジョンが開くまで俺は戻らないと、仲間達に伝えておいて」

「お、お待ちください！　まさか、リュカ殿下まで行かれるのですか⁉」

「もちろん。ほらザガン、早く行くよ」

「ちょっ、ま……待てリュカ！」

リュカに手を引っ張られ、よろけそうになっている職員を横目に、ギルドを出た。いくら声をかけても聞き入れてもらえず、そのまま都市の外まで出てしまう。くっ、どうして冒険者ギルドは、どこもかしこも外門近くに建っているんだ。

「リュカ、相手はキマイラだぞ。危険とわかっている場所に、お前を連れてはいけない。おい、聞いているのか！」

キマイラは、獅子《しし》と鷲《わし》と蛇という三つの頭に、毒蛇の大きな尻尾を持つ。体長も人間の三～四倍はある、Sランクモンスターだ。吐かれる火炎は、周辺を焼き尽くすほどの威力なので、わずかな判断ミスで死んでしまうかもしれない。それに尻尾からは毒ガスを吐き出すし、鉤爪だって、一発で防具を破壊して身体を抉るかもしれない。

それが三体である。たぶん、俺でもギリギリだ。

「でもザガンは行くんでしょ?」

「引き受けたのだから、当然だろう。しかし、誰かを守りながら戦うのは無理だ。だから」

「自分の身なら、自分で守れるよ」

周囲に人がいなくなったあたりで、ようやくリュカが足を止めた。

「ここなら、魔導車を出しても騒がれないよね。後ろに乗せてくれる?」

「………本当に、危険なんだ」

いや、わかっている。リュカの言うように、今のリュカはそう簡単には死なない。それくらいの実力があることくらいは、わかっている。

止めている理由は、俺がリュカと行動することに、躊躇《ちゅうちょ》しているからだ。一緒にいると、俺の心がもっと弱くなりそうなので、出来れば一人で行きたい。

――独りのほうが、俺はきっと強いから。

どうしても迷ってしまいバイクを出さないでいると、リュカは俺の頬をそっと両手で包んできた。そうして間近から、目を覗いてくる。

「確かに危険かもしれない。でも俺は、ザガンの傍にいたいんだ。一緒に行けば、これから四日間も二人きりでいられるんだから、最高だよ。それに寂しい想いをさせてしまったぶん、挽回させてほしいな。だから一緒に行こう？　ね？」

蒼い双眸《そうぼう》を見つめ返していたら、ちゅっと、唇に軽くキスされた。されるとわかっていながらも受け止めてしまった。

ゆっくり離れていき、嬉しそうに微笑まれてようやく、防がなかったことに気付く。なんだか少しずつ慣らされている気がして、釈然としない。

「……王子が闇属性と一緒に行動するのは、駄目だろう」

「それについては、大丈夫だと思う。ザガンって今まで、大森林と隣接している第十二都市から第四都市までしか、行ったことなかったでしょ？　だからか第六都市になると、ザガンを知っている人はあまりいないみたい」

思わず首を傾げてしまう。そうなのか？

「昨日もギルドで君の名前を出したけど、どんな外見か聞かれたし、Sランクの友人だと言っても普通に受け入れられた。冒険者達を最も知っている冒険者ギルドがザガンを知らないなら、貴族達なんてもっと知らないよ」

そういえば一昨日、素材を売却するのにギルドカードを出したが、ギルド職員の顔は強張《こわば》っていなかった気がする。人間観察することばかり考えていたので、うろ覚えだが。先程対応してくれた職員も、知らなかったようだ。

「もちろん第一都市からずっと参加してきている人達はいるし、君が街中で魔法を使ったら闇属性だと気付かれてしまうから、注意しなきゃいけないけどね」

「わかっている」

だから触手が出そうになるのを我慢して、大人しく腕を引っ張られてきただろう。

はぁと、溜息が零れた。いくら諭しても諦めてくれず、むしろ言いくるめられてしまう。立ち往生している場合ではないのに。なるべく早く、討伐に向かわなければならないのに。

「……仕方ない。乗れ」

諦めてバイクを出した。跨《また》がると、リュカは嬉しそうに後ろに乗ってくる。腰に腕を回して、ぴったり密着してくる。そしていつものように、頭部に頬を擦り寄せてきた。

「ありがとうザガン。大好きだよ」

後半のセリフ、今言う必要あったか？

＊

背中にリュカの温もりを感じながらの道中は、不本意ながらスムーズだった。モンスターが俺達に気付いて襲ってくると、すぐにリュカが対応してくれるからだ。

「ライトニング！」

剣を振り下ろし、ズガンッ、ズガンッと稲妻を落としていく。初級魔法なので威力はさほど高くないが、それでも低ランクに命中すれば倒していた。もちろんダメージを与えるだけでも足留めになるし、地面を抉るだけで怯むので、バイクで五秒もあれば離れられる。なお素材は放置だ。いちいちバイクを停めて拾っている時間はない。

それにしても、相当なスピードで走っているのに、リュカの魔法はかなり命中していた。本人の実力が上がっているのに加えて、剣の性能が良いからだろう。

武器は大事だ。もちろん防具も。

この世界の全てには、魔力が宿っている。大地にも海にも緑にも、魔物や生物にも。素材にも魔力が含まれていて、強い魔力素材で作られたものほど、高性能な装備になる。

たとえば鉱石なら、鉄より銀や金のほうが強力な魔力を含んでいるし、オリハルコンなどは圧倒的だ。魔物素材だってドラゴン系が最強であり、物理防御や魔法防御が上がるだけでなく、反射神経や魔力自体もかなり増幅してくれる。

そのように武器や防具は、装備者のいろんな能力を補ってくれる。

よっていくら身体を鍛えて剣の技術を磨き、魔法を放って魔力や魔法熟練度を上げたとしても、身に付けている装備が弱ければ宝の持ち腐れになってしまう。鍛えたうえで、より素晴らしい装備を付ける。これこそが強者である。

逆に言うと、少しくらい本人の能力が低くても、装備が良ければそれなりに強くなれる。それがすぐに可能となるのが、王国所属の騎士や魔導師だ。

大多数が貴族で形成されている彼らには、国から性能の良い装備が支給される。だからGランクから地道にランクを上げなければならない冒険者達よりも強いし、民間人からも人気があるのだろう。そうして競争率が高くなり、結局は強者が集まる。

民間人上がりが強者揃いになると、貴族達も負けまいと必死に鍛錬する。彼らにもプライドがあるから。結果として、師団全体が強くなる仕組みになっている。


山岳地帯に向かって四時間ほど走り続け、いくつかの街を通りすぎた時、前方に大きなモンスターが歩いているのを見つけた。

ミノタウロスだ。人間の二倍はある体躯に、とてつもない筋力。A＋のモンスターである。あれを放置しておくのは危険なので、倒しておかなければ。

ミノタウロスに向かって突っ込んでいくと、奴はこちらに気付き、身体を向けてきた。

「サンダーアロー！」

リュカの放った魔法の矢が、ミノタウロスの腕に命中。奴の纏っている結界と装甲に阻まれてあまりダメージは入らなかったが、それでも怒りからか、グオオオオオッ！　と雄叫びを上げて、我《が》武者羅《むしゃら》に棍棒を振ってきた。瞬時にマジックバリアを張り、吹っ飛ばされるのを防ぐ。車体が浮いたうえに傾いたが、触手と足を地面に着いてカバー。

ズザザザザッと滑るバイク。そのままUターンして、太腿に装着していた魔法杖を持ち、ミノタウロスに向ける。

「リュカ、バリアを張っておけ。――ダークブラスト」

闇の中級魔法。何十という黒い球体が飛んでいき、そして着弾。ドンドンドンドンドンッと次々爆発して、ミノタウロスの纏っている結界を粉砕し、肉体を次から次へと破壊していく。再生する隙など、与えはしない。

存在を保てなくなったミノタウロスが、砂のように崩れて消えた。するとその場には、魔物の核である魔石と、角や肉といったミノタウロスらしい素材が残される。

「はぁ、すごい威力だ。さすがはザガンだね」

「被弾はしなかったな？」

伝えてすぐにバリアを張ったのは感じたが、一応確認すると、リュカは笑みを零した。

「ふふ、大丈夫だよ。心配してくれてありがとう」

別に心配などしていないし、礼を言われる筋合いもない。だから頬にキスしてくるな。ゆっくりとはいえ、まだバイクが動いているんだぞ。

そのバイクは、落ちた素材の横に停車させた。A＋モンスターなだけあって、かなり大きな魔石だ。角は剣の素材として使えるし、高値で売れる。肉は食用。

「魔力が減ったし、そろそろ昼だから休憩するぞ」

「そうだね。その肉を見ていたら、お腹が空いてきたよ。焼いて食べても良い？」

「共に倒したんだ。半分はお前の取り分だから、好きにしろ。ああ、魔石は魔導具製作でよく使うから、俺が貰う。リュカは角を持っていけ」

「あまり役に立ってなかったけど、せっかくだから貰っておくね。この角、ザガンとの共同作業記念に取っておこう。二つあるし、お揃いのアクセサリーにするのも良いかな。ふふ、君と一緒に戦える日が来るなんて、とても嬉しいなぁ」

共同作業。そう言われると微妙だが、しかし俺達はゲームだと主人公と悪役であり、相対すれば必ず戦っていた。和解するような場面など存在しなかった。それを思えば、共に行動してモンスターを倒した現状に、感慨深くなる。

お互いＭＰポーションを飲んで魔力を回復してから、昼飯の準備をした。火を熾《おこ》したあと、入手したミノタウロスの肉を食べられそうな分だけ切って、二人で串に刺していく。前世での高級和牛と考えれば、とても贅沢な品だ。

焚火《たきび》の上に網を置いて、肉を並べていき、頃合いを見てタレを塗る。ここらは全部、リュカがやってくれた。隣で見ていたけれど、王子なのに手際が良いな。

良い匂いを嗅ぎながら待っていると、焼けたようで一本差し出された。受け取り、さっそく食べてみる。ん、美味い。咥内で蕩《とろ》けている。リュカも一口食べると、美味しいねと嬉しそうに言ってきたので、コクリと頷いて同意する。

「こんなに美味しいものを自分達で焼いて食べられるなんて、冒険者は良い職業だよね。もちろん強くないといけないけど。でも、とても自由に感じる」

「……まぁ、王子という立場からすれば自由なのではないか？　お前がどれくらい大変か、俺にはわからないので、比較出来ないが」

何故そのようなことを言ってきたのか、判断が付かなかった。たんに青空の下で食べる肉が美味すぎたのか、あるいは身分を捨てて自由になりたいのか。それとも冒険者である俺と一緒にいたいという、婉曲な表現か。

なんにせよ現状を変えるのは難しいし、今のところ王子の身分を捨てるつもりもないようだ。だからリュカは、肉を食べながらも苦笑する。

「王子だから大変ということはないよ。ただ俺は神ソレイユと同じ属性で生まれてきたせいか、王族として誰よりも強くないといけない、みたいなプレッシャーは時々感じるけど」

「誰よりもか。それは大変だな」

「そうだね。ザガンよりも強くならなきゃいけないんだから、本当に大変だよ。A＋のミノタウロスをあんな簡単に倒す光景なんて、初めて見たし」

「初めて？　師団には、俺と同等の者もいるだろう。魔導騎士は冒険者より強いのだし」

「あくまでも、Aランク冒険者よりはね。Sランク冒険者の強さには、届かないんじゃないかな」

「……AランクとSランクに、それほど隔たりがあったか？」

「ザガンはどうすればランクが昇格するか、具体的に知ってるよね？」

冒険者なので、当然知っている。

加入時には俺のように例外が発生する場合もあるが、基本的には自分のランクと同ランクの依頼を二十件、一つ上のランクの依頼を十件達成すること。それと現ランクと同ランクモンスターの魔石を百個、一つ上の魔石を五十個提出することだ。

「しかもAランクまではパーティー換算だよ。でもSランクになるには、これらが一人につきという条件に変わる。パーティー上限は八人だけど、八人でSランクになろうとしたら、今までの八倍やらなきゃいけなくなる。Sランクモンスター四百体なんて、探すだけでも大変でしょ？　けれどメンバーを減らしたら、倒せなくなる」

「なるほど。俺はソロだから、Sランクになるのが早かったのか」

「ソロでSランクモンスターを倒せる人なんて、ほとんどいないからね？　魔導騎士だって、Sランク相手には最低でも十人以上、しかも上級師団が向かうんだ。キマイラ三体ともなると、それ以上の人数を集めないといけない」

知らなかった。それで時間がかかるからと、冒険者ギルドに依頼が回ってきたんだな。

「だからSランク冒険者というだけで、すごく強いんだよ。さらにソロとくれば、圧倒的だよね。俺も前よりは強くなっているけど、まだまだザガンには及ばないから、もっと頑張らないと。君に負けたままなのは、やっぱり悔しいから」

ニッコリ微笑んでくるリュカ。そういえば以前、挑発したことがあった。あくまでもヒロイン達の好感度を上げさせるためだったのだが、俺に勝ちたくて努力しているらしい。

ならば少し、助言しておこう。

「先程リュカが張ったマジックバリアだが、身体能力の比率が高いように感じた。魔力量は膨大なはずなのに、魔法はあまり得意ではないのだな」

《魔法壁《マジックバリア》》や《身体強化》は、《生活魔法》と同じく誰にでも使えるものであり、詠唱も必要ない。通常魔法とは違い、魔力だけでなく、身体能力も影響するからだ。

つまり【魔力＋身体能力】で発動するものである。

俺のマジックバリアは、ほとんど魔力で形成されている。身体を鍛えていないわけではないが、魔力がとてつもなく高いからだ。そしてリュカも、魔力量だけなら俺と同じくらいある。にもかかわらず、身体能力のほうが高いなんて、逆にすごい。

リュカ自身もどうにかしたいらしく、困ったように眉尻を下げた。

「うん、実は剣術のほうが得意なんだよね。だから授業のたび、先生には申し訳なく思ってたな。まぁ先生は、いつも笑い飛ばしてくれたけど」

「良い先生だな。いや、そうではなく。魔法の基本は魔力操作だが、父……その、お前の先生は、光属性ではないだろう？」

火と風は、魔力を放つもの。掌から魔力が離れれば、そのまま消滅する。

水と土は、魔力で作るもの。したがって、掌から生み出すと、その場に残る。

「光も、放つものと考えるかもしれない。性質は火や風に似ているからな。だが本当は違う。光と闇は表裏一体。ゆえに闇と同じように、魔力を凝縮させるんだ。そうして捕らえられないものを、捕らえられるようにする」

手首から、黒い触手を出す。見たままに触手と表現しているが、実際は魔力を凝縮させて、外に出しているだけのもの。

それをリュカのほうに伸ばしていき、腕から手首へと巻き付けて、先端をぽすりと掌に置いた。するとリュカは軽く握って、感触を確かめるように指で撫でてくる。彼に触れている、触れられているという感覚が、微かに伝わってくる。

なお自分から切り離せば感覚は消えるし、触手もいずれ崩れて消滅する。水や土とは違い、物質が残ることはない。

「光属性のリュカも、鍛練すれば魔力を触手みたいに伸ばせるようになる。そして自在に操れるようになれれば、使える魔法が増えて、威力ももっと上がるだろう」

「そうなんだ。俺にも、触手が使える……」

魔力操作の訓練の手本として、触手を何本か増やし、あちこち動かした。リュカはそれらを眺めながら、持っている触手をニギニギする。かと思えばバッとこちらに顔を向け、新たな肉を焼こうとしていた俺の手を掴み、迫ってきた。な、なんだ？

「ザガン。俺、絶対に触手を使えるようになるからね！　だから待っててね！」

いや、何をだ。何を待っていないといけないんだ。

ものすごい剣幕だったせいで反射的にコクコク頷いてしまったが、どうしてか、身の危険を感じずにはいられなかった。

＊

リュカのサポートにより、夜のうちに目的地に着けた。俺だけだと道中のモンスター処理と、バイクに使用する魔力量との兼ね合いで、どうしても明日の昼頃になっていただろう。だからまぁ、感謝はしておく。本人に伝えはしないが。

低い山でも標高三千メートル、高いと一万メートルを超えるらしい山々が連なる、広大な山岳地帯。山の中にはドラゴンの里があるとか、悪魔達の街があるとか言われているが、大自然の猛威の中をわざわざ確認しにいく人間はいない。

そんな山々の麓《ふもと》は、緩やかな傾斜になっていて、村人達が農業をしている。この地域でしか育てられない農作物も、それなりにあるそうだ。

近辺の人々は避難出来ても、畑は避難出来ない。キマイラが畑を荒らすかどうかは不明だが、早めに討伐しなければ農作業が出来なくなり、結局作物が駄目になってしまう。彼らの生活のためにも、急ぐに越したことはない。

リュカには麓《ふもと》の手前で待っておくよう指示しておき、俺だけが山に入った。闇夜に包まれている時間帯、しかも足場の悪い山道を歩くのは、危険だからだ。光で周囲を照らそうものなら、相手に気付かれてしまう。

俺はずっと暗い大森林で過ごしていたので闇に慣れているし、闇魔法には、闇に紛れるものもある。熟練度が高くなければ覚えられないようだが、それでも俺は使えるし、ゲームのザガンも使えていた。闇に紛れて気配を絶ち、対象者に気付かれず接近して、暗殺する。闇魔法が恐ろしいと言われる理由の一つである。

触手を伸ばして木から木へと飛び移りながら、気配を探った。

Sランクモンスターともなると、気配遮断に長けているし、索敵能力も高い。逆に見つかり奇襲されてしまう可能性もある。

だが幸いなことに、今は夜だ。闇夜の中で気配を抑えている闇属性の俺を、そう簡単に見つけられはしない。火属性のキマイラの場合、木々を焼いて炎で満たして闇を消さない限り、気付くことはないだろう。

……発見した。ここから少し上に、依頼書通り三体いる。一体は数百メートル離れていて、今も移動している。二体は同じ場所にいるが、動いている気配がないので、寝ているのかもしれない。ならば先に、二体を仕留める。

短剣と魔法杖を持ち、闇に紛れて対象に近付いた。やはり二体とも眠っている。その片方の尻尾に向かい、瞬時に魔力を込めた短剣を、振り下ろす。

グォアアアアアアッ!!

上がる絶叫。暴れて炎を撒き散らすキマイラ。もう片方も起きて、グルルルッと喉を鳴らしながら自身に結界を張り、周囲を警戒してきた。

炎で明るくなったものの、キマイラの影から闇に紛れる。そして警戒しているほうの背後に回り、再び短剣に大量の魔力を込めて、結界を突き破りながら尻尾を切り落とした。すると同じように叫び、我武者羅《がむしゃら》に炎を吐いてくる。

キマイラの尻尾は毒を吐くが、再生が著しく遅いという弱点を持つので、まずは尻尾を切り落とすのが定石だ。あとは痛みで錯乱している隙に、なるべく周囲に被害の出ない魔法を放つだけ。

左手に持っている杖に、魔力を込める。

「静かなる深淵へ誘え——デスアビス」

黒い球体が一つ飛んでいき、ブワッと膨《ふく》れ上がると、二体のキマイラを飲み込んだ。動きを封じたうえで、肉体を消滅させていく上級魔法である。

しかし二体は魔法で拘束されながらも暴れ、計六つの頭であちこちに炎を吐いてきた。バリアを張って炎を防いだが、気を抜けば壊されそうな威力だ。

魔法が終わっても、キマイラ達はまだ生きていた。やはりSランクモンスターなだけあり、尻尾を落として上級魔法を一発食らわせた程度では、死なないか。それでも肉体の半分くらいは、黒い粒子となり、崩れている。

これだけ魔法を放って存在を露わにしたので、当然奴らは俺に気付いており、突進してきた。

「ダークブラスト。……――ダークブラスト！」

ドンドンドンドンッと黒い球体をいくつもいくつもぶつけて、肉体を破壊していく。それで前方のキマイラは消滅した。一体撃破。

けれど後方から来たキマイラは間に合わず、爪を振り下ろされた。

咄嗟《とっさ》に短剣で受け止める。父上からいただいた短剣だ。魔力も身体能力も、命中力をも大幅に上昇させてくれる、非常に優れたクリスタルの短剣。この素晴らしい武器に守られていたから、俺はここまで強くなれた。

炎も吐かれてバリアにヒビが入ったものの、こちらもどうにか耐えられた。攻撃が止んだ瞬間、再び魔法をブチ込む。

ザアァァァと消えるキマイラ。残される魔石や素材。

倒せた。そう思った直後、後ろからの衝撃に、身体を吹っ飛ばされた。激痛で一瞬意識が飛ぶ。

「ガハッ……！」

地面に叩き付けられて、全身の痛みでまた意識が飛びそうになった。

何が。いや、わかっている。残りの一体が来ただけだ。

転がりながら木に触手を伸ばし、地面から宙へと自身を放らせることで、距離を取った。しかし予測していたようで、飛んでいる間にも炎が迫ってくる。

すぐさまバリアを張るも、少々遅く、庇った腕が熱くなる。

防具が全身まで焼けるのは防いでくれたが、痛みで左腕に力が入らなくなった。杖を落としてしまいそうだ。これでは敵に向けられない。太腿に装着して、とにかく落とさないようにする。

地面に着地した俺に、尻尾を向けてくるキマイラ。吐かれる毒。

だがその動作の隙は大きい。再び触手を伸ばすことで回避して、そのまま距離を取った。前二体のせいで周囲が炎に包まれているので、この場から離脱する。

気配を消さずに逃げると、キマイラは当然のように追ってきた。それで良い。

逃げて、逃げて、逃げて。

ある程度離れて周囲が暗くなったところで、身体を高く宙に舞わせた。右手に持つ短剣に、魔力を込める。全身にもありったけの魔力を行き渡らせて、身体強化を行う。

キマイラの背後に着地。尻尾で攻撃しようとしてくる相手に向かい、短剣を振る。

「黒蓮華」

技名を唱えると同時に、身体が加速する。剣を振り、一撃、二撃、三撃。大きく踏み込んで宙を飛び、キマイラの上を舞いながら、さらに斬斬と、剣撃を高速で叩き込んでいく。

最後に尻尾を落として着地した時、キマイラはグァアアアア!!　と叫びながら、のたうち回っていた。身体のあちこちから黒い飛沫《しぶき》が噴き出している。傷付いたモンスターから出ているそれは、彼らを形成している《魔素》だ。

トドメを刺すべく、もう一度短剣を向ける。一歩踏み込み、剣技を放つ。

「朧《おぼろ》」

斬――――……と黒い線が入る。そして崩れていき、ぼやけて消える。キマイラの肉体と共に。ボトリと落ちる、魔石や素材。それを見て、ほぅと吐息が零れた。

終わった。無事に討伐出来た。やはり予想していた通り、ギリギリだった。

焼かれた腕や地面に打ち付けられた身体が、急激にズキズキと痛み、冷や汗が噴き出てくる。激痛に立っていられなくなり、両手を地面に付いて蹲《うずくま》る。

「う……ぐ、う……」

痛い。満身創痍《まんしんそうい》だ。だが、どこも欠損することなく倒せたのだから、上々だろう。

マジックバッグから上級ポーションを出して、上体を起こしたところ、頭がクラリとして眠気に襲われた。魔力もほぼ空になっているようだ。

ひとまず上級ポーションを飲むと、すぐに全身の痛みが引いて、腕の火傷も消えた。だが防具の腕部分は焼けたままなので、修復に出すか、新調しなければならない。

ＭＰポーションも飲んで、魔力を回復させる。それでも眠いのは、夜中だからか、疲れたからか、討伐出来て安堵しているからか。……全部のような気がする。

眠気に襲われながらもどうにか立ち上がり、魔石や素材を拾っていると、ぽつ、と顔に当たるものがあった。ぽつぽつと、上から降ってくる。

雨だ。そういえば六月なので、雨が降りやすい時期である。

どんどん強くなっていく雨脚。とてもありがたいタイミングだ。これならしばらくすれば、キマイラの炎が消えてくれる。

炎が消えてしまう前に、キマイラ二体を倒した場所に戻った。そこに放置していた魔石二つと、素材も回収する。これでギルドに討伐報告が出来る。さて山を下りよう。

登ってきた時と同じく、触手を伸ばして、木から木へと移動していく。そのようにしばらく下山していると、次第に光が見えてきた。あれはリュカのものか。

「……ザガン！　ザガン！」

ザーザー降っている雨の音の中、リュカの声が聞こえてきた。俺に気付いて、手を振っている。雨宿り用のガレージが出されており、中にはテントも用意されていた。疲れているので、すぐに休めるのはありがたい。

周囲に木々がなくなったので、彼の元まで走った。地面がぬかるんでいるせいで、前に進みづらい。それでもどうにか到着した直後、リュカに抱き締められる。

「ザガン！　良かった、ちゃんと帰ってきてくれて。生きていてくれて、本当に良かった。すごく疲れたよね。ああ、こんなびしょ濡れになってしまって」

「……お前もびしょ濡れになるから、わざわざ抱き締めるな」

「俺は良いんだよ。とにかく休もう。あ、濡れてる服は全部脱いでね」

言われるまま、ガレージ内で濡れた防具を脱ぐ。受け取ったリュカは、それらを絞ってからハンガーにかけ、ラックに干していった。

ラックやハンガーも、彼のバッグから出されたものだ。この状況だと庶民っぽく感じるかもしれないが、普段はテント内に置かれているものである。服を畳んで隅に寄せておくという思考にならないあたり、庶民からかけ離れていると感じる。

「よく見たら、あちこちボロボロじゃないか。左袖なんて、焼けてるし！」

「Sランクが相手の時は、こんなものだ。むしろ今までより軽傷だし、短時間で討伐出来た。魔法の威力が前より上がっていたし、戦った時間帯も良かったからな」

「……俺がどれだけ心配しながら待っていたか、わかってる？　炎が上がるのが見えて、何度駆け出そうとしたか」

「そうか。お前もよく、ここで待っていた」

「絶対に君を失いたくないもの。俺が行ったところで、足手纏いになるだけとわかっているから。はぁ、もっともっと強くならないと」

下着一枚になって、タオルで身体を拭く。すると服をかけ終えたリュカに背後から抱き締められて、そのままテント内に引き込まれた。下着も脱がされたあと、ふかふかの毛布で包まれる。

「無頓着すぎるよザガン。風邪引くでしょ？」

「そんな柔な身体はしていない」

「俺が心配だから、あったかくして」

タオルを奪われて、髪を丁寧に拭かれた。頭を揉まれるのが気持ち良い。そうしているうちに眠くなってきたので、抗わずに目を閉じた。

＊

頭を撫でられている。そう気付いて目を開けようとしたものの、なかなか瞼が持ち上がらない。ふわり、ふわり。優しい手付きに微睡《まどろ》んでいると、額にちゅっと、唇が触れてきた。瞼、頬、唇にも、キスされていく。少々くすぐったい。

「ん……、……」

もぞもぞ身動ぎしたが、ほとんど動けなかった。すぐそこに胸板があり、足も絡んでいる。腰に腕が回され、抱き締められている。それと毛布の感触。あたたかい。

包まれている感覚に身を任せてうつらうつらしていると、雨音が耳に入ってきた。まだ降っているのか。今日は動けそうにないな。

そんなことを考えながらようやく瞼を開けば、間近でリュカと目が合い、優しく微笑まれる。

「おはようザガン。ふふ、よく眠っていたね」

「ん、……おはようリュカ」

返事をすると、また唇にキスされた。朝っぱらからだが、誰にも見られていないので、大人しく受け入れておく。

ちゅっ、ちゅっと、触れるだけの優しいキス。背中を撫でられ、腰をぐっと引き寄せられて、股間まで触れ合う。そこでふと気が付いた。

「……昨夜は何もしなかったよな？　なのに何故、お前も裸で眠っているんだ」

「もちろん、ザガンを直に感じたいからだよ。愛しい君と一緒にいるのにパジャマを着るなんて、あまりにも勿体ないじゃない」

そう言いながら、尻を揉んでくる。さらには谷間を探られ、窄《すぼ》まりに指を宛がわれた。表面を撫でられるだけで感じるものの、女じゃないから濡れはしない。

……あぁそうだ。俺は男だし、独りで生きていける。キマイラ討伐ですっかり忘れていたが、このまま流されるわけにはいかない。

「今は朝だぞ。それに、この前したばかりだ。溜まっているなら女に抜いてもらえ」

「ザガン？　なんでそんなこと言うの。俺があまりに弱いから、エッチするの嫌になっちゃった？　それとも寂しい想いをさせてしまったから、ちょっと意地悪しようとしてる？」

探るように、じっと見つめてくるリュカ。

そんな彼の顔は、とても格好良くて綺麗である。身体も、筋肉がしっかり付いていて男らしい。俺ですらそう感じるのだから、女からしたら完璧に見えるかもしれない。さらには誠実で優しいという、性格まで素晴らしい人間だ。今まで考えたことはなかったが、昔からモテていただろう。貴族の女達から、言い寄られていたはず。

「お前は、常にイイ女達に囲まれているではないか。ならば普通は、そちらに触れるべきだ。わざわざ男の俺に、手を出す必要はない」

「は？　何言ってるの。俺はザガンが好きなんだよ？　なのになんで、女の子を薦めてくるの。それにイイ女って……もしかしてあの中に、気になる子が出来た？　誰？　ねぇ誰かな」

「出来るわけ、ないだろう！」

不快そうに眉を寄せて迫ってくるリュカを、思いっきり睨み付けて怒鳴《どな》った。そして、とんでもない方向へ思考を巡らせようとする彼の胸を、ドンッと叩く。

「俺は、恋というのがどんな感情かも、よくわかっていないんだぞ……ッ」

言った瞬間、胸が苦しくなって泣きそうになった。

そうだ、俺はわからないんだ。もしかしたら前世では持っていたかもしれない。けれどもう、覚えていない感情。

——俺はこの世界では、ずっと孤独だったから。

「独りだった。独りで良かったんだ。誰にも頼らず生きてこられた。他者を念頭に置いたことなど一度もなかった。なのにお前がっ……お前が、俺を待っているから」

昨夜、俺はリュカが待っているとわかる光を見て、たぶんホッとした。濡れた身体を躊躇《ちゅうちょ》なく抱き締めてくれ、心配してくれるのが、とても嬉しかった。

こんな感情、知らなかった。ずっと独りで生きてきたから。

リュカの存在が、自分の中でどんどん大きくなっていく。得難いものになっている。

でも。

「……わからない。どういうものが恋心なんだ？　大切に想うというのなら、両親だって妹だって大切だ。お前も、その……大切には想っている。だがこれは、友への親愛かもしれない。いったいどういうものが、恋に繋がる？　俺もお前も男なのに、お前に対する感情の、どれが恋になるんだ。俺には、わからない」

ズキリと心臓が痛む。涙が零れ落ちそうになる。たかが、こんなことで。

耐えろ。耐えて、喉から声を絞り出せ。

「だから俺は、…………お前の告白に、応えられない」

どれだけ考えても、自分の気持ちがわからなくて答えが出ないんだ。このままでは、ずっと待たせてしまう。ひたすら悩み続けて、リュカも俺自身も振り回してしまうくらいなら、もっと簡単に受け入れてくれる女性を相手にしたほうが良い。

待たせすぎて、いざという時、リュカが俺を見なくなっているくらいなら。

大丈夫だ。今ならまだ、傷は浅くて済む。


「――もう、すごく可愛いなぁ」

は、と変なふうに声が漏れた。

え……え？　何故このタイミングで、そんな甘ったるいセリフが出てきた？　それにどうして、愛おしそうに見つめてくるんだ。俺は今、リュカを振ったのに。

驚いてリュカを見上げると、そっと頬を撫でられた。あたたかな掌。

「ザガン、慌てなくて良いんだよ。君のペースで、少しずつ俺を受け入れてくれれば良いからね。今までずっと独りだった君が……独りでも生きてしまえる君が、いきなり誰かに恋をするなんて、難しくて当然なんだから」

ゆっくりと、言葉が紡がれていく。俺を優しく包み込むように。

縋るように見つめてしまっていたのかもしれない。彼は柔らかく微笑むと、口付けまでしてくれた。ちゅっと触れるだけの、いつも通りのキスを。

だからこそ心に沁《し》みる。告白に応えられないと伝えてしまった俺に、それでも今まで通りキスするのだと、伝えてくれているようで。

唇が離れると、抱き締められて、頭に頬を擦り寄せられた。やはりいつも通りに。

「俺が告白したから、悩んじゃったんだね。ごめんね。でも頑張って、いろいろ考えてくれて嬉しい。ありがとうザガン」

腕の中に閉じ込められて、リュカの胸板に頬を押し付ける状態になった。とく、とく、と聞こえてくる心音。他者の心音が落ち着けるのだと教えてくれたのは、リュカだ。触れ合う素肌のあたたかさや、心地好さを教えてくれたのも。

「焦らなくて良いよ。まだ友達で良い。俺も頑張るからさ。ザガンを誰かに取られないように、大切にしながら、もっともっと好きだって伝える。いっぱい愛して……そうして君の心を、ゆっくり恋まで育ててあげる。大丈夫、ザガンが俺を好きになるまで、ずっと待ってるよ」

ああ、鼻の奥が痛い。喉が詰まる。肩が、震える。

涙が――……零れ落ちる。

「ザガン、大好きだよ。君を愛してる」

勝手にポロポロ零れていく涙に困っていると、背中を撫でられて愛を囁《ささや》かれるから、余計に溢れてしまった。鼻水まで出そうになるので、ぐずりと鼻を啜《すす》り、はぁと息を吐く。

どうにか止めようとしていると、濡れている眦《まなじり》にそっとキスされ、顔を覗かれた。

「目、赤くなっちゃってるね」

「ん……元々、赤いだろう」

「ふふ、そうだね。とても綺麗な、俺の大好きな目だ」

嬉しそうに微笑むリュカを見返していたら、鼻先をくっ付けられ、キスされた。わずかに触れている状態で、ちゅっ、ちゅっと音を立てて摘まれる。くすぐったさに震えながらも、受け止める。

すると次第に鼻水が出なくなり、涙も止まった。

ほぅと吐息を漏らすと、息がかかったからか、ふふっと笑うリュカ。

そうして、唇を塞がれる。隙間がなくなるほどに深く合わせられ、咥内に舌が入ってきて、舌先を舐められる。

ゾクゾクした痺れに、背筋が震えた。舌裏も舐め上げられて、咄嗟《とっさ》に逃げようとすれば、余計に絡んでくる。ぴちゃりぴちゃりと唾液の混ざる音が、雨音を消していく。

「ん……、んむ……ん、ふ」

「ふ、……ん、ザガン……、ん……」

「んむ、む……ぁん、ん……ふぁ」

気持ち良いキスに酔いしれていると、下唇を柔らかく食《は》まれてから、離れていった。喉を鳴らして咥内に溜まっていた唾液を飲めば、濡れた顎《あご》を拭われる。

「今日は雨で動けないし、せっかくだからいっぱいエッチしようね。トロトロになっちゃうくらい気持ち良くさせて、身体からも、たくさん好きって伝えるから」

「…………わかった」

頷いたら、リュカは目を見開いて、パチパチ瞬きした。そしてガバッと抱き付いてくる。

「弱っていて素直なザガンも可愛いっ」

「重い、退け」

「やっぱり手厳しいね!?　でもそんなところも可愛いなぁ。大好きだよザガン」

「…………そうか」

呼吸するように好きだと言ってくる男に戸惑わないわけではないが、嬉しいとも思うので、反論せずに大人しく受け入れておく。

二人できちんと横になると、リュカは俺を後ろから抱き締めた。背中にぴったり張り付かれて、彼のあたたかな温もりに包まれながら、乳首を摘ままれる。軽く引っ張られたり、クリクリと弄られたり。触れられている感覚に、くぐもった声が出てしまう。

「ふ……あ……、あ、ぁふ」

「乳首、前よりちょっとだけ大きくなったね。それに感度も上がってきてる。可愛いなぁ。でももうちょっと、ぷっくりさせたいな」

頭に唇を押し付けられて、リュカの息を感じながら、ひたすら乳首を弄られ続けた。

最初はむず痒いだけだったのに、だんだん快楽が湧いてきて、身体がビクビク震える。気持ち良くて、どうしても身悶えてしまう。でも足りない。これだけじゃ足りない。

「あ、ん……リュカ、……そこばっか、あ、ぅ……」

「乳首だけでイきそう？　イけるなら、我慢しないで」

「んっ……、無理、無理だ……イけない……ぁ」

「可愛い童貞おちんちんも、触ってほしいの？」

甘く柔らかな声に、頷いた。勃起したペニスを擦ってもらい、射精出来れば、このもどかしい快感から逃れられると思ったから。しかし何故か、リュカは身体を起こしてしまう。

「ふぁ……な、ぜ……？」

「最初は一緒にイこう？」

優しく囁《ささや》かれると、身体をうつ伏せにされた。そして腹の下に、クッションや毛布やタオルを置かれる。尻を高く突き出した格好に、ブワッと熱が上昇する。

この体勢だと、恥部が丸見えではないか。は、恥ずかしい。それにリュカの姿が見えなくて、何をされるのかわからず不安に駆られてしまう。

どうにか身体を捻って後ろを確認すると、リュカはすぐそこに座っていた。ホッとすると同時に尻を撫でられて、前を向くことを余儀なくされる。

揉んでくる掌の感触に震えていると、左右に広げられて、アナルにちゅっとキスされた。吐息のかかる感覚に、って……え？

「……りゅ、リュカ？　まさか……」

「うん。この前、いっぱい舐めさせてって言ったでしょ？　だから、ね」

「や、でも……き、汚い、のでは」

「生活魔法で、いつも綺麗にしてるよね？　それにザガンのお尻は、とても可愛いよ」

戸惑っているうちに尻に顔を埋められ、舌を這《は》わされた。ふぁっと声が漏れる。生ぬるい感触が気持ち良い。けれどあまりにも恥ずかしい。こんな、こんなのは。

縁を舐められたあとは、まだ閉じている穴を、舌先でクリクリ弄られた。唾液を少しずつ入れられながら、ゆっくり解かされていく。

「ぁ……や、やぅ……リュカ……あ、ふぁあ」

リュカの唾液から、わずかに魔力を感じる。それが気持ち良くて、もっと奥まで入れてほしくなり、アナルがヒクヒク蠢《うごめ》いてしまう。それをリュカに見られていると思うと、身悶えたくなるくらいに恥ずかしい。

こんなの、男としては屈辱的なはずだ。だがどうしてか、もっと舐めてほしい気もして、混乱してしまう。たんに快感を求めているだけか、それともリュカだからか。

「ん、ぁん……あっ、そん、な……、あ」

わからないまま感じていると、括約筋を押し広げながら、舌先が入ってきた。異物の挟まる感覚に、どうしても腰が震える。逃げようとしても、ぴちゃぴちゃ舐められるたびに力が抜けてしまい、結局腰を揺らしながら舌を受け入れるばかり。

縁を広げるように動かされたり、中まで入れられて、れろれろ抉られたり。気持ち良くて喘いでしまうし、涎《よだれ》が垂れて、涙も滲《にじ》んだ。ペニスからも先走りが零れていく。

蕩《とろ》けさせられている。ゆっくりと優しく、柔らかく。トロトロになるほど、甘く。

「ぁん……ん、……リュカ、や、もう……」

「ん……気持ち良いね？　俺も征服欲が満たされて、すごく興奮するよ。はぁ、ザガンのエッチなお尻、パクパクして可愛いなぁ。早く俺のペニスが欲しいって、訴えてきてる」

「う……そんなこと、言うな。……恥ずかし、から」

「うん。気持ち良さそうに腰を揺らしながら恥ずかしがるザガン、すごく可愛いよ」

駄目だ、何を言っても羞恥を煽られる。顔が熱くなる。

……でも何故だろう、不思議と心が満たされていく。

腰を掴まれて、散々舐められた穴に、熱いものが宛がわれた。リュカのペニスだ。そう思ったからか、パクリと穴が開いてしまった。しかも勝手に、先端を飲み込もうとする。

「ザガン、可愛い。大好き」

「ふぁ、あ……リュカ、ぁん、ん……あんんっ」

ゆっくり、少しずつ括約筋や腸壁を広げながら、ペニスが埋まってきた。

熱い。リュカの先走りによる魔力なのか、ペニスの熱さなのか、快楽によるものなのかは判断付かないが、とにかく腹から熱が湧き上がってくる。自分では触れられない場所を暴かれる感覚に、どうしても震えが止まらない。これ、これが、気持ち良い。

「あん、ん、あ……あ、んん――……ッ」

「はぁ……まだ舐めただけなのに、すごく蕩《とろ》けてるね。もう結腸手前まで入ったし。ザガンの中、すっかり俺の形になってるんだ。ふふ、嬉しいなぁ」

「ふぁ……あ、ぁん……、ん……ふあぁ」

「ん、すごく蠢《うごめ》いて、しゃぶってきてる。もしかして、入れられただけでイっちゃってる？　魔力のちっちゃなハートも、いっぱい出てきてるよ」

わからない。胎内に入れられている快感があまりにも強くて、射精したかどうかなんて、わからない。魔力のハートも、一瞬視界に入ったような気はするが、よくわからない。

答えられないまま震えていると、リュカは俺のペニスに触れてきた。

「うん、イってるね。そっか、ザガンは入れただけでイくようになっちゃったんだ。前回、たくさん奥を突いたからかな？　いつもはツンツン澄ましてるし、独りでも大丈夫なくらい、すごく強くて格好良いのに……身体はいつの間にか、こんなにもエッチになっちゃったね」

「ふ……ぅ、ううー、……ぅ」

ボロッと涙が出た。たぶん、悲しくて。俺をこんな身体にしたのはリュカなのに、まるで悪いように言われると、どうすれば良いかわからなくなる。

しかしぐずっと鼻を啜《すす》ったら、肩にリュカのサラリとした髪が触れてきた。胎内にペニスを入れられたまま、背中から尻にかけて彼の身体で覆われて、ぎゅっと抱き締められる。あたたかな温もりに包まれて、ほぅと吐息が漏れる。

「意地悪言ってごめんね。でもこれからは、何かあったら必ず俺に伝えて？　独りで悩んだ挙句《あげく》、俺を拒絶しないで……お願いだから」

そうか、俺はリュカをひどく傷付けてしまっていたのか。自分の感情制御でいっぱいいっぱいになっていたが、拒絶されたリュカも同じくらい……もしかしたらそれ以上に、心が荒れたのかもしれない。以前、俺に無視されたらつらくて死ぬ、と言っていたくらいだし。

「ん……すまなかった」

素直に謝ると、肩にすりすりと額を擦り付けられた。甘えてくる、その頭を撫でる。埋められたままのペニスのせいで指先は震えるし、どうしても中を締め付けてしまうけれど。

ぐずぐずした快感に侵されていて、勝手に腰が揺れる。すると合わせたように胎内を刺激されるから、余計に中を締めて、気持ち良くなる。

「あふ……あ、あと……先にイって、悪かった。……最初は一緒にと、ふぁっ」

「それは謝らないで。入れただけでイってくれたの、すごく嬉しいから。ザガンはちゃんと、俺を受け入れてくれているんだなぁって。でもせっかくだから、これから一緒にイこうね」

「ん。……あん、んっ……あ」

頷いたら、にゅぷり、ぬぷりと、ゆっくり結腸前をつつかれた。もっと奥まで入りたいと、訴えてくる。そこに埋め込まれると、あまりの快感でおかしくなって喘ぐだけになってしまうので、なるべく遠慮したいのだが。

けれど頭のどこかでは、入ってきてほしいとも思っている。もっとリュカを感じたい、そしてリュカに、俺を感じてほしいと。

緩やかに結腸前をつつかれていると、少しだけ亀頭が食い込んできて、ぶるりと背筋が震えた。堪らず身体を硬直させる。しかし、それ以上奥まで埋まってくることはなく、背中に覆い被さっていた重みが消えた。

どうしたのかと思えば、ちゅっとうなじにキスされたあと、腰を掴まれた。持ち上げられて尻を突き出す体勢を取らされると、埋まっていたペニスがゆっくり出ていく。腸壁や括約筋を擦られるのが、気持ち良い。

縁だけが広がっている状態で静止したあとは、狭まっていた腸壁内を、再び侵入してきた。そうして前立腺辺りで止まり、小刻みに動かれる。

「あ、リュカ……そこは、あ……ぁん、ん……あっ」

「うんうん、ザガンはここも気持ち良いよね？　ふふ、自分から腰を揺らしてるし、きゅうきゅう締め付けてくるよ。……はぁ、もう我慢出来ないや。そろそろ、全部入れさせてね」

「ん……ぅん、ふあ、あ？　あ、んんー……」

また奥に侵入してきたペニスは、そのまま結腸まで埋まってきた。上体を起こしたのは、先程の体勢では奥まで入らなかったからか。

ああ、気持ち良い。奥までリュカで満たされるのが、とても気持ち良い。

入れられているだけでも快感が身体中を駆け巡っていき、きゅうきゅう締め付けて、さらなる快感の波に浚《さら》われる。ゾクゾクして背中が戦慄《わなな》くし、頭がふわふわしてくる。

「ぁん、ん……ふぁ……リュカ、……あ、あん、ん」

「ん、は……っ、ザガン、ん……っ」

最初はゆっくりと慎重に。けれどだんだん動きが速くなり、激しく腰を打ち付けられた。奥まで埋め込まれて、ずるずる引き抜かれて、また抉られて。何度も繰り返されて、どんどん快楽が蓄積されていく。気持ち良くて堪らない。

「あ、あん……んっ、ん、リュカ……ふぁ、あっ」

「っ……ザガン、はぁ、も、イく……、ッ──……！」

リュカのペニスが胎内で震え、結腸奥に勢いよく射精してきた。熱い。出された精子が暴れて、パチパチ弾けている。すごくイイ。あ、あ、俺も、俺もイく。

「あ、んん──……ッ！　ふあ、あ、あんぅ……ッ」

光の魔力に呼応するように全身が強張《こわば》った瞬間、目が眩むような快楽が溢れて、視界が真っ白になった。ビクビクゥッと大きく腰が震えるし、背筋も弓なりに撓る。どうしてもきゅううとペニスを強く締め付けてしまい、痙攣《けいれん》が止まらない。

「あうぅ……あっ、ゃう……、ん……ん」

「はぁ、すごく、気持ち良い……。ザガン、大丈夫？」

「んぅ……、リュカの……奥に、いっぱい……」

「うん、俺の子種でいっぱいになったね。気持ち良いね」

余韻に浸っていると、両脇を持ち上げられて、上体を起こされた。そのままゆっくり、リュカに寄りかかるようにして膝に座らされる。

ふぁ、この体勢はヤバい。自分の体重のせいでペニスをずっぽり奥まで咥《くわ》えていて、動けそうにない。こんな、こんな奥まで、リュカが……

どうしようもなくてひたすら震えていると、埋まっている下腹部を、あたたかな掌で覆われた。確かめるように撫でてくる優しい愛撫に、頭も身体もふわふわする。

「ふぁ……りゅか、きもち、い……」

「ザガンってば、ホント最高なんだから……。身体も魔力も、こんなに俺を好きって言ってくれているのにね。ん、まだきゅんきゅんしてる。もっといっぱい、奥に種付けしてあげるね」

「ん……もっと、いっぱい」

「ふふ。中出しされて素直になっちゃうザガンも可愛い。大好き」

「あ、んん……ん、ふぁ……」

「ねぇザガン……君が、俺の世界を変えてくれたんだよ？　君の目が。どこまでも真っ直ぐで綺麗な赤が、俺の世界を一瞬にして鮮やかに色付けた。生きる意味を失っていた俺に、希望をくれたんだ。だから、いつまでも待つよ。

――……俺だけの、ザガン」

＊

どれだけの時間、ペニスを咥《くわ》え込まされていたのだろう。なすがままに揺さ振られて、ひたすら気持ち良さに震えながら喘いでいたのを、なんとなく覚えている程度である。

全身がドロドロだった。暑くて汗が流れているし、顔も、涙や涎《よだれ》のあとで引き攣っている。腹やペニスも、精液でぐちゃぐちゃ。

リュカのペニスが抜けた穴は、精液を入れられすぎたせいで、尻を上に向けていないと漏れそうな気がしてしまう。普通こんなに射精出来ないのではないか？　さすがエロゲ主人公。

「ザガン、大丈夫？」

「…………大丈夫、ではない」

腰が重くて動けないので、布団の上でぐったりしたまま答えた。声は擦れているし、生理的な涙が零れていたからか、目もあまり開けていられない。

汚れた場所を、リュカが拭いてくれる。顔から首、胸や脇や腹、ペニスや尻も。生活魔法で綺麗にしようにも、疲れていて無理だったのでありがた……いや、リュカのせいでこうなっているのだから、感謝する必要はないな。

　全身を拭いてくれたあと、リュカは俺の酷使された腰や尻を、労るように撫でてきた。掌のあたたかさに、ほぅと吐息が漏れる。

「ふふ。ザガンの身体が俺の魔力に浸っているのも、お腹が俺の子種で満たされているのも、すごく嬉しいな。一日くらいで全部吸収されてザガンの魔力に変換されるけど、それもまた、君が俺のものになった証みたいで嬉しいし。……もっといっぱい出したら、妊娠するかな？」

「……それは、無理だろう。女ではないのだから」

　いきなり恐ろしいことを言うな、驚くだろうが。断固拒否するから、薬なんて作るなよ？

「ちゃんと責任取るから、結婚しようね」

「何を言っている。俺もお前も、男だぞ」

「うん？　あれ？　……ええと、男同士でも結婚出来るよ？」

「…………………」

　なん、だと……？　いや、そういえばベネットは男の娘でありながら、エンディングで結婚式を挙げていたな。今更思い出した。というか、彼女が生物学上オスだということを忘れていた。前回少しだが言葉を交わした際、女性にしか見えなかったせいである。

　まさかの、同性婚が可能。では内心であれこれ言い訳しながら人間観察していた意味は、なんだったのだろう。せめてもの救いは、リュカに改まって問う必要がなくなったことである。変に疑問を持たせずに済んで良かった。

しかし、そうか。リュカと一緒にいることは、法律で許されているのか。

――そうか。それは……嬉しい、かもしれない。

俺が無言になったせいか、リュカがアナルに触れてきた。縁を覆うように指で押さえられたので精液が漏れることはなかったものの、代わりにひくりと収縮し、指を飲み込もうとしてしまう。

「っ……どうして触る。待て、顔を近付けるなっ」

「いや、いっそのこと孕ませようかと思って。そしたらザガンは、俺から離れられなくなるじゃない。あぁ、ザガンのエッチなお尻、最初の時よりふっくらしてるね。それにパクパク口を開いて、俺を誘ってきてる。可愛いなぁ」

「それはっ……お前のがデカすぎるし、長時間、奥まで咥《くわ》えさせるから」

「は？　なんでそんな煽るようなこと言うの？　犯されたいの？」

「なっ、今日はもう無理だ。雨もかなり弱まったし、そろそろ近くのギルドに、ちょ、……っ」

結局近辺の村に行けたのは、夕方だった。


村に到着した足で冒険者ギルドに行き、残っていた職員にキマイラ討伐の報告をした。第六都市で受けた依頼なので本来ここで報告する必要はないが、それでも避難している村人達がすぐに戻ってこられるよう、危険が去ったことを伝えておく。

その日は結局、村から少し離れた休憩所でテントを張り直し、焚火《たきび》の前に座ってゆっくり夜を過ごした。夜空を見上げながら、リュカと話をする。

「月の話をした翌日にね。ザガンが先に行ったあと、まだみんな寝ていたから、兄上に手紙を書いたんだ。夜空には月というものがあり、他国でそれを確認した人がいたこと。月が実在しているので、絵本に描かれている《月の女神》がいた確率も高い。にもかかわらず、現代に伝わっていないのは、かつての王家が隠蔽したからではないかということ」

「なるほど。王家のことなら、王家で調べるのが最適か」

「うん。証拠として、ザガンから譲ってもらった月の写真と、絵本の写真も添えておいたよ。第六都市に着いてすぐに郵送したから、もうそろそろ兄上のところに届くんじゃないかな」

「そうか。何か出てくると良いが」

「王太子という立場を使って禁書まで手を伸ばせば、あるいは、かな。王城の大図書館には、ものすごい数の本が眠っているからね。兄上が声をかければ、妹や弟も手伝うだろうし。ああそれと、シンディもこれから行く先々の図書館で、調べるって」

「得意な者が調べるなら、助かるな。俺には無理だった」

「もしかして、調べようとしてみた？」

「ああ。しかし歴史書を開いても、目が疲れただけだった」

素直に頷くと、労わるように優しく抱き寄せられ、お疲れ様と囁《ささや》かれた。

翌朝九日は、第六都市に戻ることになった。だが行きのように急ぐ必要はなかったので、魔力をあまり使わないよう、スピードを落として運転する。

道中で夕方を迎えたので、セーフティエリアに寄り、テントを張った。

そしてまたリュカに抱かれた。ただし昨日もしていたので、ひたすらゆったり肌を合わせながら、キスして愛撫する程度。だから挿入時間は長めだったものの、中出しされたのは一回だけだ。気持ち良かったし、リュカがとても幸せそうだったので、俺も幸せな心地になった。


十日の昼過ぎに、第六都市に到着した。すぐにギルドで討伐完了の報告を行い、報酬を貰う。国が回してきた依頼、しかもSランク三体なので、大金だ。素材は一体分だけ売却し、魔石は魔導回路用として、全部手元に残しておく。

ちなみに冒険者ギルドに入った時、リュカの姿を見て、ギルド職員達は一斉に安堵した。

特にリュカを止められなかった職員は、咽《むせ》び泣いたほど。本人が行きたいと望んだので、見送るしかなかったと思うが……あぁなるほど、リュカのファンだったのか。それはとても心配するし、生きて帰ってきたら、泣いてしまうくらい嬉しくもなるな。

ともかく、リュカと二人きりの四日間は、こうして終了した。

5.

　翌日、第六ダンジョンが開いた。袖が焼けた装備はマジックバッグにしまっておき、予備の防具を装備して、いつものように単独でダンジョンに潜る。

　第六ダンジョン、つまりまだ前半なので、それほど強敵は出てこない。道中のモンスターはB＋～Aランクで、ボスがA＋ランク数体だ。

　ＲＰＧは基本的にレベル1から始まり、敵は主人公に合わせた強さが出現するものである。『リュミエール』にレベル表記はないが、第一ダンジョンから順にモンスターが強くなり、主人公もそんなダンジョンに潜ることで強くなっていくのは同じ。

　しかしここは現実である。だからか、リュカは出会った当初からかなりの実力があったし、今ではソロでAランクモンスターを倒せるほどだ。Ａ＋のミノタウロスも、魔法でなく剣であれば、もっとダメージを与えられていただろう。

　星の欠片を集めるのは国のためだが、出現モンスターが徐々に強くなるという性質上、若者達の修行としても利用されている。したがって最初からここまで参加している者達、特に王都から出向いている魔導騎士達は、全員リュカくらいの年齢だ。

　けれどダンジョンの強さに追い付けず、少しずつ脱落者が増えていく。代わりにその都市に住んでいる年配者達が、攻略に参加するようになる。

そんな中、ゲームでのザガンは、圧倒的強者である。モンスターだけでなく、数えきれないほどの人間を殺してきたがゆえの、狂気の強さ。

よって、前回はリュカに譲ったものの、ここでは再びザガンが星の欠片を入手する。

そこでふと疑問が浮かぶ。ダンジョン内にあるギミックや謎解きを、ゲームでのザガンはどう突破していたんだろうかと。狂人の割に、まともに考えてクリアしていたのか？　それともさっさと床を破壊して、下りていたか。

描写されていなかった以上、答えはわからないままだ。しかし、だからこそ気になるものだと思うし、実際いろいろ考えられて面白い。

ちなみに俺は、謎解きやギミック解除は得意だ。もちろん床を破壊することも可能だが、世界の力で作られているダンジョンなので、かなりの時間と魔力を消費してしまう。問題がわかるなら、解いたほうが早い。

……まぁどうしても解けない場合は、床を破壊するのも吝《やぶさ》かではないけれども。破壊出来てしまう時点で、決してズルではない。

＊

今回も十五日間かけて、攻略を終えた。

入手した星の欠片は、半透明で楕円形の宝石。名前は知らないが、白に青の光彩が混じった不思議な色彩は美しく、手に取るとやはり膨大な魔力が感じられた。

それをバッグにしまったら、祭壇奥にある魔法陣で大広間に転移して、ダンジョンから出る。

時刻は夕方前。しかしどんよりと曇っていて暗い。雨が降りそうな空模様だ。

降ってしまう前に宿屋へ行こうと、数歩歩いた。

そして、足を止める。前方に立ちはだかる者達が現れたから。人数は十人。しかも全員、俺と同じようにフードを被り、髪を隠している。

——そうか。やはり世界の意思からは、逃れられないのか。

「初めまして、深淵の闇ザガン殿。どうやら今回は貴方がまた、星の欠片を入手したようですね。さすがはSランク冒険者です」

中央の男が話しかけてきた。だが相手をするつもりはない。

「……邪魔だ、退け。俺は疲れている。野次馬に付き合うつもりはない」

「そう言わずに、我々と話しませんか？　なぁに、貴方にとって悪い内容ではありませんよ」

「まったく興味が湧かない。時間の無駄だ、失せろ」

「では、こうすればどうでしょう」

男がフードを脱いだ。すると他の者達も次々脱いでいく。現れる、闇属性の特徴。

中央の男は、濃紫の髪だった。その両隣の男女も、同じような深紫色。闇属性の中でも、相当な魔力を保持している者達である。

ああ、見覚えがあるな。『リュミエール』のメインシナリオ後半で、必ず出てくる三人だ。もちろんゲームではイラストだが、特徴は同じ。リーダーの中年男に、左の気難しそうな眼鏡男。そして短いフードマントの、やたら肌を露出している痴女。

他の者達も、多少色合いは違うものの、全員濃い紫系の髪である。

「ダンジョンから出てくる者達にこの状況を見られたら、貴方も我々の仲間だと思われますよ。冒険者として、それは困るのではないですか？　逃げても構いませんが、街の人間達を片っ端から殺しますので、ご承知おきください」

「………わかった。だが、話を聞くだけだ」

了承すると、中年男は薄い笑みを浮かべながら背を向け、歩き出した。仕方ないので、あとを付いていく。ただし、周囲を軽く威圧した状態で。同じ闇属性だからといって、仲間に引き込めるという勘違いはされたくない。

連れてこられたのは、街外れの廃墟《はいきょ》だった。繁栄している大都市であっても、人の寄り付かない場所は存在するらしい。

そしてそこには、百人以上の闇属性達がいた。先程の十人ほどではないにしろ、全員それなりに濃い紫系の髪色をしている。なるほど、彼らが国に対する戦力というわけか。

非戦闘員として薄紫の髪の者達や子供もいると考えると、この四倍か五倍の闇属性が、組織に属していることになるが……たったそれだけの人数しか、いないのだな。

「それで、俺になんの用だ」

「もちろん、私達の仲間になってほしいのですよ。貴方も闇属性でしょう？　この国を滅ぼして、私達の理想郷を共に作ろうではありませんか」

「遠慮する。そんなものには、少しも魅力を感じない。悪いが俺は、この国に憎悪を抱いたことが、一度もないのでな」

ざわつく周囲。嘘だろうとか、ありえないとか聞こえてくる。

「……俺はずっと、大森林で生きてきた。独りで生きてこられた。それに髪を隠せば、街中でも普通に歩ける。お前達もそうすれば良い」

「コソコソ隠れて生きていくなんて、耐えられるわけねぇだろうが！」

「そうよ！　どうして私達だけが、こんな酷い目に遭わなきゃいけないの!?　同じ人間なのに！」

「他属性が俺達にしてきたことを返すだけだ。それの何が悪い！」

あちこちから聞こえてくる悲痛な声。

理不尽だと叫ぶ気持ちは、わからなくもない。俺も闇属性だから。

どれだけリュカから誘われても、誰かに見られる可能性を考慮して、ダンジョン攻略は一人でしなければならない。都市から都市への移動も、モンスターと戦うのに必ず魔法や剣技を使うので、共に行動することは叶わない。

「ところで貴方は最近、第二王子であるリュカ・ソレイユと仲が良いようですが。何を企んでいるのか、ぜひ私達に教えてほしいですね」

ほら。こんなふうに、いつどこで誰に見られているか、わからないから。

それにしても差別している側だけでなく、差別されている側の闇属性達自身ですら、他属性と共にいることをおかしいと感じているとはな。さらにリュカが王子だからか、あれこれ言わずにはいられないらしい。貴様らには関係ないというのに。

「どうせ、本当に何かを企んでいるとは思っていないだろう。だからといって、俺が貴様らを裏切っていると、責めているわけでもないよな？　そもそも仲間ではないのに」

「なっ！　同じ闇属性じゃねぇか！」

「つい先程、同じ人間なのにと聞こえたぞ。俺とリュカは同じ人間だ。たまたまダンジョン内で出会い、たまたま冒険者ギルドで会うようになった。そして友人になった。それだけだ」

「ふむ。ではザガン殿、私達とも友人になりませんか？」

「遠慮する。俺は他者とのコミュニケーションを苦痛に感じるタイプなのでな。友人はアイツ一人で良い。用が済んだようなので、俺はもう行く」

適当に言葉を羅列してその場から去ろうとしたら、背後から魔力が近付いてくるのを感じた。瞬時に短剣を抜き、伸びてきていた触手を全部切り落とす。脆《もろ》い。もっと魔力を凝縮させなければ、俺は捕まえられないぞ。

しかしその間にも連中に前方を塞がれ、進路を妨害されてしまう。

「これだけの人数を前にして、逃げられると思っているのですか？」

「貴様らに、俺を従えられるとでも？」

ゴッと大量の魔力を放出し、周囲を威圧した。それだけで半数以上が、地に膝をつく。あちこちから呻《うめ》きや罵声が聞こえてくるが、知ったことではない。

「ッ……貴方は、知っているのですか？　闇属性のほとんどが、生まれてすぐに殺されてしまっていることを！」

「……そうだろうな。すぐに殺されるか、虐待された末に、亡くなってしまうか。中には親に守られたものの、親ごと周囲から迫害される場合もあるだろう。そういう子供達を、お前達は出来るだけ救っているのだろう？　素晴らしいことだ」

「わかっているなら、この国を変えたいと思わないのか！　我々が迫害されることなく、幸せに生きられる国にしたいと！」

もちろん変えられるものなら、変えたいと思う。

もし闇属性が迫害されていなければ、きっと地下に幽閉されることなく、家族全員で食事が出来ただろう。屋敷を出ることもなく、ノエルの成長を傍で見守りながら、母上と三人で散歩したり、父上から魔法を教わったりしたはずだ。それにリュカの兄弟子になり共に修行して、二人でいろんなところへ行ったかもしれない。

もし差別されていなければ、そんなふうに他属性の人達と平和に毎日を過ごしていた。

だからこそ、自分達以外を虐げたいとは、少しも思わない。

「王を討ち、王家を滅ぼしたとして、そのあとはどうするつもりだ。他属性を全員迫害し、奴隷にでもする気か？　今までクソだと思っていた国民と同じことをして、自分達がクソになるのか。そうして憎悪を向けられ、結局は殺されるのだな」

男は俺を睨むだけで、言い返してこなかった。当然だ、事実を言ったのだから。

「そもそもソレイユ王国の人口が、どれほどだと思っている？　約一億人と言われているのだぞ。もし王城まで乗り込めて、王を討てたとしても、貴様らは圧倒的多数の他属性によって、すぐに殺されるだけだ」

「……ええ、ですから貴方の力をお借りしたいのです。貴方と、貴方の集めた星の欠片があれば、王城を簡単に落とせますから」

そうか、これだけ言っても駄目なのか。きっとこの男は、闇属性達の悲惨な末路を見すぎたせいで、国を滅ぼすという考えしか持てなくなっているのだろう。

「何度も言うが、俺は国を恨んでなどいない。星の欠片を集めているのは、リュミエールを破壊して国を守るためであって、滅ぼすためではない」

「交渉決裂ですか。……仕方ありませんが、今回は大人しく引きますよ。今の私達では、貴方に勝てそうもありませんしね。まさか威圧だけで、ほとんどの者を動けなくさせてしまうとは。貴方の髪は、きっと私よりも濃いのでしょうね」

漆黒だ、とは言わなかった。見せるつもりもない。

返答せずに男を一瞥すると、今度こそ彼らに背を向け、廃墟《はいきょ》から離れた。

宿屋に向かう道すがら。どんよりしている空から、とうとう雨が降ってきた。早く宿に着かなければ、びしょ濡れになってしまう。

しかしどうしても、足が止まりそうになった。今ならまだ間に合う、引き返すべきだと、理性が訴えてくるせいで。でも感情は嫌がっていて、どうしても引き返せない。あそこに戻らなければならないのに、結局ゆっくりと前に進んでいく。

悶々《もんもん》としているうちに、人通りがある場所まで来てしまった。傘を持っていない者達が、慌てた様子で帰路についている。

ザーッと、強くなる雨。どんどん濡れていく身体。

手足が少しずつ冷たくなっていき、そして歩みが……止まる。

「何を、やっているんだろうな。俺は」

自嘲が漏れた。自分の愚かさに。

きっと、先程の瞬間だけだったのに。世界の意思に、抗えたのは。

殺さなければならなかったのだ、あの男を。そうしなければ、あの男と、あそこにいた者達が、ゲームでザガンを殺すから。

——これから俺を、殺すのだから。

彼らは九章のダンジョン攻略直後に、ダークドラゴン五体を召喚する。闇属性にしか出来ない、魔瘴を操ることでの、モンスター召喚。一人では無理でも、百人以上の闇属性持ちが力を合わせて大量の魔瘴を集めれば、ドラゴン五体すらも召喚可能だ。

本当に闇属性の魔法は怖いな。父上が何度も、闇魔法の恐ろしさや闇の性質を持つ者達の危険性を説いてきた理由を、今になって実感する。俺自身も闇属性だというのに、今までは理解しているつもりになっていただけだった。

いや。たとえきちんと理解していても、結局あの男は殺せなかった。もしあの男がいなければ、闇属性の人間はもっと死んでいただろう。生まれてすぐに殺されてしまう赤子達。虐待され、苦しみながら死んでいく子供達。そんな子達のことを考えると悲しくなるし、だからこそ助けようとしているあの男に、一応称賛を贈った。

けれど闇属性の子供達を救っているということは、その周囲にいた他属性を殺して、奪っているということでもある。一人の闇属性を救うのに、いったいどれほどの犠牲を出してきたのか。新聞に掲載される犯人不明の殺人のほとんどは闇組織による暗殺だが、酷いものでは、二十人以上亡くなっている事件もあった。

とにかく結局のところ、奴らは殺人集団なのだ。だから簡単に、街の人間達を殺すと言えてしまう。邪神の封印を解こうという思考になる。

彼らは悪である。それなのに殺せなかったのは、もっと根元《こんげん》の問題だ。

……俺は今まで一度も、人を殺したことがない。

前世は平和な日本に生まれたし、システムエンジニアだったので、人の生死に関わっていたわけでもない。ニュースで流れる殺人事件だって、遠いものに感じていた。そんな記憶を持つ俺に、人の命を奪えるはずがない。

初めてモンスターと戦った時も、だいぶ躊躇《ちゅうちょ》した。それでも討伐出来たのは、相手が人間や動物からかけ離れたスライムだったことと、モンスターの身体はほとんど魔素で形成されていて、殺しても魔石と素材が残されるだけと、父上から教わったからである。

冒険者ギルドで護衛の依頼を受けたり、盗賊の討伐を請け負ったりした時も、誰も殺しはしなかった。触手で拘束して動きを封じれば、終わりだ。

以前ノエルに言ったセリフを思い出す。

――『人間など簡単に殺せるから、放置しているだけだ』と。

そんなことはない、ただのハッタリである。そう簡単に殺せるはずがない。

だがその結果が、現状だ。たった一人を殺せなかったせいで、これから俺を含めて、何万人という人達が死ぬことになる。抗いたくても、世界の意思……ゲームのシナリオからは、どうやっても逃れられないと、今までの経験でわかっている。


――絶対的な死が、迫ってくる。


はぁ、と大きく息を吐いた。雨が冷たい。このままでは体調を崩してしまう。リュカに風邪など引かないと言っておきながら、結局引いてしまったら世話がない。

どれだけ思考を巡らせたところで、俺に人を殺すという選択肢は選べない。それに対する、後悔も反省もした。ならばあとは、前に突き進むだけだ。たとえ絶対的な死が待ち受けていようとも、最大限、俺に出来ることをして抗うだけ。

俯いていた顔を上げ、宿屋に向かって再び歩き出す。

まずは腹を満たそう。対策を考えるのは、それからだ。

＊

余命三ヶ月。もうすぐ死ぬと知ってしまうと、当然ながらものすごい恐怖に襲われる。考えるだけで身が竦《すく》む。今すぐ、ここから逃げ出したくなる。

逃げれば免《まぬが》れることは可能か？　星の欠片を集めるのを止めて、身を潜める。そうすればもしかしたら、死を回避出来るかもしれない。

だがゲームにおいて、九章で第九ダンジョンの欠片を入手するのは、ザガンだ。俺が欠片を入手しなければ、他の攻略者達は延々とダンジョン内を彷徨《さまよ》い続けることになるかもしれない。そんなリスクがあるとわかっていながら、逃げられるはずがない。

それに奴らの目的は、俺の持っている星の欠片だ。現在五つ。誰が最初にダンジョンから出てくるか毎回確認していたようだから、所持数は知られている。

戦いを避けるために、星の欠片を渡してしまうのはどうだろう。邪神を復活させられても、どうせ主人公達によって倒されるからと。

……出来るわけがない。確かに倒されるが、邪神が復活したら王城が破壊されるし、きっと王都の民にもたくさんの犠牲が出てしまう。

それに闇組織の者達も、復活した邪神を制御出来ずに、魔力を奪われすぎて全員死んでしまうのだ。彼らの仲間にはなりたくないが、見殺しにもしたくない。

奪われないように隠しておくというのも、無理である。星の欠片はリュミエールを浄化するためのものなので、必ず王城まで持っていかなければならない。なので、この都市に置いていく、ということが基本的に出来ない。

誰かに預けるのも不可能だ。そんな相手、俺にはリュカしかいないから。しかも闇組織にまで、それを知られている。よって確実に、標的がリュカに変わる。

もしリュカ達がダークドラゴン五体と戦うとなれば、きっと全滅するだろう。ゲームで大都市が半壊しながらもドラゴンを討伐出来たのは、第九都市の者達が手を貸したのと、何よりザガンがすでに二体撃退し、他三体にもダメージを与えていたからだ。

主人公達は知らない。しかしプレイヤーは、ザガンの強さを知っている。ドラゴン五体が相手だろうと、狂気的に笑いながら戦う姿を。身体を抉られても、血を吐きながら戦うシーンを。倒れる瞬間まで決して諦めなかった、その精神を。

ザガンは悪役だった。だが本当に、強いキャラだった。

俺はどうだろう。ザガンくらいに強いだろうか？

キマイラを戦車にたとえるとすると、ドラゴンは戦闘機である。戦車三両を相手にした時は善戦したものの、タイミングが違えば重傷だったくらいには、ギリギリだった。時間帯や敵配置、奇襲可能という幸運にも恵まれていた。

その程度の俺が、真っ向から戦闘機五機を相手取った時に、どこまで戦えるのか。

生身の人間という時点で、厳しいのはわかっている。ザガンのような、すさまじい強敵に立ち向かえるほどの狂気も、持ち合わせてはいない。

だが俺も、ザガンのように身体を抉られようと、戦わなければならない。それもザガン以上に。都市を守るために、ドラゴン五体全てを倒さなければならないからだ。

俺のせいで人々を殺させてなるものか。もし犠牲になるとしても、俺一人だけだ。

もちろん、生きてみせる。世界の意思など覆してみせる。

……強くならなければ。

今より、もっと、もっと、もっと、強くならなければならない。

＊

翌朝、冒険者ギルドを訪れた。早朝なので冒険者達が多く集まっていたが、掲示板に用はないので、人混みに揉まれはしない。

いくつもあるカウンター窓口から、目的の人物を見つけた。この前キマイラの対応をした、俺やリュカのことをわかっているギルド職員である。数人並んでいる横を素通りして、冒険者の対応をしているその職員に、声をかける。

「横からすまないが、リュカに言付けを頼む。用事が出来たから、先に行くと」

「あ、はい。わかりました。お気を付けて」

目的を終えたのでギルドを出た。だが向かったのは都市の外ではなく、昨日攻略を終えたばかりのダンジョンだ。言付けは、リュカを待たせないための方便である。

ダンジョン前には警備がいたが、ギルドカードを見せるとすんなり通してくれた。

中に入れば、すっかり様変わりした、武骨な大広間に迎えられる。たった一晩で元のダンジョンに戻ってしまうとは、やはり世界の力はすごい。

ダンジョンとは基本的に、モンスターを倒しながら最下層を目指す場所だ。下へ行けば行くほど強敵と遭遇するようになっていて、ところどころに置かれている宝箱の中身も、高価なものになっていく。また約二週間でクリア可能な星の欠片ダンジョンと違い、通常のダンジョンは数ヶ月から数年かかるほど深いらしい。

昨晩、どうすれば強くなれるか考えた。

どうすれば、ドラゴン五体に勝てるのかと。

闇組織と同じように、これから三ヶ月かけて魔瘴を集めたとしても、俺だけではドラゴン一体を召喚するので限界だろう。それに召喚しようものなら、大量の魔力を消費してしまい、眠気に襲われて思うように動けなくなってしまう。

結局、ただひたすらモンスターを討伐して熟練度を上げていくという結論に至った。モンスターの魔素は飛散すると、近くにいる者に自然と吸収され、その者の魔力が増す。魔力が増せば、魔法や身体強化の威力が上がる。

だからまずは、六月終わりまでの残り五日間を、ずっと戦い続ける。

時間が惜しいので、早く奥に進もう。

そう考えながら止めていた足を数歩進めると、大広間の中央に、陣が浮かんだ。ダンジョン内にしか存在しない、転移魔法陣である。どうしてこれが？

疑問に思いながらも乗ってみると、一瞬視界がブレて、周囲の景色が変化した。

転移したのは広い空間である。なんとなく見覚えがあるような……ああ、昨日ボスと戦った部屋か。祭壇はなくなっているが、壁や天井は変わっていない。

どうやらここの転移魔法陣を使用した記録が、残されていたようだ。一階から自分の実力に見合った階層まで床を壊すつもりでいたので、短縮出来たのはありがたい。

そんなわけでさっそく、祭壇のあった場所に出現していた、階段を下りた。


余命三ヶ月。前世で、その言葉を医者から聞かされた。癌《がん》だった。

だが諦めずに、それから八年生きた。飼っていた愛犬が老衰で亡くなると、すぐに自分の病状も悪化して、最後は両親や兄弟に看取ってもらったのをぼんやり覚えている。平均寿命よりはだいぶ短かったものの、なかなか悪くない人生だった。

それに転生して、新たな人生を歩めている。……現状も、余命三ヶ月だが。

考えないようにしようとしても、ふとした瞬間恐怖に襲われる。あと少しで死ぬかもしれないことを思い出して、身体が震える。心が押し潰されそうになる。

それでも諦めずに、やれることをやり続けるしかない。

だから戦う。下りるにつれてどんどん強くなるモンスター相手に、死なないよう注意しながら、しかし寝る間を惜しんで戦い続ける。ただひたすら、強くなるために。

……何日戦い続けただろう？　転移魔法陣のあるセーフティルームに辿り着いたので、さすがに少し休もうと、マジックバッグを開けた。テントを出して、その中にデカくて丸いソファを置く。前世で言う、人を駄目にするソファである。

それに座りながらフードマントを脱いで、バッグを下ろした。すると黒猫のキーホルダーが目に入る。リュカが、お揃いだと喜んだもの。

そういえばと、リュカに買ってもらったぬいぐるみを出した。ホワイトタイガーのぬいぐるみ。あの時、手を繋がれてホテルに連れていかれ、人前で告白されてしまって。コイツに顔を押し付けて、恥ずかしいのをどうにか切り抜けた。

あれからまだふた月も経っていないのに、遠い記憶のように感じる。それどころか、キマイラ討伐のために山の麓《ふもと》まで行ったことすら、なんだか遠い昔のようだ。

今が必死すぎて、他のことに思考が回らないせいか。それとも、俺が死んだらリュカが悲しむので、いっそのこと二度と会わないほうが良いかもしれないと思ってしまうからか。彼を過去のことにしようと、脳が働いているのか……

いや駄目だ、俺は絶対に死なないと決めている。リュカを泣かせはしないし、今度こそ長生きしたい。魔力が膨大なので、百歳だって超えられるのだ。

だからリュカと一緒に、生き続けたい。これからどんな関係になろうとも、どこまでも共に歩んでいきたい。

……リュカに、会いたい。

＊

第七都市に着いたのは、七日の昼過ぎだった。

ダンジョンを出て日付を確認したら、すでに七月四日だったのには驚いた。いつもはきちんと日付を把握しているのに、今回は疎《おろそ》かになっていた。

まぁ第七ダンジョンで欠片を得るのはリュカ達なので、急がなくても問題はない。けれどどうしても会いたい気持ちを抑えられなくて、結局ＭＰポーションを何度も飲みながら、あまり休まずにバイクを走らせてきた。

普段は面倒と思わない都市の外門でのチェックも、やたら長く感じる。

Ｓランクギルドカードを見せて、入都市税として銀貨一枚を支払った。門を潜ればすぐに冒険者ギルドの旗を見つけたので、足早にそちらへ向かう。

いるだろうか。いてほしい。もしいなかったら、次に会った時に腹パンしてやる。

……ああ、いる。リュカの気配がする。

ギルドの開け放たれている、大きな出入口を通過する。リュカはどこに。

「ザガン！」

俺が見つけるよりも先に、リュカが俺の名を呼んできた。そしていつものように駆け寄ってくると、ぎゅっと抱き締めてくる。リュカの優しくあたたかな温もりに、包まれる。

「ザガン、ようやく会えた。ずっと会えなくて、寂しかったよ」

「……ん」

ようやく求めていたものを得られて、ほぅと吐息が漏れた。とても気持ち良い。二日半、バイクを飛ばしてきた甲斐があった。リュカの腕の中は、不思議と癒される。三ヶ月後もこうしていられるように、もっともっと頑張らなければ。

「予定が入ったとは聞いてたけど、どこに行ってたの？　遅かったけど、大丈夫だっ……ザガン？何があったの？　どうしてそんなに苦しそうなの」

「………なんでも、ない」

顔を覗き込むと、リュカは眉根を寄せた。相変わらず目敏《めざと》いな。

だが言えるわけがない。九月下旬に俺は死ぬかもしれない、なんてどうして言える？　しかも根拠は、前世でプレイしたエロゲーのシナリオである。言っても頭がおかしいと思われるだけだ。

「本当に、なんでもない。少々疲れているだけだ」

「……そう？　じゃあ休憩がてら、Gランクの依頼に行こうか。のんびり動物に癒されよう」

「いや。時間がないから、今回はリュカだけで行ってくれ」

「うん？　どんな予定が入っているのかな。今日はSランクもAランクも、急ぎの依頼は貼られてないよ。それともザガンへの指名依頼？　もし来たとしても断るよね」

後頭部をぽんぽんされた。俺が闇属性とバレるようなリスクを負うはずがない、と。確かにその通りなので、反論出来ない。

「その……少しでも、都市周辺のモンスターを倒そうと」

「それはこの都市の師団に任せれば大丈夫だよ。だから今日はのんびりしよう？　休まないと、身体が持たないし。それにザガンの好きそうな依頼があったんだ。これなんだけど」

リュカが懐から依頼書を出した。長時間確保しているなんて、迷惑にならないか？　いやこれは、規定の緩い依頼か。カフェの店員として、いつでも良いから数時間入るだけ。

しかも――猫カフェ。

「…………行く」


隅に置かれていたソファに座り、店内全体を眺めながら、遅い昼飯を食べた。

注文したのは、デミグラスソースのふわふわオムライス。半熟卵がトロリとしていて、とても美味い。一緒に出された紅茶も美味い。それに、たくさんの猫が遊んだり寛《くつろ》いだりしている光景を眺められるのも、至福である。

何匹かが時々こちらを確認してくるものの、近付いてはこなかった。食事中の客には寄らないように、教育されているようだ。

それにしてもリュカの奴、シンプルなエプロンがよく似合っているな。店に来ている女性達も、リュカをチラチラ見ている。猫よりイケメンか。

そのイケメンは、カウンター内で皿を洗ったり飲み物を入れたりしながら、頻繁に俺を見てきていた。店員さーんと呼ばれても、リュカではなく他の店員が動くので、女性客は残念そうな顔をする。カウンターに席があれば話せたかもしれないが、注文を受けるだけの構造だ。よってリュカと話したければ、何か注文するしかない。

ここの店長はリュカが来ただけでも驚いて、依頼書を見せた時など腰を抜かしたのに、良い場所に配置したな。商魂たくましくて何よりである。

食べ終えたらすぐに、リュカが片付けに来た。テーブルを綺麗に拭かれ、まだ少し入っていた紅茶のポットも下げられて、目の前には何もなくなる。

するとすぐに、猫が一匹寄ってきた。黒猫だ。しかも膝に乗り、にゃーと鳴いてくる。可愛い。ぐいぐい頭を押し付けてくるので撫でると、気持ち良さそうに目を細めた。

それから数匹近付いてきた。膝に乗ってきたり、ソファに乗って引っ付いてきたり、足に身体を擦り付けてきたり。こちらを見ていた猫達が、傍で寛《くつろ》ぎ始める。もふもふに囲まれているからか、それともゆったり座っているからか、だんだん瞼が重くなってくる。

「おやすみザガン」

優しく頭を撫でられて、フードを深く被るように直された。視界が暗くなったことも相まって、一気に眠気に襲われた。

＊

肩を揺さ振られ、ふっと意識が浮上する。目を開けると、リュカが顔を覗き込んできていた。

「依頼終わったよ。そろそろ帰ろうか」

「……そうか。ご苦労だった」

「ふふ、ありがとう。ザガンはよく眠っていたね。三時間ほどだけど……うん。顔色がだいぶ良くなってるし、クマもなくなってる」

頬や目元をそっと撫でられ、確かめられる。なるほど、それで強引に休まされたのか。もちろん感謝はしている。猫達も可愛かったし。

店長と店員達、そして猫達に見送られて店を出たら、リュカに手を引かれるまま歩く。もう夕方だが、どこへ行くのだろう？　もっと強くなるために戦わなければならないものの、さすがにこれから都市の外に出る気にはなれないので、大人しく付いていく。

そういえば、今日も手を握られて歩いているな。だが同性婚が可能なので、男同士で手を繋いでいてもおかしくないはずだ。

気になって周囲を確認してみると、リュカに視線を向けている者はそれなりにいるものの、誰も変な目で見てきてはいなかった。良かった……リュカと共にいることを、許されている。

だんだん周囲に水路が増えてきた。

第七都市～第十一都市までは、海に面している。その中でもこの第七都市は特徴的で、三分の一が水上都市になっているそうだ。あちこちに水路が張り巡らされているので、移動手段としてゴンドラがよく使われている。

そんな説明を聞きながら歩いていると、建物の間から海が見えてきた。手を引かれるまま近くに待機していたゴンドラに乗り、腰を抱かれながら二人並んで座る。

リュカが運転手に告げた行先は、海側に張り出した土地の最先端にある、王家専用の海上別荘だった。運転手が驚いたのも、無理はないだろう。俺も驚いた。

緊張した面持ちの運転手により、ゴンドラは海へと向かう。

眼前に迫ってくる、水平線に沈む赤い太陽。太陽の光を反射して輝く、赤い海面。

「今日ザガンがギルドに来てくれて、本当に良かった。どうしても、これからの時間を、君と二人きりで過ごしたかったから」

美しい夕焼けを眺めていたら、リュカが肩に頭を置いてきた。その甘えてくる頭を撫でながらも、首を傾げる。

そんなことを言われるような何かが、今日はあるのか？　日付は七月七日だが。

……ああ、七夕か。七夕イベント。好感度が最も高いヒロインと、二人きりで天の川を眺めるイベントの日だ。エロゲーなのでもちろん、天の川を見ながらのエロシーンがある。

「…………」

俺も外で抱かれるのか？　今向かっているのは、別荘なのに？

三十分ほどで到着し、別荘に続いている橋の途中で降りた。途中といっても、ここで途切れている状態だ。もう半分は海に沈んでいて、現状では渡れないようになっている。それに別荘全体が魔導バリアで守られているので、とにかく鍵がないと近付けない。その鍵は第七都市の領主が管理しており、借りてきたそうだ。

リュカがバリアを解除すると、橋のもう半分が、海面から出てきた。だいぶ複雑な魔導回路が組み込まれている気がする。橋を渡ったあとは、魔導具を操作して再び橋を下ろした。そうして完全に、周囲から隔絶された状態になる。

ゲーム画面からはわからなかったが、実際はこんな場所だったのか。

……いや、本当にここか？　記憶は曖昧《あいまい》だ。正直、これだけの高級別荘を前にして、女性が青姦を受け入れるとも思えない。

「ザガン、こっちに座ろう」

リュカが海面に向かって腰を下ろしたので、その隣に座る。

すでに太陽は沈みきっており、夜空にたくさんの星が浮かんでいた。本当にとてつもない数の星である。これが天の川か。圧倒される多さだ。それにとても綺麗で、つい魅入ってしまう。

「星とは、こんなに美しいものなんだな」

「ふふ、そうだね。ザガンは天の川を見るの、初めて？」

「……ああ。大森林は昼でも薄暗く、夜になると完全に闇に覆われる。ごく稀に、ぽつりと見えるくらいだ。だから気付かなかった」

そもそも星に興味がなかったというのもある。前世でも写真で見るだけで、実際に見ようと考えたことはない。そのため、この世界の星が肉眼でこんなに見えることに、今まで気付かなかった。ここ数日はバイクを走らせることに必死だったし。

だがこうして満天の星の下にいると、魅了されずにはいられなかった。広大な夜空を埋め尽くす輝きに、心が震える。あの星々がある世界の外は、宇宙は、どうなっているのだろう？

「………、……っ？」

必死に見上げていたからか、ちゅっと、頬に触れてくる感触があった。そちらを見れば、イタズラが成功したかのように、リュカが小さく笑う。

「一生懸命なザガン、すごく可愛い」

「すまない、夢中になりすぎてしまっていた」

「ううん、気にしないで。貴重な初体験だもの。でも可愛いザガンを見ていたら、ね」

するりと太腿を撫でられた。官能的な接触に思わず身を引いたものの、腰に腕を回されているせいで、あまり意味をなさなかった。しかも少しずつ押し倒されていく。

この流れは不味い。このままでは青姦されてしまう。美しい天の川の思い出が、セックスになってしまう。それは酷い。

「リュ、リュカ。そろそろ別荘に入ろう。夕飯を」

「ザガンが昼食取ったの、遅かったよね。まだお腹減ってないんじゃないかな？　俺は依頼をこなしながらちょくちょく摘まんでいたから、大丈夫だよ。……それより、ちゃんと話してもらうからね。ザガンに何があったかを。どうしてあんなにも、苦しそうな顔をしていたかを」

「……なんのことだ？　俺にはわからないが」

「ふーん。白《しら》を切るつもりなんだ。じゃあ仕方ないか」

まさかギルドでのことを蒸し返してくるとは思わなかったものの、すぐに諦めてくれたのでホッとする。だがその直後、リュカの魔力がブワッと外に出てきて、身体中に何かが巻き付いてきた。

なっ、なん……え？　白く光る触手って。

このたくさんの触手は、まさかリュカの……？

恐る恐る彼を見れば、ニッコリ微笑まれた。けれど目はまったく笑っていない。

「ねぇザガン。俺、前に言ったよね。もし独りで頑張ろうとしたら……お仕置きするから、って。——覚悟は、出来てるよね？」

…………ファ⁉

「え、ちょ、ちょっと待てリュカ！　お、おち、落ち着けっ」

「俺は落ち着いてるよ」

「うわ、わっ……っ！」

腕や足や腰に、どんどん絡み付いてくる触手。予想外のことに慌ててしまい、抵抗しきれず、触手に身体を持ち上げられてしまう。

そのままリュカの横から、海上へと移動させられた。触手が少しでも緩んだら、海に落ちてしまう位置。しかし一本一本きちんと魔力が凝縮されていて、千切れる様子は見られないし、むしろ安定感さえある。……すごいな。

リュカを見れば、触手は全て、袖を捲った左腕から出ていた。右手で剣を持つからか。俺のように全身どこからでも出せるわけではないみたいだが、それでも。

「上達、早すぎないか？　あれからまだ、ひと月だぞ」

「教えてもらった日から、ひたすら練習し続けたからね。ダンジョンでは戦闘中以外ずっと出していたし、馬車で移動している最中とか、ギルドで君を待っている間とかもやってたよ。朝起きてから夜寝るまでずっと、触手でザガンをトロトロにする妄想をしながら、頑張ったんだ」

「なっ……」

ブワッと頬が熱くなった。俺のことを妄想って、そんな。

……いやちょっと待て。俺は今、両腕を拘束されているうえに、股を開かされている。エロゲーであれば、確実に触手でアレコレされる格好だ。出来れば、違っていてほしいのだが。

「この状態は、言わなければ海に落とす、だよな？」

「まさか。ザガンのエッチなところを苛めまくってアンアン泣かせる、だよ。そこだと、無理に逃げようとしたら海に落ちちゃうから、大人しくするしかないでしょ？」

くそ、エロゲ主人公め……！

思わず睨んだけれど、ニッコリ微笑まれるだけ。

腰に巻き付いていた触手が、服の中に入ってきた。リュカのあたたかな魔力が素肌に触れ、身体が揺れてしまう。さらには衣服を上に押しやりながら腹や胸を這《は》ってくるから、くすぐったさに身を捩《よじ》った。それでも、海に落下することはない。

乳首に細い触手が何本か伸びてきて、きゅっと縛られた。そしてクリクリ弄られる。太さの違う触手を出せたり、繊細に動かせたりと、魔力操作も完璧だ。けれど俺を苛めるために練習したと思うと、まったく褒める気がしない。

あと触手を光らせるのを止めてほしい。辺りが暗いから、やけに浮かび上がって見えて、恥ずかしい。そういう性質っぽいので、どうしようもなさそうだが。

「ぁ、ん……だめだ……リュカ、やめ」

「絶対に止めない。ああそれと、今すぐ何があったか答えてくれても良いけど、どっちみち俺の気が済むまでは苛め続けるから」

それはさすがに酷くないか？　こちらとしても答えるつもりはないので覚悟しているが、耐えるのにも限界があるので、もう少し譲歩してほしい。

と思いながらじっと見つめていたからか、リュカは人の乳首を苛めながらも、右手から小さな光を作り出してきた。ぽわぽわと周囲に浮かぶ、いくつもの淡い光。おかげでだいぶ明るくなり、触手だけが目立つことはなくなった。

ただし俺の全身が、よく見えるようにもなったわけで。

「ふふ。捕らわれのザガン、エッチだね。もっとエッチになろうね」

「や、見るな……あ、待てそこは……や、やだ」

少し引き寄せられると、リュカの手でズボンのボタンを外された。海に落ちないよう、触手を退かしたり絡め直されたりしながら、下着ごと脱がされてしまう。もちろん抵抗したが、細い触手がペニスに巻き付いてきて、感じてしまい儘《まま》ならない。ううぅ、卑怯だ。

「下半身だけすっぽんぽんっていうのも、可愛くて良いな」

「ふぁ、あ……リュカ、やだ……」

両足を上げられ、アナルがよく見える体勢にされてしまった。

ここは外で、夜空にはあんなにも星が輝いているのに、こんなにも恥ずかしい格好を取らされるなんて。どう考えても屈辱的だし、羞恥に襲われるから逃げたいのに、アナルはヒクヒク収縮してしまう。居た堪れなくて視線を逸らすと、ふふっと笑われる。

「ザガン可愛い。触手を入れる前に、エッチなお尻、ちゃんと解してあげるからね」

よりリュカのほうへと引き寄せられて、アナルを彼の顔の高さまで上げられた。そこに鼻を埋められる。本当に恥ずかしくて、身悶えてしまう。

「はぁ。ザガンの匂い、たまんない。……今日もいっぱい、舐めさせて」

「……ぁ、あんっ……んっ、ぁあ」

れろっと舌を這《は》わされた。ゆっくり舐められながら唾液を馴染まされていき、柔らかくなったか確かめるように舌先でツンツンされたあと、中に入ってくる。ぐにぐに動かされて括約筋を刺激されると、どうしても腰が跳ねてしまう。

アナルを舐められるの、気持ち良い。気持ち良くて震えてしまう。

目を瞑《つむ》って感じ入っていると、ペニスの先端をつつかれた。そういえば触手が巻かれたままだ。

しかしリュカは、舐めるのに夢中で……え？

「ぁ、あ、そんな……や、止め……あっ、あぅぅ！」

細い触手が、尿道に入ってきた。異物感やペニス内に広がるリュカの魔力のせいで、弾けそうな快感に襲われる。股間がゾクゾクする。いったいどこまで侵入してくるつもりなのか……もしや膀胱まで入っていないか？

触手の先端が、クンッと内側を押してきた。軽く刺激されただけかもしれないが、電撃のような強烈な快楽が走り抜けていく。ビクンッと、身体が大きく跳ねてしまう。

「ひうっ……ぬい、抜いてくれリュカッ……あぅ、あんんっ……！」

「ん……だぁめ。苛めるって言ったでしょ？」

「そ、そんな……あ、あ、あっ」

「ふふ。ザガンのおちんちんの中、あったかいね。それになんとなくだけど、気持ち良く感じるよ。はぁ、ぷるぷる震えてて可愛いなぁ」

中をつつかれる。時々抜き差しされて、尿道全体を嬲《なぶ》られたりもする。それと同時に乳首を弄られ、アナルまで舐められているのだ。上も前も後ろも弄られているせいで、とっくに射精したくなっていた。だが出す場所を塞がれているから、熱は籠るばかり。

細いところを擦られるたび、ペニスが痙攣《けいれん》する。尿道がこんなにも感じるなんて、今まで知らなかった。何かを入れようと考えたことさえないので、当然だが。

「ひ、ひんっ……イきたい……あっ、リュカ、も……あんんっ！」

尿道内をずぶずぶ嬲《なぶ》られ、強烈な快楽に襲われる。ブワブワッと全身に快感が回り、堪らずイってしまう。けれど出す場所を触手に阻まれているせいで射精出来ず、ペニスは重いまま。触手の動きが止まらないせいで、続けざまに空イキする。

苦しくて、嗚咽《おえつ》が漏れた。ボロボロと涙が零れて止まらない。

出したい。でも出せない。このままだと、おかしくなりそうだ。

「ひうぅ、う、うあっ……も、やだ……リュカぁ」

「ん。一応聞くけど、何があったか、話す気はある？」

「う……っ、……言え、ない……」

「うん、そうだと思った。ザガンは頑固だものね。なんでもかんでも、自分だけでどうにかしようとしてしまうんだ。……俺が弱いせいでもあるのかな」

リュカが哀しそうに眉根を寄せるから、心が痛む。だが仕方ないだろう。もしかしたら死ぬかもしれないなんて、どうして言える？

闇組織と出会った以上、彼らと戦うのは必至。だがドラゴン五体を召喚されるのは、あくまでもゲームの話である。現実では違うかもしれない。俺自身は今までの経験から楽観視していないが、不確かな情報をわざわざ教えて、気苦労をかける必要はない。

俺が死ぬかもしれないなんて、伝える必要はない。——俺は絶対に、死なないのだから。

「まぁ話すにしろ話さないにしろ、まだ満足していないから、苛めるけど」

おい！　いろいろ台無しではないか！

というか、射精出来なくてこんなに苦しんでいるのに、まだ何かしたいのか？

「ッ……ふぁっ……？　あ、や……や、あ、あんん……んっ」

ぬぷぬぷぬぷぅと、アナルに何かが入ってきた。いや触手だ。リュカの触手が、ゆっくり埋まってくる。思わずその辺りを見れば、結構太いのが尻に伸びてきていた。

「触手が光ってるから、飲み込んでいる様子がハッキリ見えるよ。ザガンの咥《くわ》え慣れてふっくらしてきた縁、エッチですごく可愛い」

「ぁ、あ……そんな。み、見るな……やだ……」

「恥ずかしがらないでザガン。すでに何度も、見られているじゃない」

確かにそうだが、恥ずかしいものは恥ずかしいのだ。回数の問題ではない。

光の魔力に刺激されて腸液が分泌されているようで、奥に進まれるたび、ぬちゅりと艶《なま》めかしい音が鳴った。割り広げられながら、結腸手前まで埋められる。

胎内から快感が広がり、気持ち良さにきゅっと触手を締め付ければ、余計に感じて身体が震えた。

ずっとイけていないのもあって、生理的な涙が零れていく。

「ひぁあ、あ、ぁん……ん、は……、あ、あぅ……リュカ……ぁ」

「ふふ、可愛いザガン。もっと奥まで、入れてあげるね」

「ひっ……や、無理ぃ」

逃げようと身を捩《よじ》ったが、どうしたって触手は出てくれなかった。むしろ動きを制するように奥をクンクン刺激されて、喘ぎ声が漏れてしまう。気持ち良いけれど、つらい。

「んあぁ……ふぁ、ん……や、やぁ」

「うん。気持ち良さそうに受け入れてくれてるね。あったかくて柔らかいし、きゅんきゅん締め付けてくるから、俺もイイよ。ほら、今結腸奥に到達した。俺のペニスは、ここまでしか入らないんだよね。せっかくだから、もうちょっと奥まで入れようか。大丈夫、痛くないよ」

綺麗に微笑まれ、下腹部を撫でられる。

優しい声や、あたたかな掌に絆されそうになるが、やはりもう無理だ。イけなさすぎて、おかしくなってしまう。しかもこれより奥なんて。せめて尿道に入っている触手は抜いてほしい。

「や……もう入らない、からっ……ふあぁっ」

無理だと告げても止めてもらえず、結局もっと奥まで侵入してきた。すさまじい快感が押し寄せてくる。腰の奥にずくんずくんと響くし、撫でられている腹辺りにまで、圧迫感が来た。いったいどこまで入れるつもりなのか。

「はぅ、……ひ、ひぅ……あ、や……やだ、やだぁ」

内臓まで侵されるような感覚に、ガクガクと震えが止まらない。

このままでは、腹が破られてしまうかもしれない。リュカはそんなことをしないとわかっているが、少しでも触手を動かされると、どうしても恐怖に襲われてしまう。もう止めてほしい。

「ひっ、や……やらっ、ひぅ……やらぁ……っ」

「ふふ、ザガンのお腹の中、とてもあったかい。どう？　抜いてほしい？」

「ぬ、抜いてくれ……頼むからっ」

「どうしようかなぁ。泣いちゃうザガンがすごく可愛いから、もっと苛めたいな」

「そんなっ……あ、あぅっ……うぅぅ」

酷い、酷すぎる。こんな辱め、さすがに耐えきれない。

それにイけなさすぎて、膀胱が変になっている気がした。あまりにもつらくて、ひっ、ひっ、と
しゃくり上げてしまう。もう無理だから、溜まった快楽を出させてほしい。

「も、許してくれ……言うから。もう、言うから……っ」

「んー……じゃあ、こっちだけ取ってあげるね」

必死に懇願《こんがん》したら、尿道内の触手が少しずつ出ていった。塞き止められていたものがなくなるの
に比例して、身体から力が抜けていく。ふぁ……気持ち良い。

ちゅぷんと抜けきると同時に、精液が零れた。まったく勢いがないせいでペニスが汚れ、アナル
の縁を通過して、尻にまで伝っていく。溜まっていたものが出ていく感覚が、堪らなく気持ち良い。

腰が蕩《とろ》けるような快楽に、酔いしれてしまう。

とぷとぷ、こぷぷぷぷ。だんだん勢いが増して、直接海に落ちるようになった。膀胱がスッキリ
していくのが、本当に気持ち良い。

ああ、滲《にじ》んだ視界の向こうに、星空が見える。美しい天の川が。……うぅ、セックスどころか、
触手プレイをされてしまった。とんでもない思い出だ。

「ふふ、可愛い。蕩《とろ》けた顔しながら、おしっこ漏らしちゃってる。まるで赤ちゃんだね」

「ふぁ……？　あ、ぁ？　や……そんなっ、見るなリュカっ……やだ、やぁっ」

言われてようやく、粗相していることに気付いて、全身が熱くなった。

恥ずかしい、恥ずかしいっ。
すでにだいぶ出していて、それでもどうにか止めようと下腹部に力を入れたが、胎内に入ってい
る触手のせいで儘《まま》ならなかった。それに我慢しようとしたのに気付いたらしく、触手をクンッと動
かされる。腸壁を刺激され、背中が反る。
結果として尿が飛んでしまい、リュカにかかったのではないかと慌てて確認すれば、恍惚とした
表情で見つめてきていた。勢いがなかったおかげで、かかってはいないようだ。しかしあの目に晒
していると思うと、余計に羞恥に見舞われる。
ようやく放尿が終わった時には、恥ずかしさのあまり、泣いてしまっていた。泣きたくないのに
涙が出るのだ。恥ずかしすぎて、どこかに消えてしまいたい。
しかも萎《な》えたペニスを舐められる。すっぽり咥《くわ》えられると気持ち良くて、ひぐっと喉が引き攣っ
た。汚れているのだから、舐めないでほしい。
「ん……綺麗になったよ。はぁ、ザガンのおちんちん、本当に可愛いなぁ」
「うぅ、ぐす……も、許して、くれ……言うから。うぅ……」
「うん？　別に言わなくて良いよ？　このままずっと、ザガンの可愛いお尻とおちんちんに触手を
入れて、君を運びながら生活するから」
「…………は。……な、に……言って」
言われた言葉を上手く処理出来なくて、混乱した。そんな気が狂いそうなこと、冗談だろうと思
うのに、リュカの双眸《そうぼう》はとてつもなく真剣で鋭い。

脳がぐるぐるしながらも見つめ返していると、怪しい光を湛えたまま、すぅと目を細められる。唇が開き、言葉が紡がれていく。

「ザガンはさ。大人しく触手に捕まってくれているけど、逃げようと思えばいくらでも逃げられるよね。そうしないのは、俺に苛められて気持ち良くなりたいという感情があるからだ。それはとても嬉しい。だからこそ付け込ませてもらうよ。君をずっと快楽に侵し続けて、俺以外のことを考えられなくしてあげる。そうすれば、君がどこで何をしているかと、心配しなくて済むでしょ？　大丈夫だよ、もし君の心が壊れたとしても、絶対放さないから」

ああ、リュカが本気で怒っている。俺が独りで抱え込もうとしているせいで。そのくせ疲れた状態でリュカに会うし、問われても答えないから、心配させすぎてしまったんだ。

全面的に、俺が悪い。

「い、言う。……今度から、ちゃんと言う。……リュカ、すまなかった」

素直に謝った。ちゃんと許してもらえるように。

もし許してもらえなければ、触手を斬るしかない。狂いたくないからだ。自分の意志で、リュカと共に歩んでいきたいから。

だがこの状況で触手を斬るのは、リュカからすれば、拒絶されたことと同義だろう。そんなつもりはないと言っても、哀しませてしまう。だから、許しを請う。

すんっと鼻を啜《すす》りながらも、じっとリュカを見つめていると、彼はふにゃりと頬を緩めた。少々困ったような、仕方ないなぁという表情。

「もう独りで抱え込まない？　無理しない？」

「しない。何かあったら、ちゃんとリュカに言う」

「……そっか。じゃあ許してあげる。俺も、酷いことしてごめんね。大好きだよザガン」

膝の上に座らされ、そっと包まれた。ふんわりした抱擁《ほうよう》に、吐息が漏れる。

頬や眦《まなじり》にちゅっちゅっちゅとキスされて、零れていた涙を吸われた。唇にも軽くキスされるし、背中もぽんぽん叩かれる。そんなふうに優しくあやしてくれるから、余計に涙が出てしまい、リュカに引っ付いてぐずぐず泣いた。

＊

いつの間にか胎内に入っていた触手は消えていたし、リュカはマジックバッグからタオルを出すと、下半身を拭いてくれた。萎んだペニスに、アナル周辺、それから太腿も。

「ん……、…………」

そして触手で身体を浮かされると、下着やズボンを穿かされていく。

そうか、ペニスは入れないのか。い、いや、抱いてほしいわけではない。触手からもリュカの魔力を感じられたし、イけない苦しさはあったが、気持ち良かったたし。ただ、身体をきちんと繋げたほうが、心も満たされるというか……なんでもない。

それにチラッと確認したが、リュカは勃起していなかった。触手を動かすほうに、神経も魔力も集中させていたからだろう。魔力使用中は、普通勃起しないものだ。

俺も大森林で過ごしていた時は、気配察知や気配遮断で常に神経を尖らせながら、魔力をたくさん消費していたので、ほとんど勃起しなかった。最近よく射精しているが、ぶっちゃけリュカに触られている間だけである。

なおズボンを穿き終えても、光の触手はあちこち巻き付いたままだった。万が一にも逃げられないように、拘束しているのかもしれない。

綺麗に整えられたら、またリュカの膝上に、向かい合うように座らされた。緩く腰を抱かれて、しっかりと視線が合った状態で、問いかけられる。

「それで、何があったか教えてくれる？」

さて、どう答えるべきか。全ては言えない。前世の記憶があることや、現状がゲームのシナリオに酷似していること。それらを話そうものなら、リュカが混乱してしまうだろう。それに理解させるには、きっととてつもない時間を必要とする。

やはり、ありのままにあったことを、話すしかないか。

「第六ダンジョンでも星の欠片を入手したのは俺なんだが、ダンジョンから出た途端、闇組織の者達に囲まれたんだ。相手にしたくなかったが、街の人間達を殺すと脅されたので、仕方なく付いていった。そしたら百人以上の闇属性がいた」

「だ、大丈夫だった⁉　何もされてない⁉」

「大丈夫だ。触手で拘束されそうになっても切り落としたし、威圧してほとんど動けなくさせた」

「……そっか。君が無事で良かった」

淡々と答えれば、リュカははぁと大きく息を零して、肩に額を押し付けてきた。どこまでも心配性な男だ。でもそれが、嬉しいと感じる。

「アイツらは俺に、仲間になれと言ってきた。星の欠片があれば、王城を簡単に落とせるからと。今回は俺が威圧したことで引き下がったが、次はきっと、相当な準備をしてくるだろう。俺から、欠片を奪うために。だから少しでも強くなろうと、ずっとダンジョンに潜っていたんだ。……心配かけて、すまなかった」

「うん、そっか。そういうことがあったんだね。話してくれてありがとう。そんな大人数に囲まれて、怖かったよね。傍にいなくてごめんね」

強く抱き締められて、背中や頭を撫でられる。

確かに怖かった。死への恐怖というものは、そう簡単に払拭出来るものではない。どれだけ自分を奮い立たせても、ふとした瞬間、挫《くじ》けそうになる。

だがこうしてリュカに話してみたら、本当に大丈夫な気がしてきた。いつもリュカが俺を優しく包んで、大好きと言ってくれるから、だろうか？

……そうか。独りでないということは、こんなにも心強いのだな。

「大丈夫だリュカ。俺は弱くない。星の欠片も奪わせない。それにアイツらが王城を落とそうと考えているなら、俺は同じ闇属性として、絶対止めなければならないんだ」

「ザガン……君は本当に強いね。戦闘力はもちろんだけど、心がとてつもなく強くて、すごく格好良い。ときめきすぎて、惚れ直しちゃうくらい」

「ふ……そうか」

「あっ、ザガンが微笑んだ。ふふ、可愛いなぁ」

嬉しそうに微笑まれ、ちゅっと頬にキスされた。つい笑ってしまったせいというのは理解しているが、それでも格好良いと言った傍から、可愛いと言わないでほしい。あと珍しいからといって、いちいち指摘してくるな。照れてしまうから。

いくつものキスを大人しく受け止めていると、満足したのか再び目を覗かれた。

「ねぇザガン。俺はこれからも魔力操作の練習をするし、もっともっと強くなるよ。だから闇組織が来る時には、一緒に戦わせてくれないかな」

「確かに驚くほど上達している。だが連中は、どのタイミングで来るかわからないぞ？　たぶん前回のように、俺が一人でいる時を狙ってくると思うが」

街中で襲撃してこないのは、彼らが闇属性だからだ。闇属性が現れたとなれば、民衆は混乱するものの、応戦する者達も必ず出てくる。魔法を使える人間は限られているが、身体強化なら誰にでも出来るから。よって欠片を奪うどころではなくなる。

都市から都市への移動中だと、ルートがありすぎるうえにバイクを飛ばすので、俺がどこにいるかわからなくなるだろう。

都市入出時は必ず外門を通らなければならないので、待ち伏せられる……ということにもならない。俺も闇属性なので、夜であれば、いくらでも闇に紛れて隠れられるからだ。それゆえ外門を見張るのも無意味である。

確実なのはやはり、俺がダンジョンを攻略し、外に出た直後。

星の欠片を持ってダンジョンから出たあと、他の攻略者達が強制転移してくるまでには、十分ほど間が空く。それにダンジョン周辺は、モンスターが溢れてくる危険性を考慮して建物がほとんど建っておらず、警備の者が数人配置されているのみ。その者達は、運が悪ければ殺されているだろう。前回も、もしかしたら。

「俺達と一緒にダンジョンに潜るというのは、やっぱり無理だよね」

「そうだな。確かに第一都市と比べれば、俺を知る者は少なくなっている。だが絶対ではない。それに俺がいては、お前の仲間達にストレスを与えてしまう」

「うん。特にミランダがね。逆にノエルは、ザガン贔屓《びいき》になるだろうし。そしたら、彼女達の仲が拗れちゃうかもしれない」

「俺も独りで戦うことに慣れているからこそ、周囲を巻き込む可能性が高くなり、結果ほとんど戦えなくなる。連携が上手くいかず攻略に手間取っているうちに、闇組織に欠片を取られてしまっては本末転倒だ。しかし俺が攻略自体止めるというのも、その……」

上手い弁解が出てこないな。シナリオ通りに世界の力が作用しているから、なんて言えないし。

どう誤魔化《ごまか》せば良いのか。

「もしかしてザガンは、褒美が欲しいの？　何か望んでいるものがあるのかな」

「………あ、ああ」

そういえば、最も星の欠片を集めた者には、王から褒美が出るのだった。忘れていた。思わず頷いたものの、リュカの言葉に助けられた。

「両親に会いたい？　それとも、闇属性が差別されないようにしてほしい、とか」

「そう、だな。差別されない国になれば良いとは、思っている」

何百年とかけて根付いた差別。それをなくすのは、あまりにも大変である。しかし王から迫害しないよう命令が出されれば、国民は従うしかない。それが国のために星の欠片を集めた人間の望みなら、異を唱えられる者はいないだろう。

もちろんそんな方法を取らなくても、邪神を倒せば、いずれ消滅するかもしれない。けれど邪神を倒すには、まず復活させなければならない。闇組織に、星の欠片を奪われなければならない。そんなこと、絶対にさせてなるものか。俺は九月下旬を過ぎても生きるし、邪神の封印だって解かせはしない。

なお、両親に会うつもりはない。健やかに生きてくれているだけで充分だ。

「だから、その。俺はなるべく全力で、星の欠片を入手しにいく。そうなるとやはり、ダンジョンから出たすぐには、一人きりになってしまうけれど」

「それについては、もうちょっとだけ待っていてくれる？」

「何か考えがあるのか？」

「たぶんだけど、どうにかなると思うから。明日、教えてあげるね」

「？　……わかった」

どうして今すぐでは駄目なのか。疑問に思ったものの、明日言ってくれるなら待とう。

「とにかく、君を苦しめていた原因がわかって良かったよ。これから一緒に頑張ろうね。……絶対に俺が、君を死なせないから」

とても真剣な双眸《そうぼう》で見つめられながら、頬を優しく撫でられた。

――君を死なせない。その言葉はきっと、これからの俺の、支えとなる。

＊

「……ぁん、ん……、ふあぁ……？」

くちゅ……ぬちゅんと、ゆっくり胎内を掻き混ぜられている。腹いっぱいに熱が埋まっていて、とても気持ち良い。慣れ親しんだ魔力が全身に回っていて、ふわふわする。

それに背中を包んでくる温もりを感じた。ああ、リュカに抱き締められている。

「ふぁ……あ、あん、……リュカ、ん……」

「ん、はぁ……起きたんだね。おはよう、ザガン」

「……ん、あ……ぁん」

背後にいるリュカを見ると、柔らかく微笑まれ、頬にキスされた。少し物足りなくてじっと見つめると、ふふっと嬉しそうに笑われたあと、唇にもキスしてくれる。

俺達が現在いるのは、別荘の寝室だ。

大きなベッドに、さらりとした布団。柔らかなオフホワイトは、夏らしく爽やかに感じるし、ベッドはとても寝心地が良かった。リュカが泊まるからと、領主に仕えるメイド達が掃除をして、ベッドメイキングまでしてくれたらしい。

窓から差し込んでいる太陽の光も、その向こうに見えるキラキラ輝いた朝の海も、とても綺麗である。さすがは王家の別荘。

昨夜、外でリュカと話したあとは、別荘内で夕飯を食べて風呂にのんびり入った。そして寝るまで、ベッドで身体を繋げた。

ただし最近あまり寝ていなかったし、戦い続けていて肉体的にも精神的にも疲れていたようで、一回胎内に出されただけで眠ってしまった。昼寝もしていたのに、リュカに包まれると安心して、起きていられなかった。

「ごめんねザガン。はぁ……気持ち良さそうに眠っている君を見ていたら、ムラムラしちゃって。もうちょっとだけ、中にいさせて」

「ぁ、ん……構わない。久しぶりに、よく眠れたし……ふぁ」

頷くと、リュカは激しく腰を動かし始めた。奥を何度も突かれて、ぐちゅん、ぐちゅんと、カリで結腸を嬲《なぶ》られる。心地好い快感が、全身に広がっていく。

「ぁふ、ん……リュカ、あ、あ、あん、……んっ」

「ん、ザガン、……気持ち良い……はぁ、う、ん……出るっ」

「あぁ、ん……んんん――……っ」

リュカの色っぽい声を聴きながら、勢いよく出された精液を、胎内の奥で受け止める。

はぁ、光の魔力があたたかい。それにパチパチしていて気持ち良い。ペニスを咥《くわ》えている縁から奥までが全部蕩《とろ》けそうで、ひくひく蠕動《ぜんどう》している。

その包んでいるペニスが、出した精液を腸壁に塗り込むように、ゆっくり動いてきた。

「……あ、ぁん……ん、リュカ……ふぁ」

「ふふ、ザガン可愛い。……大好きだよ。愛してる」

耳裏にキスされ、甘く囁《ささや》かれる。コクリと頷くと、またキスされた。

乳首を弄られたりペニスを揉まれたり。しばらく愛撫されているうちに、胎内に埋められたままのペニスが再び勃起して、結腸奥をつついてきた。反射的にシーツを掴んだら、その間にリュカの手が入ってきて、指を絡めながら握られる。快楽に浮かされながらも握り返すと、ザガン、と愛おしげに呼ばれた。

もう一度中出しされたあと、ペニスが出ていく。するとアナルから、こぷりと精液が漏れた。

「ふぁ、ん……リュカ……、は、ん……」

胎内に、リュカの子種がたくさん溜まっている。だからか、少し身動ぎしただけでぬちゅりと音が鳴るし、また漏れてしまった。二回にしては多い気がする。昨夜は一度だけだったので、とっくに吸収していて残っているはずないし。

もしかして眠っている間にも、出されていたのか？　だとしたら、早く起きられなかったのが惜しいな。俺の身体で感じるリュカを、寝たフリしつつ観察したかった。

「ザガン、ありがとう。気持ち良かったよ」

「ん……俺も、気持ち良かった。リュカの魔力は、とても心地好い」

「ふふ、それなら良かった。今日という日を、朝から君と二人きりで過ごせて、嬉しいよ。誕生日おめでとう、ザガン。この世界に生まれてきてくれて、本当にありがとう」

ふわりと柔らかく微笑みながら、告げられた言葉は、誕生日を祝うもの。

「……そうか、七月八日か。俺の誕生日だ」

「ザガン……忘れちゃうくらいに、切羽詰まっていたんだね」

「そうかも、しれない」

九月下旬までになんとかしなければいけないと考えるばかりで、今日が何日かなんて気にしていなかった。そのせいで、ダンジョンにも潜りすぎてしまったわけだが……そうか、誕生日だったのか。誕生日を祝ってもらうなんて、とても久しぶりだ。

リュカは素っ裸のままベッドから立ち上がると、テーブルに置いてあったマジックバッグから、何かを出した。綺麗に包装され、リボンがかけられている箱。それを俺に差し出してくる。

「これ、誕生日プレゼントだよ。受け取って」

「あ、……ありが、とう。開けてみても良いか？」

「もちろん。ザガンにどうしても貰ってほしくて、用意したものだから」

再びベッドに入ってきたリュカに抱き締められ、見守られながら、プレゼントの箱を開ける。

中から出てきたのは、魔導具だ。前世でのトランシーバーのようなものが、二つ。

「これは……もしかして、魔導通信機か？」

「うん、そうだよ。この二つの間でなら、ある程度離れていても話せるんだ。しかもこれは、大都市四つ以上離れていても、繋がるって」

魔導通信機。二つペアになっていて、使用する光や風の魔石を完璧に同じサイズ、同じ魔力にして、複雑な回路の中に組み込んでいかなければならないもの。使用者二人の魔力を流して同調させると、繋がるようになる。

とても高価だし貴重なものなので、王侯貴族にしか買えない代物だ。それにほとんどは、大都市二つ分が限界距離らしいのに、大都市四つ以上とは。

「これほど高性能なもの、どうやって手に入れたんだ？　いやそもそも、通信機は王都でしか買えないものだと思っていたんだが」

通信機を作れる技術者が、少ないのだ。それほど難しいと聞いている。

「先月第六都市で、兄上に手紙を送ったって言ったよね。実はその時、ザガンの誕生日プレゼントも頼んでいたんだ。大切な人の誕生日が七月八日だから、第七都市に到着したら受け取れるよう、間に合わせてほしいって。ギルドは荷物も預かってくれるから、ホント便利だよね。お金はもちろん、俺の個人資産から出してるから安心して」

リュカ自身がきちんと仕事をして稼いだものであって、税金を使用したわけではない、という意味か。王子として伝えておかなければならない事項なのは理解しているが、あえて言わなくても、俺はちゃんと信頼しているぞ。

「あと、この別荘についても、手紙に書いてあったんだ。教えてくれた兄上には、感謝しないと」

「そうか。お前の兄は、お前をだいぶ甘やかしているな」

「そうかな？　もしそうだとすれば、俺がダンジョン攻略の王命を受けていることに、罪悪感を覚えているからかもしれないね。この旅は、いずれ王になる兄上を守るための、修行でもあるから」

「……なるほど」

ゲームではわからなかった設定だ。いやそもそもゲームでは、主人公の家族関係や過去についても、ほとんど出ていなかったが。

「まぁ元々すごく仲良いし、あの人は俺だけでなく、兄弟全員に甘いんだけどね。俺とは七歳離れていて、妹とは九歳、弟となんて十一歳差だから」

七歳差か。リュカは、ゲームのデフォルトでよく使われる一月一日が誕生日の、現在二十一歳。王太子は二十八歳。今日二十四歳になった俺の、四歳上。

俺が生まれる四年前とはつまり、前回邪神が復活した年である。七歳も開いているのは、当時王太子と王太子妃だったリュカの両親が、王都復興で大変だったからだろう。ちなみに即位したのは、約二年半前である。

「とにかく、これで離れていても連絡が取れるよ。どこにいても声を聞けるし、ダンジョンから出て闇組織に連れていかれたとしても、スイッチに触れてくれたら俺に伝わる」

「そうか、昨夜どうにかなると言っていたのが、このプレゼントだったんだな。これなら確かに、俺に何かあったとしても、お前にすぐ伝えられる」

「うん。だから独りで無茶しないで、必ず教えてね。俺、頑張って強くなるから。キマイラの時みたいに、俺は離れて待っているなんて、絶対したくないから」

「……わかっている。頼りにさせてもらう」

本当に教えるかどうかは、リュカの成長による。だがコイツなら、あっという間に強くなりそうだ。あれだけ魔力操作が出来ているなら、魔法の威力も相当上がっているはずだし。今度手合わせしてみるのも、良いかもしれない。

「じゃあ、魔力を込めていこうか」

コクリと頷き、まずはそれぞれ一つ持ち、魔力を込めた。ゆっくり慎重に、魔力ゲージを満タンにする。それから交換して、もう片方にも。

込め終えたら、スイッチに触れてみた。すると稼働ランプが付き、もう片方の通信機が振動しながらランプを点滅させる。またスイッチに触れるとランプが消えて、リュカが持っていたほうも点滅しなくなり、動きを止めた。ん、正常に機能している。

至近距離にいながら、通話を試してみたりもした。きちんと通信機からリュカの声が聞こえてきて、感動してしまう。

「その、本当に感謝する。こんな素晴らしい魔導具を貰えるなんて、とても嬉しい」

「どういたしまして。喜んでくれて、俺もすごく嬉しいよ」

誕生日プレゼントが趣味に関するものなのは、ゲームと同様。しかしヒロイン達が受け取っていたものより、格段に高価で貴重なものを貰ってしまった。

それにこの別荘も、たぶんヒロイン達は来たことがない。手紙で兄から教えてもらったと言っていたから。手紙を出すなんて、ゲームにはなかった。

この別荘の、海に囲まれている立地や、高級さは素晴らしい。けれどその全体を守っている魔導バリアや、複雑な魔導回路が組み込まれている橋のほうが、俺の心を躍らせてくれる。

——ああ、そうか。その方法があった。

とあるアイデアが浮かんだ瞬間、勢いよくリュカの両手を握っていた。

「感謝するリュカ。これなら絶対に、どうにか出来る」

「え？　えっと……なんのことか、聞かせてくれる？」

ほんのり頬を赤らめながら問いかけてきたリュカに、コクコク頷いた。

＊

俺自身が強くなろうとしても、ダークドラゴン五体相手に勝てるほどとなると、やはり到底時間が足りない。相手はＳＳＳランクに区分されているモンスターだ。それを一人で倒そうとすることがどれほど無謀かは、最初から理解していた。

俺一人でどうにか出来る相手ではない。ならば、道具に頼れば良い。

バイクのように一から作るとなると時間がかかりすぎるが、魔導バリアであれば、元からあるものを改造するだけなので、二ヶ月あれば充分だ。購入した機械を改造して自分で使うだけなら前世でも合法だったし、それはソレイユ王国も同じ。

俺の超級魔法にも耐えられるもの。かつどこにでも瞬時に展開出来るよう、浮遊するものに改造すれば、防御力は大幅にアップする。

「相手は闇属性しかいないから、闇属性を遮断するものに特化させれば良い。属性一つだけを遮断するものなら、より強固に出来る」

「そうなんだ。でも代わりに、物理攻撃が防げなくなるんじゃないの？」

「いや。たとえば無属性の武器を闇属性が手にした場合、それは必ず闇の性質になる。だから相手が闇属性である限り、物理攻撃だろうと防御可能だ。ただし特化させると、闇属性相手以外にはまったく使えなくなるが」

ちなみに武器には、鉱石類で作られた無属性のものと、魔石によって属性が宿っているものがある。どちらも、持つだけなら全ての属性が可能。しかし属性が宿っているものは、同属性以外が使おうとすると、武器の属性を殺してしまい本来の力を出せない。魔導バリアを使わなくても、防げる程度の攻撃にしかならない。

それにこれらは、あくまでも人間相手の場合の話ある。

リュカには言えないが、相手はダークドラゴンだ。その炎や爪は、それぞれ火属性や物理に思える攻撃だが、実際は全て闇属性攻撃である。

だから難しいことは考えず、闇属性だけ遮断すれば良い。

「一つは、周囲を守れるデカいものにする。そうすれば民間人に被害が及ばないし、こちらも気兼ねなく戦えるようになる」

「そうだね。周囲を気にして戦うとなると、攻撃が避けられなくて大変だ」

そう、ドラゴンの攻撃を避けられないのは、あまりにも危険である。

ゲームではドラゴンが出現すると、第九都市に巨大な魔導バリアが張られる。だがザガンとの戦闘中の、咆哮《ほうこう》ブレス一発だけで破壊されるのだ。とてつもない威力である。当然現実でも、攻撃を食らえばそうなるだろう。

ドラゴンを召喚するには、収集した大量の魔瘴をマジックバッグから出したうえで、魔力を込めながら詠唱しなければならない。だいぶ時間がかかるので、闇組織は邪魔が入らないように、離れた森林内で召喚することになる。

なので、俺は都市の外に連れていかれる。拒否すれば民衆が殺されるだろう。だからこそ誘いに乗り、都市から離れたうえで、改造した魔導バリアを展開する。

「もう一つは小さく、一人分を立方体で囲めるものにする。これを俺が持てば、超級魔法を放ったあとにMPポーションを飲めるし、リュカが来るまで耐えられる」

もしリュカが実力不足だったとしても、魔導バリアがあれば、一人で戦えるはずだ。でも真剣に見つめられているので、口にはしない。

「そして最後に盾形。それをリュカに持たせれば、相手の攻撃を防御しつつ、リュカはいくらでも攻撃が可能となる。闇属性は光に弱いが、逆も言えるからこそ、お前には絶対攻撃が当たらないようにしなければならない」

「うん、ありがとうザガン。俺のことまでちゃんと考えてくれて、とても嬉しいよ」

「……ここまで話してしまったんだから、仕方ないだろう」

「ふふ、今日もツンデレで可愛い」

つい照れてしまって顔を背けたら、またしてもツンデレと言われた。俺はそんなにツンデレか？いまいちわからない。

「でも聞いてる限りだと、改造でも難しそうだなぁ。三つも作らないといけないし」

「リュカからすれば、そうだろうな。俺だって今すぐ錬金術で何か作れと言われても、何も出来ない。魔導工が得意分野だから、可能なだけだ」

「そっか。そういえばカミラはよく錬金してるけど、ただ素材を壺に入れて混ぜているだけのように見えて、すごく繊細な魔力操作をしているみたい。料理も複雑なものだと、どんな調味料を入れてどんな手順で火にかけるか、全然わからないものね」

彼女達に長年培ってきた経験や知識があるように、俺にも約二十年間勉強してきている知識や、バイクを製作した経験がある。ついでにバイクを作るために、いろんな魔導具をバラして内部を見ている。だからこそ可能だとわかる。

とりあえずは、魔導具研究や製作方法の、最近発行された書籍を買うか。毎月数冊は出ているので、もしかしたら考えている以上のものが作れるかもしれない。

「まずは本屋だな。それから魔導具店と、部品店か。魔石はあるから大丈夫だ」

「じゃあ、これから買い物デートだね。あぁでも、もう少しゆっくりしよう。ベネットが作ってくれた食事があるんだ。ザガンと一緒に食べてくれって。それと、どう説明すれば良いか……」

困ったように視線を彷徨《さまよ》わせるリュカに、首を傾げる。

「どうした？　お前が言い淀むなんて、珍しい」

「……ノエルから、誕生日ケーキを、預かってきているんだけど」

え？　なっ、何故そうなる？

「まさか、今日が俺の誕生日だと話してしまったのか？　それでは兄妹とバレてしまう」

「この俺が、ザガンとの約束を破ると思うの？」

「いや、まったく思わないが」

リュカにとっての最優先が俺なのはさすがに自覚しているので、首を横に振った。すると嬉しそうに微笑まれ、そっと抱き締められる。

「もちろん話してないよ。ただ、この二日間はザガンと過ごしたいから戻らないって伝えた時に、もしかしてザガン殿の誕生日ですか⁉　って聞かれてね。肯定はしなかったけど、誕生日でなくてもケーキを作るから、持っていってほしいと頼まれちゃったんだ。……ノエルの中では、ザガンはお兄さんで確定になっているみたいだね」

「………………そうか」

はぁと溜息が零れてしまった。どうしてノエルは諦めないのだろう。

いや理由はわかる。兄が亡くなっているとか、闇組織に属して人を殺しているなんて、考えたくないからだ。Sランク冒険者として国に貢献している俺を兄にしておけば、心穏やかでいられる。

よってこれまでのように、俺が否定し続けるしかない。

「それで、どうする？　ノエル、ベネットに教えてもらいながら頑張って作ってたけど、食べる？」

「食べる」

妹の手料理だぞ、即答するに決まっているではないか。だから苦笑するな。

そんなわけで早めの昼飯を食べたら、誕生日ケーキを出してもらった。大粒のイチゴがいくつものっている、小さめのショートケーキ。切ってもらうと、断面からもイチゴがたくさん見えた。代わりにクリームは少ない。

味は……ん、うん。甘さ控えめで美味い。良かった、飯マズではなかった。

ただ問題があったとすれば、ノエルの作ってくれたケーキであろうと、リュカがあーんしてくることである。妹のケーキを、俺を好いている男から食べさせられるという図。

正直、ものすごく複雑な気分になった。


街に出て、リュカの持っていた地図を見ながら歩いていると、彼が顔を近付けてきた。

「周囲を探ってみたけど、闇属性達が潜んでいるようには感じないね」

「人通りのあるところに潜んで、もし誰かに気付かれてしまったら、欠片を奪うどころではなくなるからな。それに俺の威圧で半数以上が膝をつき、大半が動けなくなっていたんだ。今のままでは駄目だからと、何かしらの対策を練ってくるだろう。俺の行く先はわかっているのだから、時間をかけるんじゃないか？」

「次に来るのは、ザガンから欠片を奪えるだけの準備が整った時、か」

頷いた。それが第九ダンジョン攻略終了直後である。だからこちらも、そこに間に合うように準備しなければならない。

もうすぐ本屋に着くので、地図を畳む。するとリュカが手を繋いできた。

「でも一応、別荘の鍵を返すついでに、侯爵に話しておくよ。友達が闇組織に囲まれたって。それにこれから行く先々の都市でも、彼らが襲ってくる可能性があるから注意するようにと、責任者に伝えておく。そうすれば、魔導騎士達も警戒してくれるでしょ？」

言われた瞬間、驚いてしまった。目から鱗《うろこ》である。

そうか、リュカは王子だ。ゆえに大都市を守っている国所属の師団を動かせる。俺は一人でどうにかしようと考えるばかりで、他者から手を借りるなんて策は、思い付きもしなかった。

目を見開いてリュカを見つめていたからか、ふふっと微笑まれる。

「ザガンを守るためなら、地位も権力も、いくらでも使うよ。だから安心してね」

「とても心強いな。……その。ありがとう、リュカ」

どうしても面と向かって礼を言うのは恥ずかしくて、フードを掴んで俯いた。それでもリュカは嬉しそうに、フードの上から頭にキスしてくる。うぐぐ、こんなに人がいるところでは止めてほしい。余計に照れてしまうから。

でも手を引かれているので、足はちゃんと目的地に向かって動く。

「あと俺に出来ることは……そういえばザガンは、武器や防具はどうしてるの？　この前キマイラに袖を焼かれちゃったよね。今着てる防具は、あれより性能高いもの？」

「少し低いが、充分な性能はあるんじゃないか？　まぁ、貴族達が手に入れられる最高級のものよりは、劣ってしまうが」

「もしかしてフードを脱げないから、店に入れないのかな」

「ああ。素材であればSランクのものを手に入れられるのに、防具になったあとのものは入手出来ないなんて、笑ってしまうだろう。それに杖も、闇属性のものはほぼ売っていないから、ダンジョンから入手するしかないんだ。こればかりは仕方ないが」

今持っている杖は、大都市の奥まった店で、たまたま一本だけ見つけたものである。誰かがダンジョンで手に入れて、はした金でも売らないよりはマシと売却したのだろう。あと店員が、差別に興味なさそうだったのもあるかもしれない。

とにかく闇属性というだけで、武器や防具を揃えるのが大変になる。

「そっか。じゃあそのあたりも、どうにかしないとね。素材はいろいろ持ってるよね？」

「持っているぞ。Sランクのものは、あまり売らないようにしている。金に困っていないし」

「それなら、明日は防具屋に行こう。だから今日はずっと、一緒にいようね。せっかくのザガンの誕生日だもの、最後まで祝わせて」

甘く蕩《とろ》けた笑みで言われれば、頷くしかない。

話しているうちに本屋に到着したので、使えそうな本を数冊購入した。そのあとは部品店に移動して、様々な部品や素材を購入。それから貴族街にある大きな魔導具店で、性能の高い魔導バリアを十以上買った。王子がいたから出来た、荒業である。

必要なものを買い終えたら夜になっていたので、リュカに連れられてレストランに入った。店内は暗めで、しかも個室に案内されたため、フードを脱げる。そういう場所を、都市パンフレットを見てちゃんと選んでくれたのだろう。

ありがとうと小声で告げれば、どういたしましてと、柔らかな声が返ってきた。

今日はリュカに感謝してばかりだ。だが誕生日という日を、こんなにも特別なように祝ってもらえるのは初めてなので、礼くらい素直に出る。

それに良いアイデアが浮かんだし、一緒に戦うことになり、他にもいろいろ支援してもらえることになった。リュカのおかげで、今はもう、死への恐怖が消えている。……まぁ、触手で苛められるという、恥ずかしい経験もしたけれど。

それでもとても嬉しくて、やはり感謝せずにはいられなかった。


誕生日の夜は、俺がよく利用するような宿屋に、二人で泊まった。狭い部屋にシングルベッドが二つ。風呂とトイレが一緒なのを興味深そうに見るリュカに、笑みが零れてしまったのは内緒だ。後ろにいたから、気付かれていないよな？

翌朝は宿で提供される朝飯を食べたら、昨日約束した、貴族御用達の防具屋に連れていってもらった。リュカを歓迎する従業員達を眺めていると、俺はフードを脱げないと伝えてくれる。それだけで俺もすんなり店内に入れたのだから、さすがは王子効果である。

それにしても貴族御用達なだけあり、リュカが店舗に近付いたあたりから歓迎してきたな。従業員達が出てきて頭を下げるのが、王族への正しい対応なんだろうか？　リュカ自身は、宿屋のごく普通の接客のほうが、嬉しそうだったぞ。

とにかくあれこれ話して、キマイラの素材や、持っていたワイバーンの革で、防具を作ってもらうことになった。七月終わりには出来るそうなので、またリュカと共に、ここに来る約束をする。

いつの間にか、リュカといろんな約束をしているが……悪くはない。

＊

七月十一日、第七ダンジョンが開いた。闇組織に姿を見られたくなかったので、陽が沈んだあとに、闇に紛れてダンジョンに侵入する。

とにかく前進して、三時間ほどで見つけたセーフティルームで、テントを広げた。そして前日からそれとなく始めていた魔導バリアの改造に、改めて着手する。

第七ではリュカ達が欠片を入手するので、俺は攻略に参加する必要がない。だからこれからの約十五日間を、ひたすら作業に費やすと決めた。ダンジョン内であれば、周囲に迷惑かけることなく実験可能なので、魔導具製作に最適である。

ただやはりというか、改造であろうと即座に出来るものではないし、なかなか思うようにならないせいで、落ち込みそうにもなった。そういう時は、通信機でリュカに連絡を入れる。

『ザガン、どうしたの？　俺と一緒じゃなくて寂しくなった？』

「少し脳を休めたいだけだ。今、平気か？」

『歩いているだけだから大丈夫だよ。しばらく俺と話そうか』

そのように話し相手になってくれたので、上手く気持ちを切り替えられた。

なおリュカからは、一日一回必ず連絡がきた。だいたい夜十時くらいに。数分の会話と、おやすみという言葉。リュカの声が聴けて、おやすみと返すだけでも、心が満たされた。


リュカのおかげで、集中出来たからだろうか？　彼らがダンジョン攻略を終えるだろう五日前には、都市を守るための魔導バリアが完成した。

タイミングよく夜中なので、テントや荷物はそのままに、都市の外まで闇に潜んで出る。他者の気配がしないところまで移動したら、魔導バリアを起動。

するとバリアの基点となる円盤形の魔導具は六枚とも浮遊したし、リモコンで左右前後に移動させることが出来て、バリアが広がるサイズも変えられた。きちんと都市を守れるまで広がってくれたし、何より遠隔操作のものが問題なく作れたことに、ホッとする。

こうすれば作れるはずと脳内で想像しても、実際には違っていて、焦ったことがかなりあった。だからちゃんと形になってくれて、本当に安堵している。ついでに超級魔法もぶつけてみたが、壊れなかった。完璧である。

はぁ、嬉しい。この喜びを今すぐリュカに伝えたい。でも深夜なので我慢しなければ。

そういえば今日は、あまりにも集中していたせいで、夜の連絡に気付かなかった。きっと心配しているよな？　朝になったら、俺から連絡しよう。

ダンジョンに戻り、テントに入って横になる。今夜はぐっすり眠れそうだ。


「すごいねザガン。こんなものを作ってしまえるなんて、本当にすごい！」

リュカ達が欠片を入手した、翌日。都市から離れたところで魔導バリアを見せたら、リュカはすごく興奮して褒めてきた。特にリモコンでの遠隔操作に興味を惹かれたのか、先程からいろいろ弄り、円盤六枚を動かしている。

子供みたいに目をキラキラさせている。リュカのこんな表情、初めて見た。しかも褒めまくってくる。頑張ったので嬉しいが、そろそろ恥ずかしくなってきた。

「リュカ、さすがに褒めすぎだ。それは元になるものがあったから、出来たものだぞ。日々研究している技術者達のおかげということを、忘れるな」

バリア部分は初めからあるものを闇属性に特化させて強化しただけだし、浮遊については、魔力の通っているレール上を浮いて走る、魔導トロッコの原理を借りた。俺はそこに、遠隔操作という前世の知識を組み込んだだけである。

「そうかもしれないけど。でもホントすごいよ。ザガン、格好良い」

「そ。……そうか」

やはり機械を弄れる男は格好良いだろう。もっと褒めてくれて構わないぞ。でもわざわざ顔を寄せて、照れちゃって可愛いと言ってくるのは止めろ。

リュカは広げていたバリアを小さくすると、自分の前に移動させた。彼の身長より、少し大きいくらいの六角形。それに向かって初級魔法を撃つも、光属性なので通過する。

俺も撃ってみた。もちろん、吸収される。

「本当に闇属性だけガードするんだね。すごいなぁ」

リュカは興味深げに、バリアの表面に触れた。すると腕が貫通する。普通、魔導バリアに触れれば波紋が広がって通り抜けられないので、珍しく感じるのだろう。何度も腕を通している様子は、とても楽しそうである。

気になったので、俺も反対側からバリアに触れてみたが、手は通過せずに波紋が広がった。ん、しっかり機能している。

確認したのでバリアから手を離そうとしたら、リュカが向かいから、手を合わせてきた。指先が触れ合い、感触が伝わってくる。それから掌。

きゅっと握られたかと思うと、彼はバリアを通ってこちらにやってきた。腰に腕を回され、そのまま地面に押し倒される。触手でカバーされたので痛くなかったが、ちょっと待て、まだ朝だぞ。

「お、おいリュカ」

「ザガン、ザガン。大好きだよザガン。愛してる」

「……、…………知っている」

いつものように頬を擦り寄せてきて、頬にキスされたあと、肩に顔を埋められた。それ以上は何もせず、ただただ甘えてくるリュカ。その頭を撫でると、嬉しそうに喉を震わせてくる。

「……なんだ？」

「重い、退けって。今日は言わないんだなぁと思って」

「…………うるさい」

今日はいつもより、機嫌が良いんだ。たくさん褒めてもらえたから。それだけだからな。

リュカは頭を上げると、俺に覆い被さったまま、顔を覗いてきた。

「今回のダンジョン攻略、ザガンから連絡が来るのは嬉しかったけど、声を聞くたびに会いたくなって、大変だったよ。それにいつ連絡が来ても取れるようにって、通信機ばかり気にして、みんなから注意されちゃったし」

「では今度から、ダンジョン内では連絡しないようにするか」

「それはそれでつらいから、止めよう」

真顔で言うものだから、ふっと笑ってしまった。すると可愛いと囁《ささや》かれ、唇に軽くキスされる。

「ふふ。ザガンが俺を頼って連絡してくれたの、とても嬉しかったよ」

「……そうか。もう良いだろう。そろそろ防具屋に行くぞ」

顔を背けてリュカを退かそうとすると、彼は嬉しそうに笑いながらも、素直に下りてくれた。

6.

八月になり、暑い日が続くようになった。といっても、性能の良い防具には防暑防寒機能が備わっているので、全身を覆っていても暑くはない。だから騎士達は季節に関係なく鎧《よろい》を装備しているし、冒険者達は夏でも冬でも薄着だ。

第八都市に到着した。外門を通過したら、案内板で冒険者ギルドの場所を確認して、ギルドに向かう。その途中で腰に付けている通信機が震えたので、近くの路地裏に入って、通話に出た。

「どうした？」

『ザガン、今どこにいるの？　もう第八都市に着いたかな』

「ああ着いた。これから冒険者ギルドに向かうところだ」

『そっか。実は今回泊まることになった屋敷に、プライベートビーチが付いていてね。夏真っ盛りだし、みんな、まずは海で遊びたいって。それで』

「わかった、楽しんでくれ。ではな」

『あっ、うん……』

通話を切り、ゲーム内容を思い返してみる。確かに八月は、海イベントがあった。

主人公達が第八都市に着くと、領主が自分の持つ屋敷のプライベートビーチに案内してくれるのだ。主人公と領主は面識があるという設定だったか？　そこらは覚えていない。

とにかくプライベートビーチを見たヒロイン達は、宿泊する家で水着を借りて、海に飛び出していく。だからその時だけは立ち絵が水着だったし、全員で遊ぶスチルもあった。

あと自由時間があり、主人公は必ず、誰か一人を選ぶことになる。

そう、必ずだ。

エロゲーなので、もちろん海でのエロイベントが発生する。触手っぽい海のモンスターに身体をまさぐられるとか、何故か水着が取れてしまった挙句《あげく》、恥部に小さな魚が入ってしまうとか。頼まれてオイルを塗るとかもあった気がする。

仲間が近くにいるので挿入まではいかないものの、それぞれに海らしいハプニングシーンが用意されていたイベントだ。

問題は、そこに俺がいない現状で、リュカが誰を選ぶのかということである。

無難にノエルか？　ノエルを選んだ場合は、浜辺で転びそうになったところを助けようとして、結局巻き込まれてしまうのだ。顔面に彼女の股が乗ってきて、しかもどうしてか水着に頭を突っ込む形になっており、二人とも動けず……

考えていたら腹が立ってきた。たとえ事故だとしても、俺にキスする唇で、妹にそんなことをしたら許せる気がしない。ゲームはそういうものなのでどうしようもないが、リュカは現実を生きているのだから、ノエルを選んでも気合いで回避しろ。

なおノエル以外であれば、リュカの唇が誰かと接触することはない。

けれど他の者を選ぶというのも、なんだか嫌な気分になる。ノエルなら幼馴染だし、俺の妹という接点から選んだだけと、割り切れるのだけれど。

リュカが、誰を選ぶのか。どうしても気になってしまう。……少しだけ、覗いてみるか。

＊

木々や崖に囲まれている、プライベートビーチ。第八都市での行動選択画面の背景となる、海辺の屋敷もちゃんとある。そして青空。夏らしく爽やかな光景だ。砂浜近くの海はエメラルドグリーンに輝いているから、さらに夏らしいと感じる。

景色は遠くからでも確認出来たが、それ以上は近付けないよう、木々の中に魔導バリアが設置されていた。ビーチへの門は当然施錠されているし、触手で木に登ってみたが、上までしっかりバリアで覆われている。さすが貴族、セキュリティは万全だ。

しかし木の上からなら、小さくてもリュカ達の姿が見えたので、そのまま観察することにした。そのうちリュカは、誰かと二人きりになるだろう。覗きは悪いことだが、気になるので仕方ない。今回だけだから許してくれ。

砂浜でビーチバレーしている彼女達をぼんやり眺めながら、ザザーンと聞こえてくる、さざなみの音に耳を傾ける。

前世では、小さい頃に遊んだことがある海。だがこの世界で生まれてからは、先月、第七都市で見たのが初めてだった。何かあったわけではなく、住んでいる大森林を離れてまで、海に行きたいと思わなかっただけである。

それはともかく、リュカが誰を選ぶか確認出来たら、離れるつもりでいるんだが……七人がローテーションで対決しているので、なかなか終わらない。その横でスイカまで用意し始めているし。これからスイカ割りをするんだろうか？　楽しそうで良いな。

ここから眺めているだけでも、夏を感じられて楽しい。闇属性だからと引き籠っていたが、もう少し街に遊びにいっても良かったかもしれないと、今更ながら思う。

夏は各地で夏祭りがあり、夜まで行われるので、闇に紛れれば簡単に参加出来た。場所によっては花火も打ち上げるので、それを見るだけでも楽しめただろう。

前世での花火を思い出していると、ふと通信機が震えた。どうしたんだ？

首を傾げつつも、通話に出る。

『ザガン？　ザガンの気配を感じる気がするんだけど、もしかして近くにいる？』

……気配はちゃんと隠しているのに、気付くなんて成長が早すぎないか？　まぁ触手をあれだけ動かせるのであれば、魔力感知も上達していて当然だが。

それに今は、昼過ぎである。俺が闇夜に強く、明るい時間帯では少々能力が下がるように、光属性のリュカは朝から夕方前まで能力が冴える。

『ザガン？　返事をしてザガン』

「……少しだけ、お前達の様子を確認しようと思っただけだ。もう行く」

『待って行かないで！　今回はザガンも、俺達と一緒に泊まろう？　プライベートビーチだから、誰にも見られないしさ。駄目かな』

「駄目に決まっているだろう。仲間はどうするつもりだ」

『みんなが了承してくれれば良いんだね。聞くから、ちょっと待ってて！』

そんな無茶な。俺は闇属性だぞ。この国にとっての絶対悪である。そのような奴を五日間も同じ空間にいさせたら、彼女達の好感度が下がるではないか。

特にミランダ。ニナもきっと嫌だろうし、ベネットは場の雰囲気が悪くなるとストレスになるタイプなので、やはり下がりそうだ。他三人が問題ないとしても、全員に配慮すべきである。

『みんな良いって。すぐに門を開けるね』

「おい、それは本当に良いのか？　王子であるお前が願うから、断れないだけではないか？　あまり仲間に無理させるな」

『ふふ、相変わらず優しいなぁ。大丈夫だから、門で待ってるね』

返答する前に通話が切れてしまうし、しかもリュカが女性達に断りを入れて、砂浜から門へと走っていく姿が見えた。誰も引き留めないのか、そうか……。

「…………はぁ」

溜息が漏れてしまったが、それでも木から下りて、門に向かう。

リュカはすでに扉を開けて待っており、近付くと腕を引かれて、中に入らされた。すぐに閉じられる扉。そんなに急がなくても、逃げないぞ。

「ザガン、来てくれて嬉しいよ。さっきも誘おうとしたのに、楽しめなんて言うんだもん」

さっき？　ああ、ギルドに行こうとしていた時の連絡か。あれは、遊ぶからギルドには来られないという連絡だと思ったのだけれど、もしかして違ったのか？

「……気付かなかった」

「そうだと思った。でもザガンも海が気になったから、来てくれたんだよね？　ふふ、一緒にたくさん遊ぼうね。それじゃあまずは、ザガンも着替えようか」

気になったのは海ではなく、リュカが誰を選ぶかだったんだが。けれどそう言えるはずがなく、今は海で遊びたい気持ちも芽生えていたので、大人しく手を引かれた。

「水着は、宿泊する屋敷にあるから大丈夫だよ。それとこのプライベートビーチは、第八都市を守っている侯爵のものなんだけど……彼は、父上の幼少期からの友人でね。俺も何度か会っている縁で、今回はいろいろ融通を利かせてもらえることになったんだ。だから俺がいる間は、絶対に誰も来ないからね。安心して過ごしてね」

なるほど、そういう繋がりの知り合いだったんだな。

ビーチに着くと、ノエルが手を振ってきた。

「ザガン殿、お久しぶりです！　スイカがありますから、早く着替えてきてくださいね！」

チラリと見て、頷いておく。

ノエルの水着はビキニだが、胸を隠している面積は結構広かった。色は、白と青のチェックだ。ゲーム通りであるものの、もちろん現実のほうが可愛い。変な男に言い寄られないよな？　まぁ、ここにいるのはリュカだけなので、安心だ。

ニナはビキニっぽいが、穿いているのは短パンである。ベネットはフリルで胸や股を隠しているため、やはり女性にしか見えない。ミランダやシンディの水着はとにかく面積が狭く、カミラはワンピース。全員ゲーム通りの衣装だ。

ついでにリュカは、ごく普通の海パンである。男相手に感想など何もない。強いて言うなら、いつも通りイケメンだというくらいか。

屋敷に案内されて、リュカの寝泊まりする部屋で着替える。

俺もごく普通の、黒い海パンを選んだ。しかし渡されたパーカーは白で、大きいサイズでもないので、黒髪が見えてしまっていた。海にターバンは合わないからと却下されるし、ヘアピンはたくさん付けていたら泳げないので、たった一つだけ。

お、落ち着かない。こんな明るい服で外に出るのも、薄着で太陽の下に立つのも、どうしても落ち着かない。落ち着かなさすぎて、髪を隠しきれないフードをグイグイ引っ張ってしまう。

「リュ、リュカ。いつものフードマントを羽織るのでは、駄目なのか？」

「せっかくの海なんだから、それらしい格好しよう？　それに海で重たい服装をしてたら、余計に目立つよ。大丈夫、ザガンはいつも通り可愛い」

リュカはこの髪を見慣れているから、そんなことを言えるのだ。普通は恐怖するのだぞ。邪神の色だから。母上だって、そのせいで俺を見ることすら出来なかった。

前髪が出ているのがどうしても気になって、フードから手を離せない。

結局そのままサンダルを履き、手を引かれてノエル達のところに戻った。パラソルの下でスイカを食べている面々に、リュカが声をかける。

「みんな、お待たせ。俺達のスイカ、まだ残ってる？」

「残ってるわよぉ。美味しいわよ、うふふ」

「ああっ、シンディさん！　胸に汁がたくさん垂れちゃってます。タオルタオル」

「仕方ないねぇ。ほらベネット、これを使いな」

「あ、ありがとうございます、ミランダさん。はいシンディさん」

「ベネットちゃん、そのまま拭いてくれる？」

「えっ？　……あ、あの。……あのぉ」

「あーはいはい、私が拭いてあげるよー」

「あらあら、ありがとうニナちゃん」

……逃げ出したくなる空気である。手を掴まれていなければ、確実に室内に戻っていた。というか逃げようとしているのに、リュカは放してくれず、むしろ抱き締めようとしてくる。

くそっ、フードから手を離せないから、とてつもなく不利だ。

「リュカ、ザガン。何をしておるのかわからんが、そろそろこっちに座ったらどうだ？」

「ありがとうカミラ。ノエルも、待たせてごめんね？」

ノエルは俺達の分のスイカを持ったまま、渡すタイミングがなくてオロオロしていた。

「い、いいえ大丈夫です。ええと、ザガン殿。バスタオルを上から被ってみてはいかがですか？」

ハッ、その手があったか。

コクコク頷くと、リュカは苦笑する。でもバスタオルを被せてくれた。

視界がだいぶ狭くなり、前髪も太陽の下から隠せて、ようやく落ち着けた。

カミラの隣にリュカが腰かけると、その隣に座らされる。賑やかな向こうのパラソルからは、見えない位置だ。それからノエルが、リュカと俺の前に座ってきた。スイカを差し出されたので、受け取って食べてみる。ん、美味い。

女性達が種飛ばしして遊んでいる声を聞きながら、俺はリュカの陰に隠れて、まったりスイカを堪能した。種はちゃんと、近くにあった皿に全部出した。

＊

スイカを食べ終えたらすぐに、ノエル達は泳ぎに海へと走っていった。なので、現在パラソルの下に残っているのは、俺とリュカだけ。

「ザガン、日焼け止めを塗ろうか。カミラが錬金してくれたものだから、きっとすごく効き目あるよ。ザガンの肌、白くて綺麗なんだから、守らないとね」

近くにあった瓶をリュカが掲げてくるが、必要性を感じず、首を傾げる。

「日焼けなど気にしないし、ポーションを飲めば治るのでは？」

「日焼けは太陽から注がれる光が浸透するもので、傷ではないから治らないよ。赤く火傷のようになった場合は、ある程度治せるらしいけど。身体は俺が塗ってあげるから、ザガンは顔ね。塗り終わったら、一緒に泳ぎに行こう」

断る理由もないので、とりあえず頷いた。しかし日焼け止めなんて塗ったことがないので、いまいちわからない。……塗り残しがなければ良いか。

女性陣が近くにいないのを確認してから、海に背を向けてパーカーを脱いだ。掌にトロリとした液体を貰い、少しずつ顔に付けて広げていく。その間に、リュカが背中を塗ってくれた。首や肩、脇や腹までも。隅から隅まで撫でられて、くすぐったい。時々ビクッとしてしまう。

「ザガン、耳の裏もちゃんと塗ってね」

「ん……わかった」

言われた通りに耳裏もちゃんと塗り終えた。そのあとは手や手首、腕にも塗っていく。そうしているうちに、リュカの両手が前に移動してきて、胸板を揉むように撫でてきた。

「……あ、ん……リュカ、どこ触って……」

「ん？　ザガンの可愛い乳首だね」

そんなことはわかっている。いや、可愛くはないが。

問題は、何故弄るのかだ。乳首をクリクリ捏ねられると、どうしても気持ち良くなって震えてしまう。いつノエル達に見られるかわからない状況なのに、感じてしまって恥ずかしい。リュカが背にいるから、何をされているかまでは、わからないと思うけれど。

「ふぁ……もう、そこ触るな。……ノエルが来たら、どうする」

「ふふ、そうだね。これ以上乳首を触ったら、ザガンのおちんちんが勃っちゃうものね。エッチなザガンを誰かに見せるつもりはないから、止めておくよ」

というわけで乳首からは離れたものの、今度は海パンの中に手が入ってきた。ただし途中で止まり、下腹部を覆ってくるだけだったが。

じんわりとした掌の感覚に、ほぅと吐息が漏れる。背中から包まれ、リュカの少し汗ばんだ肌が触れてくるのも、正直心地好い。

「ザガンがエッチな気分になった時、真っ先にここが疼《うず》くようにしてあげたいな」

「……しない、からな」

「もちろん今はしないよ。でもこれから五日間は、君と毎晩エッチ出来るから、すごく嬉しい」

えっ、毎晩って。

……あぁそうか。俺もここに泊まるということは、日課の選択肢に組み込まれるのか。しかもこれから五日間ずっと、夜のセックス相手に、俺を選ぶと。

だ、大丈夫だろうか。今までは二日連続が最長だ。それでも二日目はかなり敏感になっていて、意識が飛びそうになっていた気がする。なのに五日連続だなんて、身体がおかしくなってしまわないか？　それとも慣れるものなんだろうか。

どうすれば良いかわからなくて返答しないでいると、リュカは背中から離れて、対面に移動してきた。日焼け止めを掬《すく》うと、足にも塗ってくる。

「せっかくの機会だもの。ザガンの身体が、俺のペニスなしでは生きていけないってなるくらい、たくさんエッチしようね」

本当に嬉しそうにニッコリ微笑んでくるから、つい絆されそうになるものの、どうにか頷かずにじっと見つめる。するとリュカは笑顔のまま俺の足を取り、甲に唇を寄せてきた。ちゅっとキスして、そこから爪先までを舐めていく。さらには親指を咥内に含んで、ちゅぷっとしゃぶってきた。ゾクゾクした快感に、身悶えてしまう。

「ん……、はぁ……リュカ、やめ、……んぅ」

「ここにいる間、いっぱい、俺とエッチするよね？」

強く念を押しながら、目を細めてじっと見つめてくるリュカ。喰われそうな獰猛な双眸《そうぼう》に、思わずゴクリと喉が鳴る。

それでも返事をしないでいると、すすす……と、舐められていないほうの脹脛《ふくらはぎ》を撫でられた。そのままゆっくりと太腿まで上がってきて、海パンの中に入ってこようとする。

「す、する。するから、今は海で泳ぎたい」

「ふふ、了解。まずは遊ぼうね」

コクコク頷いたからか、それ以上官能的なことはされなくて済んだ。

はぁ、良かった……いや良くないが、今すぐ考えなければならない問題ではないので、ひとまず気にしないでおこう。いざとなれば説得して、身体を触れ合わせて眠るだけにすれば良い。大丈夫だ、リュカは俺に甘い、はず。

日焼け止めを塗り終えたあとは、パーカーは脱いだまま、しかしバスタオルは被って、リュカと手を繋いで砂浜を歩いた。女性陣から離れたところでようやくバスタオルを取り、サンダルも脱いで、海に足を浸す。

冷たくて気持ち良い。それに透き通っていて綺麗な水だ。魚はいるだろうか？

あちこち観察しながら、先に行くリュカのあとを追って、少しずつ深いところへ向かっていく。

「ザガン、この辺で泳いでみようか。無理そうなら、手を引くからね」

「わかった」

歩いている時にリュカが泳ぎ方を教えてくれたし、前世でも苦手ではなかったので、思い出しながら平泳ぎをしてみた。スィーと身体が水面を進んでいく。ん、大丈夫だ。

そのまましばらくは、リュカと泳ぎを楽しんだ。深いところまで行ってみたり、浅いところで身を寄せてじゃれ合ったり。サンゴ礁と色鮮やかな魚達の観察もした。

海を満喫出来て、とても楽しい。

でも元々はリュカが誰を選ぶか気になってここに来たのに、途中から俺が参加したため、結局俺になったたな。ゲームとして考えるなら、日焼け止めを塗られたのがイベントだろう。……足を舐められたのには、だいぶ動揺してしまった。

とりあえず誰かとのハプニングが発生しなかったのは良かったが、俺がいなかった場合にリュカが誰を選ぶのか、知りたかった気持ちもある。

だから思い切って、隣を泳いでいる彼に質問してみることにした。

「なぁリュカ、突然こんなことを聞いて悪いんだが。あくまでもたとえばの話で、もし俺がこの場にいない時に、誰かと絶対……き、キスしなければならないとしたら、どうする？」

「うん？　何がなんでも、大好きな君を捜し出すけど」

「そ、そうか。何がなんでも、か」

なんという返答。サラリと多大な愛をぶつけてこられて、顔が熱くなってしまう。

咄嗟《とっさ》に腕で顔を隠そうとしたせいで、泳ぎが止まった。するとリュカも止まり、砂に足を着けると、俺の腕を掴んできた。ちょ、どうして顔を近付けてくる？

「キス、してほしいんだね。ふふ、ザガンってば、すごく可愛い誘い方してくるんだから」

「はっ!?　い、いやそんなつもりは、ん……っ」

「ん。……ほらザガン、あーして。舌出して？」

ちゅっと軽くキスしたあと、舌を見せてくるリュカ。艶《なま》めかしい光景に戸惑ってしまうものの、その先の快感を想像すると抗えなくて、結局言われるままに舌を出した。すぐに舌先が触れ合い、れろりと舐められる。痺れた感覚が気持ち良い。

たくさん舐められて、時々ちゅっと吸われる。俺も舐め返してみたら、リュカが嬉しそうに笑うのが、なんとなく伝わってきた。舌を合わせているうちにだんだん押されていき、咥内にまでリュカの舌が入ってくる。

「ん、んむ……ふ、んむ、ん……んぅ」

「ん……ザガン、ん……ふ」

角度を変えては咥内に舌を入れられ、あちこち舐められて、下唇を吸われた。舌先からゾクゾクと快感が湧いてきて、身体が震える。気持ち良い。リュカとのキス、とても気持ち良い。

「リュカ、ザガン殿！　そろそろバーベキューの準備をしますよー！」

突然ノエルの声が聞こえてきて、ビクゥッと、反射的に身体が跳ねた。慌ててリュカから距離を取り、濡れている唇を手で押さえる。

そそそうだ、ここは外だし、皆が周囲にいるのだった。うぐ……ノエルに、リュカとキスしている場面を見られてしまった。恥ずかしすぎる。

けれど海に潜って隠れようとしたら、リュカに腕を掴まれて、止められてしまう。

「今行くよ！　ほらザガン、照れてないで行こう？」

「くっ、誰のせいだと」

「俺のせいだから、お姫様抱っこして運んであげようか」

「いいいいや、いい。自分で泳ぐ」

必死に首を横に振って、苦笑されながら浜辺に向かった。辿り着くと、リュカの陰に隠れているにもかかわらず、ノエルが笑顔でいろいろ差し出してくる。

「ザガン殿、タオルをどうぞ。向こうにあったパーカーも持ってきましたよ。それと、飲み物もいっぱい泳いだのでしたら、水分を取らないといけませんから」

「あ、ああ。感謝する」

礼は述べたものの、髪を見せたくなくてリュカの後ろから出られなかった。するとリュカが取ってくれ、俺の頭にバスタオルを置く。そのまま髪を拭いてくれるので、素直に受け入れた。

「ノエル、俺の分の飲み物はないのかな？」

「あ、はい。ザガン殿の分しか持ってきていません」

「…………んー。了解」

……今の間は、なんだろう。今の会話のどこに、考えるようなことが？

疑問に思いながらもされるがままだったのは、いつもの癖だったのかもしれない。髪を拭かれたあとは上半身も軽く拭かれて、再びバスタオルを頭に置かれた。そしてポンポン叩かれる。

「じゃあ二人とも、俺は先に行ってるね」

は？　ちょっと待て。何故ここで、ノエルと二人きりにする？

驚いて顔を上げたけれど、リュカは手を振って離れていってしまうし、ノエルはパーカーを持ってじっと俺を見上げながら、待ち構えていた。

な、なんだこの状況。なんでこんなことに？

混乱しながらも、どうにかパーカーを受け取り、無言で腕を通していく。ノエルも無言なので、どうすれば良いかわからない。とりあえずまだ足が濡れていたので、バスタオル代わりにフードを被って、足を拭いた。やはり無言のまま。

足裏も拭いて、脱いでいたサンダルを履いて、顔を上げ……

本当、どうすれば良いんだ。俺から彼女に話しかけるなんて、無理だぞ？　助けてくれリュカ。

「……あの、ザガン殿！」

よ、良かった。ノエルから話しかけてきた。

「その、この前のケーキはいかがでしたか？　リュカから、美味しそうに食べていたとは聞いたのですが……えっと、ザガン殿は甘すぎるのは苦手と聞いていたので、砂糖は控えめにして、代わりにイチゴを多めに使いました。それにベネットから、ちゃんと習いましたしっ」

「ああ。とても、美味かった」

「そうですか！　はぁ、良かったです。あ、飲み物どうぞ。オレンジジュースです」

「感謝する」

妹からの気遣いをありがたく受け取り、一口飲む。水分が身体に染み込んでいくようだ。たくさん泳いだからか、気付かぬうちに喉が渇いていたらしい。

ジュースを飲みつつ、陽が傾いて橙色になっている海面を眺める。でも意識はノエルに向けていると、彼女はおずおずと俺の視界に入ってきた。

「あの……実は、ザガン殿にお聞きしたいことがあるのです。ザガン殿は、星の欠片を集め終えたら、リュカと共に王都に住むのですよね？」

予想外の問いに、目を瞬かせてしまう。

星の欠片を集めたあと。ゲームシナリオが終わったあと、か。

そういえば具体的に考えたことはなかったな。リュミエールを浄化してエンディングを無事迎えることが最重要であるし、今は来月に起こるだろう戦いをどう切り抜けるか、どうすれば生きられるかということばかり考えている。それを乗り越えなければ、未来など切り開けない。

ただまぁ、別に考えなくても、答えはわかりきっている。

「俺は人の住む場所にはいられないからな。今までと変わらず、冒険者であり続けるだけだ。リュカが王都に残るのであれば、それまでだろう」

「えっ、そんな。リュカのために、王都に残ろうとは考えないのですか？　リュカはあんなにも、ザガン殿を愛しているのに」

妹にそれを指摘されるのは、兄としてとても複雑だぞ。しかも愛しているって。

顔が赤くなりそうになるのをどうにか耐え、冷静に言葉を返す。

「好かれているのは承知しているが、それでも俺は闇属性だ。しかも黒髪だ。リュカが俺に付いてくるのであれば受け入れるが、逆は絶対に無理だ」

たとえ星の欠片を最も多く集めて、王に闇属性への差別をなくすよう頼めたとしても、黒髪である俺が王都にいるのは良くないだろう。さらにリュカの傍にいるとなれば、王家を乗っ取るつもりだとか、滅ぼすつもりだと考えられ、危険視される可能性が高くなる。そうなれば、差別をなくすどころではなくなる。

隠れてリュカの傍で生きるというのも、王都では難しい。アイツは時々新聞で取り上げられるくらいには、世間から注目されている。特に王家と関係を持ちたい貴族達は、常に動向を探っているだろう。俺の存在にも、すぐに気付くはず。

だいたい幼少期ならまだしも、約十五年間も大森林で暮らしていた人間が、今になって屋敷内に隠れて暮らすのは無理だ。絶対外に出たくなる。

だから、リュカが冒険者になる。冒険者というのも自由で良いみたいなことを言っていたので、彼が俺に付いてくるはずだ。そうならない可能性は、今から考えても仕方ない。

とにかく今は、死を越えなければならないのだから。

「――私、負けませんから」

静かな、しかし地を這《は》うような低い声が聞こえてきて、少々驚いてしまう。いったいどこから、そのような声を出してきた？

疑問に思いながらノエルを見ると、キッと睨んでくる。

「これからザガン殿よりも多く、星の欠片を入手します。そして王に頼みます。リュカとザガン殿が、ずっと一緒に王都に住めるようにと。そうして我がブレイディ家の屋敷の近くに、貴方がたの家を建ててみせます！」

そう宣言すると、彼女は背を向け、仲間のところへ走っていった。

せっかく王に直接頼める願い、しかもよほどのことがない限り叶えられる願いならば、自分のために使うべきだ。せっかくのチャンスを、俺達のために使ってどうする？　ノエルの思考回路が、よくわからない。

首を傾げていたが、ここに残っていても意味はないので、俺も皆のところに向かった。とりあえず、二人きりにしたリュカには、文句を言わないと気が済まない。

そのリュカはというと、俺が着くよりも前に、彼からこちらに来た。

「おかえりザガン。道具は用意し終えたけど、まだ野菜が切り終わっていないから、もう少し時間がかかるよ。ところで、ノエルと何を話したの？」

「聞いてくるくらいなら、二人きりにするな」

「だってノエルが何度も頭を下げて、お願いしてきたから。あそこまで熱心に頼まれたらね」

ああ、あの微妙な間は、そういうことだったのか。そのようなやり取りがされていたとは、気付かなかった。

「それにノエルとなら、間違いも起こらないでしょ？」

「……そもそもお前以外とは、何も起こり得ない」

「ザガン……。ふふ、すごく嬉しい」

腰を抱き寄せられて、フードの上からキスされた。そこならさほど恥ずかしくないので、大人しく受け入れる。ただしすぐに唇にもキスされそうになったので、押し返した。

ノエル達が近くにいるのだから、止めろ。


夕飯のバーベキューは、俺はひたすら食べるだけだった。皿が空になると、リュカがすぐに次をのせてくるのだ。肉三切れにつき、野菜一つ。

「この肉とっても美味しいね。でも栄養バランスを考えて、野菜も食べないとね」

その通りなので頷く。しかしながら肉は美味い。

ちなみにバーベキューコンロは二つあり、俺のところにいたのは、カミラとベネットである。ベネットがこちらも焼けていますよと言ってリュカの前に肉を置くので、リュカもなんだかんだ、きちんと食べられていた。

なお先程睨んできたノエルは、プリプリ怒りながら、隣のコンロで食べていた。

「私、もっと強くなります！　ザガン殿より強くなってみせます！」

と聞こえてくる。そしてミランダに苦笑され、ニナに背中を撫でられながら皿に肉をのせられ、シンディに柔らかな目で見守られていた。カミラやベネットも同様。ノエルが一番年下だからか、完全に妹扱いだ。リュカは俺ばかり見ているので省く。

食べたあとは、花火をすることになった。俺達が泳いでいる間に、ニナとベネットがバーベキューの材料を買いに出ていて、その途中で見つけたそうだ。

派手に輝く花火を手にして、はしゃぐ彼女達。その様子を少し離れたところでリュカと眺めていたら、機嫌の直ったノエルがこちらに来て花火を差し出してきたので、自分でもやってみた。

「とても綺麗だね」

鮮やかな光を見つめていると、リュカが耳元で囁《ささや》いてくる。コクリと頷くと、腰を抱かれて頭にキスされ、すりすり頬を擦り寄せられた。それでも無言のまま花火を見つめていると、リュカもずっと引っ付いて嬉しそうにしている。

一本終わった時、ノエルがすぐそこにいるのでリュカを離そうか迷ったものの、彼女はこちらを見ても俺にしか話しかけてこなかった。リュカのことは完全スルーして、俺だけに新たな花火を渡してくる。なのでそのまま、くっ付けさせておいた。

とにもかくにも、夏を思いっきり満喫出来て、楽しい一日だった。

＊

「ん……、……」

ふと意識が浮上した。瞼の裏からでも光を感じて、目を開ける。朝だ。

尻から精液が漏れないように気を付けながら身動ぎして、時計を確認する。そろそろ起きないといけない時間だ。こんなに寝たのは、リュカと肌を合わせたからだろう。

一ヶ月ぶりのセックスはかなり激しかったし、何度も奥に中出しされた。リュカと肌を合わせるのはとても気持ち良いが、途中から快楽に浸らされすぎて、気持ち良いとしか考えられなくなってしまう。……醜態を晒していなければ良いが。

室内を軽く見渡して、カーテンの隙間から朝陽が差し込んでいるのを確認。

それからベッドの隣に視線を移すと、リュカはまだ眠っていた。今まで寝顔をじっくり見たことがなかったので、ついつい見つめてしまう。

穏やかで幸せそうな寝顔だ。それに目を瞑《つむ》っているからか、いつもより幼く感じられる。すうすう寝息を立てている様子を見ていると、自然と笑みが浮かんでくる。

「……お前だって、可愛いではないか」

光を受けて輝いている金髪を、そっと撫でた。サラサラしていて触り心地が良い。

何度か撫でて額を露わにしたら、そこに唇を寄せた。いつもリュカがするように、キスをする。

額から、眉、眦《まなじり》、頬。鼻の天辺にも。そして……

　ゆっくり移動していき、ちゅっと音を立てて、唇にもキスした。なんだか足りなくて、もう一回。それから離すと、リュカが瞼を開ける。蕩《とろ》けるように、甘く微笑みながら。

「おはようザガン」

「おはよう。起きていたのなら、さっさと目を開けろ」

「だって勿体ないじゃない。せっかく、ザガンがキスしてくれているのに。ふふ、ザガンからの初めてのキス、すごく嬉しいよ。ありがとう」

　あまりにも柔らかく微笑むものだから、顔が熱くなった。しかも礼まで言ってくるなんて。なんとなく、キスしてみたくなっただけなのに。

　無言でいると、リュカは横になったまま身体を下に移動させ、腰に腕を回してきた。さらには、下腹部に顔を寄せてくる。彼の子種がたくさん溜まっていて、彼の魔力が感じられる場所。そこにふわりと、唇で触れてくる。

　甘えてくるのがやはり可愛くて、頭を撫でると、ふふっと笑うのが伝わってきた。

「ザガン、大好きだよ。君を心から愛してる」

　俺を見上げてきたリュカは、とても格好良い。だが、朝からアナルを撫でてくるのは駄目だ。いや夜だとしても、今日は休ませてほしい。

　イケメンオーラ全開のリュカを押し退けて、トイレに歯磨き洗顔、着替えと、身支度を整えた。リュカも終えたら、二人で部屋を出る。女性陣の部屋は、リビングやダイニングを挟んだ反対側なので、廊下で会うことはない。

そういえばゲームでは、基本的に大きめの貸家や貸別荘に泊まり、主人公に用意された主賓用の部屋だけ、ヒロイン達から離れた位置に設定されていた。夜、誰を呼んでも大丈夫なように。

現実でも、間取りは同じらしい。

そしてその部屋に、俺は今寝泊まりしている。ゲーム的に考えると、夜の選択肢が出ないまま、強制的に俺が相手に選ばれている状況だ。リュカを悲しませたくないので、別の部屋で寝るという選択肢はないが……あと四日、持つだろうか。

悩みながらも、ひとまずリュカに続いて、リビングに入る。そこはとても広い空間で、リビングとダイニングとキッチンが一続きになっていた。

そして中では、先に起きていたノエル達が、朝食の準備をしていた。もうほとんど終えているようで、大きなダイニングテーブルには、ずらりと料理が並べられている。

「あらぁ。おはよう、リュカ君、ザガン君」

「あ、おはようございます！　良い朝ですね、ザガン殿」

扉を閉めると、シンディとノエルが挨拶してきた。それからニナと、ミランダも。

「おはよー、リュカ、お兄さん」

「…………はよ」

迷った挙句《あげく》、結局こちらを見ずに、短い言葉を寄越してくるミランダ。

彼女は些細なことは笑い飛ばす姉御肌なはずだし、実際そうやってニナを励ます光景も目にしている。なのに、今は気まずげだ。自分らしさを失うくらいなら、俺など無視して、リュカだけに挨拶すれば良いものを。

ところで、ニナが言ったお兄さんというのは、俺のことか？　……まぁ、彼女とは互いに自己紹介していないので、名前を呼びにくいのかもしれない。それにしてはノエルが頬を膨《ふく》らませてニナをツンツンしているし、ニナはそんなノエルに対して、楽しそうに笑っているが。

「おはようみんな。ふふ、朝から元気だね」

「お、おはようございます、リュカさん、ザガンさん」

「おはよう。お主らはもう少し、遅れてくると思っていたぞ？」

「俺としては、もっとザガンとゆっくりしていたかったんだけどね。でも残念ながら、ベッドから追い出されちゃったよ」

ベネットやカミラも、俺達二人に声をかけてくる。だから挨拶くらい、返すべきだ。けれど言葉が出なかったし、リュカのあとを追ってテーブルに近付くにつれ、足も動かなくなった。このような光景を目にしたのが、初めてなせいで。

朝食の準備を終えて、皆それぞれ席に座る。端からニナ、カミラ、シンディ、ベネット。ニナの向かいにミランダ、その隣がノエル。必然的にノエルの隣二席が、リュカと俺の……

「……ザガン？」

「ザガン殿、どうされましたか？」

俺が足を止めていたことで、リュカは座らず待っていたし、ノエルも不思議そうに声をかけてきた。他の面々も見てくるので、フードを掴んで俯く。

「自分の席が、このような大人数で囲む食卓に用意されているのを、初めて目にしたものだから。少しだけ、眩しく感じたんだ」

「……ザガン」

「別に、今までずっと独りだっただけだ。なんてことはない」

幼少期、地下に幽閉されていた俺の食事を用意するのは、執事だった。小さなテーブルに並べられる、俺だけの食事。

大森林ではテーブルに着くことすらなく、適当に肉を焼いたり、父から持たされていた料理を出したりした。冒険者になってからは賑やかな食堂で食べることもあったが、注文するのが先だし、目立たないよう隅の一人席に座っていた。

なので、何人も座る食卓に、何も言わなくても俺の席を用意されている現状に、少しだけ戸惑ってしまったんだ。ただそれだけ。

だからリュカ、わざわざ抱き締めてくるな。頭を撫でるな。

しかも顔を上げれば、目をじっと覗かれたあと、ちゅ、ちゅ、と眦《まなじり》にキスしてくる。泣いていると勘違いしていないか？　確かに鼻を啜《すす》っている音は聞こえてくるが、俺ではないぞ。

「ザガン殿。ぜひ私の隣に座ってください」

ノエルが隣の椅子を引いてきた。彼女も泣きそうな顔をしている。

なお実際に泣いているのは、ベネットだ。涙腺緩すぎだろう。闇属性である以上、そういう生き方が当然であり、他者が悲しむことではないのに。

リュカの手が背中に置かれ、促されるまま、引かれた椅子に座った。

目の前に置かれているのは、オムレツとウィンナーが盛られた皿に、サラダ、フルーツヨーグルト。食パンはこんがり焼かれた上にバターを塗られていて、食欲をそそる。ジャムもいろいろ揃えられていた。それからコーヒーとミルク。美味そうな朝食だ。

最後に俺の隣に腰かけたリュカが、食卓全体を見渡してニッコリ微笑む。

「準備してくれてありがとう。じゃあみんな、食べようか」

「はい。よい食事を」

「「いただきます！」」

俺もいただきますと呟き、まずはサラダに手を付けた。瑞々しく、ドレッシングもサッパリしていて美味い。それからオムレツ。ん、美味い。このような朝食らしい食事はなかなか取らないので、つい顔が綻んでしまう。ただしリュカやノエルに見られているのは、あまり落ち着かないが。

「……お前達も、食べたらどうだ」

「ふふ、そうだね。いただくよ」

促すと、ようやく二人も食べ始めた。それでも合間に話しかけてくるので、頷いたり、たまに返答したりしながら、ゆっくり食べ進める。

ところで斜め向かいに座っているベネットが、俺を見ては涙を滲《にじ》ませるのは、どうにかならないだろうか。それに真正面のシンディも、柔らかな微笑を浮かべてこちらを見てくる。この現状が素晴らしいものであるかのように見守ってくる、彼女達の視線がこそばゆい。

カミラは普段通りだが、ニナはたまにこちらを窺《うかが》ってきていた。気になってしまうのは、少しでも視界に入るからかもしれない。俺も端に座れば良かったかもしれないが、ノエルに誘われてのこの位置なので、今回は我慢してもらうしかない。

ミランダはノエルの隣に座っていて視界に入らないので、気にせず食べているはずだ。

＊

三十分程度で朝食を終えると、リュカが今日の予定を聞いてきた。

「シンディは、いつものように夕方まで図書館だよね？」

「ええ。まだ月について何も見つかっていないから、お姉さん頑張るわねぇ。今日もベネットちゃんが用意してくれたお弁当を持っていくから、お昼は帰ってこないわ」

「了解。他に、予定が入っている人はいる？」

この状況はあれか。ゲームでの朝の選択画面か。現実で選択画面が見えないのは当然だが、選ぶだけのゲームとは違い、現実ではきちんと仲間達と相談するのだな。

俺もこの場にいる以上、聞かれている対象になっているのだろう。だから挙手すると、リュカは俺の腰を抱いてきた。

「なぁに、ザガン。どうしたの？」

どうしてわざわざ顔を覗いて、甘ったるい声で聞いてくるんだ。先程までのキリッとした態度はどこへ行った？　そう疑問に思いながらも、とりあえず予定は告げておく。

「まだ魔導具が仕上がっていないから、作業しなければならない」

「そっか。じゃあザガンは、リビングで作業だね」

まさかの場所指定である。こんな団欒《だんらん》の場所で集中出来るだろうか。あと頭にキスしてくるな。

「はい！　私は修行します！　リュカ、相手になってください」

「それなら、私もお願いしようか」

「はいはいはーい、私も一緒に修行するー！」

「では僕は、皆さんが熱中症で倒れてしまわないように、サポートしますね」

というように、リュカは四人と共に鍛錬することになった。

そうか。そうだよな。ここは現実なのだから、一人しか選択出来ないなんて、あり得ない。鍛錬したい者がいれば、全員でやれば良いのだ。

ゲームとは違う。リュカはプレイヤーが操作する主人公ではなくて、自我を持った人間。前からわかっていたが、こうしてゲームと決定的に違う場面を見ることで、改めて実感した。

結局俺は、リビングで作業することになった。指定された時は集中出来るか懸念したが、リュカを含めメンバーのほとんどが外に出ていて静かなので、問題なさそうだ。ということで、ローテーブルに必要な道具を広げて、クッションに座る。

都市用の魔導バリアが完成したあとは、すぐにリュカのものに着手していた。

リュカ用のバリアは、盾タイプにする予定である。だが腕に装着する盾ではない。起動中ずっとリュカの周囲を飛び回り、闇属性に反応して破壊されないよう自動的に避けながら、かつリュカの邪魔にもならないように移動する盾だ。

まず魔導具の外装カバーには、強度がとてつもなく高く、魔力にも反応するオリハルコンを使用した。超貴重なもので市場にはほぼ出回らず、俺も少量しか持っていない。だが今使わなければ、いつ使うのか。

そんなわけで直径十センチほどの円盤の外装を、十二個。これは第七ダンジョン内で、すでに作り終えている。バイクの外装作りに必要だからと、専用の炉や金床を所持していたし、十年間金属を叩いてきた経験も役に立った。

そのあとは円盤の内部で、闇属性遮断バリア及び、浮遊の魔導回路を組んだ。このあたりは前回の都市用のものとほぼ同じなので、ほとんど悩まなかった。むしろだいぶコンパクトに纏められたので、まだ内部のスペースは半分空いている。

その状態で円盤はひとまず横に置いておき、先に中心核となる、リモコンを作った。ただし今回は円盤が自動で動くタイプなので、操作自体はオンオフのみだ。その代わり前回とは違い、リモコンを基点にリュカの周囲を円盤が飛ぶようにしなければならないので、結局かなり複雑な回路を組み込むことになった。

ここまでが、第八都市に来るまでに終わらせた工程である。

さて今日からは、再び円盤の作業に戻り、新たな回路を追加していく。円盤が壊れないよう攻撃を避け、リュカの攻撃も遮《さえぎ》らないようにするもの。

そう言葉にすると難しそうに感じるが、つまるところ、感知＋回避である。どちらも参考書に記載されている回路なので、さほど難しくない。もちろん遮断、浮遊、感知、回避が全部きちんと機能するように細かな調整は必要だが、それでもあと数日あれば、仕上げられるだろう。

「………、……ん」

参考書を確認しつつ黙々と作業していたが、ふと集中力が切れた。

ふぅと息を吐いて顔を上げると、窓から砂浜が見え、鍛練しているリュカ達を発見する。現在はリュカ対ミランダ、ノエル対ニナで、それぞれ手合わせしていた。ベネットは彼らの傍で、魔法の練習をしている。

そんな光景を見ていると、穏やかな気持ちになれた。鍛練している彼らを、近くから眺めることが出来ている現在。俺も、彼らの仲間になっているかのような錯覚を与えてくれる。

……闇属性の俺に、仲間など持てるはずはないけれど。

「ザガン、どうしたのだ？」

「いや、なんでもない」

作業を止めてぼんやり外を眺めていたからか、ダイニングテーブルで錬金していたカミラが、声をかけてきた。そういえば、同じ空間で他者が作業しているのも、今までなかったことだ。しかし全然苦ではなかった。彼女が世間から認められている天才錬金術師であり、集中力も俺以上で、今まで作業に没頭していたからだ。

「ふむ、少し休憩するか。脳が疲れたなら、糖分を摂取しなければな」

カミラは椅子から立ち上がると、キッチンに置かれている魔導冷蔵庫を開けて、何かを出した。食器棚も開いたあと、俺の背後にあるソファに腰かける。

「昨夜のうちにベネットが作っておいてくれた、ゼリーじゃ。蜜柑《みかん》と桃、どちらが良い？」

「……蜜柑《みかん》をくれ」

スプーンと一緒にゼリーを渡されたので、魔導具に零さないよう、ソファに寄りかかる。

しばらく無言で食べていると、テーブル上の魔導回路を眺めていたカミラが、ううむと唸《うな》った。

「何がどうなっておるのか、サッパリわからんのう」

「魔石を用途に合わせて削り、その属性や魔力量を考えながら、様々な鉱石や魔物素材で作られた部品とも組み合わせて魔導線で繋いでいき、稼働させる」

「頭が痛くなるから、わざわざ説明するでない」

「すまない。ああ、錬金術の話はしてくれるなよ？」

「くっ、先手を打たれてしまったか。だがあえて説明してやろう」

その説明は、右から左へ聞き流した。そのうちベネットが昼飯を作りに戻ってきたので、カミラが手伝い、俺はリュカ達が戻ってくるまで、再び作業に集中した。

午後になると、リュカは一人で冒険者ギルドに向かった。自分がいると、女性陣が無理してしまうからという理由だ。確かに午後もずっと鍛錬では、疲れてしまう。しかしリュカがいなくても、ノエル達は外で手合わせしていたぞ。

夕食後はカミラや、図書館から帰宅したシンディと、魔法の稽古である。これはリュカから頼んでいた。リビングから見ていたが、やはり相当上達している。

なお他のメンバーは、この空間にいた。ノエルは後ろのソファに座って俺の作業を眺め、ミランダやニナは、ダイニングでそれぞれ趣味に没頭。俺と同じ空間に長時間いて、平気なのだろうか？ベネットはキッチンで、ダンジョン攻略時の食事を作っていた。

夜九時を過ぎたら部屋に戻り、入浴する。結局断りきれず、セックスしてから就寝した。

翌日は、全員前日と同じスケジュールだった。

朝から晩まで作業したので、リュカ用の魔導バリアはだいぶ出来てきた。

けれど夜は、三日連続で身体を繋げることになった。ペニスを宛がわれるだけで胎内がヒクヒクするし、あまりの快楽に耐えられず、イき続けながら泣いてしまった。とても気持ち良かったが、もう少し手加減してほしい。

＊

リュカ達と過ごす四日目。

引き続き作業に集中していたが、ふと顔を上げると、ニナがノエルの隣に座っていた。

どうやらソファで裁縫しているノエルの手元を見ているようだが、その位置だと、常に俺が視界に入るはずだ。憎悪とまではいかないものの、ニナは闇属性に対して良い感情を抱いていなかった。でもそこにいるということは、何か変わったのかもしれない。

そういえばミランダも、挨拶する時に俺をきちんと視界に入れるようになった気がする。

彼女達の変化に少々戸惑ったものの、作業を始めるとすぐに気にならなくなった。

問題は、夜である。

さすがに四日連続は厳しい。絶対に身体がおかしくなる。リュカに抱かれるかもしれないと思うだけで、胎内が疼《うず》いているような気がしてくる。


「リュカ、今夜はさすがに、止めておかないか？」

風呂から出ると、すぐさまベッドに上がり、キスしてくるリュカ。だがすでに、バスローブからパジャマに着替えていた俺は、それを枕でガードした。すると彼は、悲しそうに眉を下げる。

「どうして？　ザガン、俺のこと嫌いになっちゃったの？」

「なっていない。ただ連日やっていて、そろそろ身体が持ちそうにないから」

「腰がつらい時は、ポーションを飲んでるでしょ？　それに俺の魔力を入れているから、疲労の回復も早いはず。だから身体は、いつも元気だよね」

「そ……れは、そうだが」

これ以上感じやすくなりたくない、なんて素直に答えれば、むしろ煽ってしまいそうだ。しかしどれだけ思考を巡らせても、言い訳が出てこない。

リュカは腰に腕を回してくると、腹に顔を乗せ、甘えるように下から見上げてきた。コイツに悲しげな表情をされると、どうにも拒否出来なくなる。

「ねぇ駄目？　俺、ザガンをいっぱい感じたいよ。そしていっぱい愛してるって伝えたい。ザガンだって……ほらここ、ちょっと触っただけで、ヒクヒクするよ。俺が欲しいんだよね？」

「ち、違う……あ、そ、そんな」

ズボンどころか下着の中にまで手が入ってきて、アナルを撫でられた。それだけでヒクリと収縮するし、指を軽く食《は》んでしまう。入れられる快感を思い出して、胎内も疼《うず》いてくる。もうだいぶ、身体がおかしくなっている気がしてならない。

リュカは俺をじっと見つめたまま、半ケツ状態だったズボンや下着を脱がせてきた。パジャマなので、簡単に下ろされていく。

抵抗するかどうか悩んだけれど、リュカを悲しませたくなくて、結局されるがままに下半身を露出した。アナルを触られただけで勃起してしまっているペニスを見られた挙句《あげく》、とても嬉しそうに微笑まれる。

「ああ、今日もザガンの童貞おちんちんが、可愛いなぁ。いっぱい舐めて苛めたい。でも今夜は、俺がもう我慢出来そうにないから、お預けね」

ちゅっと先端にキスされ、足を広げられたら、窄《すぼ》まりに熱を宛がわれた。リュカのペニスもすでに勃起していて、しかも先走りまで零していているせいで、ぷちゅりと艶《なま》めかしい音が鳴る。触れているだけなのに、リュカの魔力がじわじわ胎内に浸透してきて、デカくて硬いもので奥まで埋め尽くされたくなってくる。

「んん……ふぁ、ん……リュカ、離れてくれ……尻が」

「うんうん、ザガンのお尻、俺の蜜を飲もうとしてパクパクしてるよ。ふふ、とっても可愛いな。それに少しずつ蕩《とろ》けてきてるから、指で解さなくても入っちゃいそう」

「あ……そんな。そんなのは、嫌だ……あ、ん……」

入ってきそうでこない、もどかしいところで止められていて、もぞもぞ腰が動いてしまう。こうなりたくないから、止めてほしかったのに。

でもそれがリュカに伝わったのか、驚いたようにパチパチ瞬きしてきた。

「もしかしてザガンが嫌がってるのは、エッチな身体になるのが、恥ずかしいからなの?」

「当然、だろうが。……それにそんな身体は、リュカだって、嫌だろう……」

直後ズプズプゥと、ペニスが埋まってきた。な、なんっ!?

「んぁああっ! ひ、あ、あう……っ、リュカ……なんでぇっ」

「はぁ、すごい。いきなり半分も入っちゃった。きゅうきゅう締め付けてきて、とても気持ち良いよ。ふふ、ザガンは男の子なのに、慣らさなくても咥《くわ》えられるようになっちゃったね。俺の魔力に反応してお尻を濡らすなんて、エッチで恥ずかしいね」

「ふぁ、言うな……あ、あう、うぅー……っ」

優しい声で揶揄《からか》われ、羞恥で全身が熱くなる。どうにか外にペニスを出そうと下腹部に力を入れるも、締め付けるだけで意味がない。むしろ余計に感じてしまい、腰がビクビク痙攣《けいれん》する。

「んん……リュカ、……ふぁ、ん……」

どうにもならなくて震えていると、ちゅっと頬にキスされた。それから眦《まなじり》にも。促されるように閉じていた瞼を開けると、リュカの蕩《とろ》けた双眸《そうぼう》とぶつかる。欲望にまみれた目で見つめられると、どうしても胎内が蠕動《ぜんどう》して、彼のペニスを味わってしまう。

「ん、ん……リュカ……ふあ、あ」

ゆっくり腸壁を擦られ、先走りを塗られて胎内が緩んだら、ズブズブゥと奥まで埋まってきた。そうして小刻みに、結腸手前をつつかれる。気持ち良い、気持ち良い。でも駄目だ。

「ふぁあ、や……あ、あんぅ、だめ、だめぇ……」

「ん、駄目？　どうして駄目なの？　ザガンの身体は、気持ち良さそうに快感を追っているのに。ほら、気付いてる？　自分から腰を動かして、奥を掻き混ぜてるよ？」

「あっ……違う、ちが……あんぅ、ん、ん、うぅー……」

涙が零れた。どれだけ否定しても、リュカが事実を告げてくるから。感じたくないのに、身体が勝手に動いて、快楽を拾ってしまうから。

「泣いちゃうザガンも可愛い。あ、今きゅって締まった。可愛いって言われるの、嬉しいね」

「んう、嬉しくない……あん……ん、ん」

鼻水まで出てきたのでグズグズしていたら、またしても可愛いと囁《ささや》かれる。愛しげな声で何度も告げられると、だんだん脳が蕩《とろ》けてくる。

「俺のペニスで気持ち良くなってくれるザガン、本当に可愛い。はぁ……俺も、すごく気持ち良いよ。もうちょっとで出そう。今日もいっぱい、君を俺のものにさせて」

「あ、リュカ……んあ、あっ、あっ」

緩やかだった動きが激しいものに変わり、ずぶ、ぬぷっと奥を穿たれた。結腸奥まで侵入してくるからものすごく感じたし、我慢しようとすればするだけペニスを強く締め付けてしまい、余計に快楽が溢れてくる。身体がおかしくなっていく。

「ぁ、だめ……イく、あ、あ、イく、ぁん、ん、ん、ん――……ッ！」

あっという間に快感が弾けて、全身がギクギク引き攣った。まだリュカは射精していないのに、先にイってしまった。ああ、気持ち良い、気持ち良い。

「っ、ん……すごく締め付けられてる。ザガンったら、後ろだけでイっちゃったんだね。しかも俺はまだ、出していないのに。ふふ、もうすっかり女の子だ」

「はう……ちがう、俺は、ちが……あ、あ」

「違うの？　でも今、女の子って言われて、お尻の中きゅってしたよ？　エッチでいやらしいね。それにすごくトロトロしてて、ちょっと動くだけで、可愛らしく締め付けてくる」

「やぁ、イったばっか……やら、ぁんんっ」

イったばかりの胎内を激しく突かれて、全身がガクガクした。気持ちい……ああ違う、気持ち良くなどない。うう、駄目だ。このままでは本当におかしくなってしまう。

「気持ち良いね。ザガンはお尻に俺のペニス入れられるの、大好きだもんね」

「ぅあ……ぁ、あん、……あっ」

「んっ、ザガン、そろそろ出すよ。今日もザガンの奥に、いっぱい種付けしてあげる。そしたら、俺との赤ちゃん、出来ちゃうね」

「や、やぁっ……赤ちゃん、やあ」

中出しなんて、いつもされていることだ。なのに、胎内をリュカの精子がぐるぐる動き回り、女のように孕むのを想像してしまい、きゅううとペニスを締め付けてしまった。ハッとして逃げようとしたが、腰を強く掴まれて、奥を何度も突かれてしまう。ずぷずぷ抉られる。

そして次の瞬間、勢いよく広がる、強烈な熱と快楽。

「んああっ！　あ、リュカのせーし、あつい、中で弾けて、はう、う――……ッ」

「ん、んあ……はぁ。……ん、種付けされちゃったね。ふふ、もう女の子だね？」

「うう、ちがう……りゅか、ちがう……」

泣きながらも必死に否定していたら、ちゅ、ちゅ、と眦《まなじり》にキスされた。唇にも。それから間近で、目を合わせられる。

「さっき聞かれたけどさ。こんな身体、嫌だろうって。でも嫌なわけないよね。だって俺が、ザガンの身体をたくさん感じるように変えているんだから。むしろ俺はザガンが淫乱になってくれると嬉しいし、君から俺のペニスを入れてっておねだりしてくれるようになるまで、調教するつもりでいるよ？　もちろん、そうなったあとも、たくさんエッチする」

「あ……ぁん。ん……淫乱なんて、そんな」

俺はなりたくないが？　しかも調教って……もしかして俺は今、リュカによって調教されている最中なんだろうか。おねだりとはつまり、俺からリュカに、抱いてほしいと頼むようにすると。

……は、恥ずかしすぎて、絶対無理だからな？

＊

翌朝。リュカの腕の中で目を覚まし、朝陽の眩しさから逃げるように彼の胸元に顔を押し付けて、うつらうつらする。

昨夜は結局、あれからも何度か中出しされた。途中から意識が朦朧《もうろう》としていたので回数はわからないし、いつ眠ったのかさえ覚えていない。

ただ恥ずかしいセリフをいっぱい言われた記憶は、残念ながら残っている。「嫌なはずなのに感じちゃうザガン可愛い」とか。「ザガンのお腹、俺の子種でタプタプになっちゃったね。ちょっと膨《ふく》らんでて、本当に赤ちゃん出来たみたい」とか。この男は、どれだけ羞恥を煽れば気が済むのか。

思い返していたら腹が立ってきたので、ベシッとリュカの脇腹を叩いた。

「……ううん、……ザガン？　おはよう……」

呻《うめ》きながらも目を開けることはなく、それでも俺の名前を呼んでくるリュカ。

「おはよう、もう朝だぞ。そろそろ起きろ」

「うー……ザガン、ちょっと機嫌悪い？」

「悪い。リュカのせいで」

「そっか、ごめんね。……理由は、何かな」

まだ寝惚けているだろうに、腕の中にいる俺を、きつく抱き締めてくる。焦っている感情が伝わってくるし、絶対放すまいとしているから、じんわり胸があたたかくなる。

「……昨夜のことを思い出して、少し恥ずかしくなっただけだ」

八つ当たりしてしまった詫びにと抱き返せば、リュカは安心したように吐息を零した。そして息のかかった頭に、すりすりと頬を擦り寄せてくる。

「ごめんね。ザガンがあまりにも可愛いから、無理させちゃった。許してくれる？」

「……仕方ないから、許してやる」

返答すると、頭にキスされた。それから額にも。唇まで下りてきて、離れたあとは目を合わせてくる。完全に起きたようで、柔らかく微笑んでくる。

「ふふ、今日も起きたらザガンが隣にいる。すごく嬉しいな。明日からまたダンジョン攻略で離れないといけないから、今日は一日ずっと傍にいさせてね」

言葉だけならサラリとしすぎて、嬉しいという感情しか読み取れなかったかもしれない。けれど魔力からは、嬉しさ以上に、寂しさが伝わってきていた。

身支度を終えてリビングに入る。今日は早かったからか、まだ準備している最中だった。

ベネットとシンディが朝食を作っていて、ノエルとニナは、皿を出すなどの細かな手伝いをしている。カミラは邪魔にならないよう配慮しているのか、リビングのソファに座って読書していた。ミランダも、リビング寄りの壁に寄りかかっている。

ノエル達からの挨拶に小さく返答し、俺達も邪魔にならないよう、部屋の隅に移動した。するとミランダが、こちらにやってくる。リュカに用があるのかと思ったが。

「ザガン、ちょっと良いかい」

「……なんだ」

相手はまさかの俺である。何故？　というか、俺と正面から顔を合わせて、平気なのか？　疑問に思いながらも、話しかけられた以上は相手を見返す。するとミランダは、少々眉を寄せたものの、しっかり目を合わせてきた。

「フードを被っていないと落ち着かないってのは、同じ冒険者として理解出来るよ。酒場で飲んでいる連中だって、大抵はフル装備のままだしね。でも家の中でくらいは、脱いでも良いんじゃないかい？　そもそも髪を隠すのは、闇属性とバレないためだろう。ここにいる全員すでに知っているんだから、見られたって困らないじゃないか」

困る困らないの問題ではなく、お前達が不快になると思ったから隠していたんだが……その筆頭であるはずのミランダから、脱げと言われてしまった。チラリとリュカを確認するも笑顔で頷かれるし、いつの間にかノエル達もこちらを見ている。

本当に大丈夫か？　ここ数日で彼女にどんな心境の変化があったか知らないが、見たあとで不快になられても、責任取れないぞ。

じっと見下ろしても、彼女は無言で見上げてくるだけ。

どうやら取らなければ、ミランダは俺の前から動かないようだ。なので仕方なく、フードを下ろした。そして巻いていたターバンも外す。——露わになる、黒髪。

「ザガン、乱れちゃってる」

すぐにリュカに髪を梳《す》かれた。全体を手櫛で整えられたあと、こめかみにキスされる。

「ふふ、やっぱりザガンは可愛い」

「……ふーん、なかなか良い顔してるじゃないか」

と言う割に、不快げな表情をしている。視線もあからさまに俺から外れている。

自分の恋人が殺された記憶が甦り、憎しみが湧きそうになっているのだろう。わかりきっていただろうに、どうして無理をするんだ。

「ザガンは俺のだから、誰にもあげないよ？」

「いらないよ。リュカはリュカで、その過大な愛情表現はどうにかならないのかい。見ているこっちが、恥ずかしくなる」

「ザガンが愛しすぎて止まらないから、諦めて」

「はぁ……まったく、仕方ないね」

結局ほとんど俺を見ずに、ミランダはここ数日の定位置になっている席に着いた。もう俺を見ないなら、フードは被り直しておこう。そう思ったが、フードの端を持とうとしたところで、リュカに手を握られた。その手を引かれて腰を抱かれ、頭にちゅっとキスされる。

「ミランダなりに、頑張ってザガンに歩み寄ろうとしているみたいだね」

髪に唇が触れたまま、小声で告げられる言葉。

そうなのか。しかしどうして、そんなことをする？　無理なものは無理だと、拒否しておけば良い。誰も咎めないぞ。

俺だって闇組織の者達は受け入れられないので、キッパリ拒絶している。闇属性達を守ろうとしている心意気は評価するが、そのために自分達を正当化しながら、他属性を平気で殺している連中とは、親しくなれるはずがない。

「はーい、準備出来たわよぉ。みんな座ってー」

呼ばれたので、すっかり自分の定位置となった、ノエルとリュカの間に腰かけた。するといつも以上に、ノエルから視線を感じた。今まではフードで隠れていた横顔が見えているから、気になるのかもしれない。とりあえず黒髪への嫌悪はなさそうだ。

むしろあまりにも見てくるので見返してみると、彼女はちょっと目を見開いたあと、満面の笑みになった。とても嬉しそうである。

今日もリュカの言葉に続いて挨拶して、食べ始めた。朝からどれもこれも美味くて、ひたすら口を動かす。ただし時々リュカが髪を梳《す》いてくるし、ノエルもやたら話しかけてきたので、結局ゆっくり食べることになった。

あと、またもやベネットが涙ぐんでいたが、今回ばかりはサッパリ理由がわからない。黒髪が怖いのか？　それとも何か想像して、悲しんでいるのか。どんな理由であれ、俺から話しかけるつもりはないし、シンディがあらあらと言いながら慰めているので、大丈夫だろう。

＊

朝食を終えると、いつものようにリュカが予定を確認してくる……と思いきや、彼は全員を見回すと、とある情報を伝えてきた。

「今日は夏祭りがあるよ。特設ステージでは朝からショーや演奏をやるみたいだし、屋台も並んでるって。それに広場ではいろんなゲームが出来るみたい。もちろん夜は、花火大会」

八月十日。夏祭りか。夏は強制イベントが多いな。

「そうなんですか？　ぜひ行きましょう！」

「ふむ……そういえば今回は、まだ街に出ておらんかったな。わらわも出かけようかのぅ」

「私もー！　最近修行ばっかりしてたから、今日はいっぱい遊びたい！」

「ぼ、僕も今日は、食材を買いに行きたいです。明日からまたダンジョンに潜りますから、いざという時のために、用意しておかないと」

「いろんなゲームか。そういう場所には面白い奴らが集まるから、ぜひとも見に行きたいね」

「あらぁ。それならお姉さんも、今日は遊んじゃおうかしら」

ノエルを筆頭に、女性陣が次々と外出への意思表示をしてきた。ちなみにゲームでは、選んだ相手によってイベント発生場所が変わる。

ノエルかシンディの場合は、大通りでステージ観賞。

ミランダかニナだと、広場にある冒険者向けゲームで遊ぶことに。

カミラかベネットは、ずらりと並ぶ屋台で買い物。

あくまでもゲーム内で描かれている部分がそうなっているだけで、実際は昼から夕方までずっと祭りに参加しているので、あちこちで遊んでいるだろう。

ついでに夜には、人のいない場所で、花火を見ながらのセックスイベントが発生する。七月の天の川イベントに引き続き、またしても青姦だ。ゲーム内での彼女達は大変である。……正直ヒロイン達のほうから誘っていた気もするが、詳しく覚えていない。

「侯爵が貸してくれた衣装に、浴衣もありましたよね？」

「うん。祭りの日を教えてくれたのも、侯爵だからね。浴衣も用意してくれているはずだよ。片付けたら、衣装部屋を確認してみて」

そんなわけで食器を片付け終えると、彼女達は和気藹々《わきあいあい》と衣装部屋に向かっていった。西洋ファンタジー風の街並みでありながらも、祭りで浴衣を着るというのは、ソレイユ王国ならではだろう。千年前までは他国と交流していた、その名残が窺《うかが》える。

俺はいつものようにクッションに座り、魔導バリアの製作を進めていく。

するとリュカが、後ろのソファに腰かけてきた。一日中傍にいるとは宣言されていたが、祭りに行かなくて良いんだろうか？

疑問に思いながらも作業していると、三十分ほどで女性達がリビングに戻ってきた。全員浴衣姿なうえに髪型も変えているせいか、いつもと雰囲気が違う。ノエルの浴衣は、白地に水色の大きな花模様が描かれているものだ。清楚で良いと思うぞ。

「どうどうー？　似合ってる？」

ニナが両腕を広げて、俺達に浴衣を見せてきた。ノエルも近くまでやってくる。

「うん、みんなそれぞれに似合ってるよ。普段と違っていて良いね」

「ありがとうございます、リュカ。……ザガン殿、どうですか？　これ、似合っていますか？」

どうして俺に聞いてくるんだノエル。こっそりお前を見ていたからか？

「……ああ、似合っている。それに普段より大人っぽい」

「あ、ありがとうございます！」

我ながら褒めているか不明な言葉だったけれど、彼女は笑顔になった。あれで良いらしい。

「じゃあみんな、楽しんできてね。いってらっしゃい」

「……えっ、え？　あ、あの。リュカさんと、ザガンさんは」

ソファに座ったまま言うリュカに、ベネットが困惑した。するとカミラが、彼女の前に出る。

「うむ。花火が終わるまで帰ってこないから、安心せい」

「いってきまーす。あっ、鍵は誰が持ってく？」

「お姉さんが一つ持ってるわよぉ」

「一つだけじゃ、いざという時に面倒だね。残りの二つも持っていこう」

彼女達の会話が少々ぎこちなく感じるのは、気のせいだろうか。

とにかく俺達が行かないことがわかったようで、ベネットは悲しそうにしながらも、皆に背中を押されてリビングを出ていった。まだ傍にいたノエルも、ニッコリ微笑んで挨拶してくる。

「それではリュカ、ザガン殿。いってきます！」

「……ああ、いってこい」

ノエルを見送り、少ししたら玄関の閉まる音が聞こえた。彼女達がいなくなると、途端に静かになる。けれどすぐに背後から抱き締められた。手にピンバイスを持ったままなので、危ないぞ。

「ふふ、ザガンと二人きりだね。嬉しいなぁ」

「……そうか」

本当に嬉しそうなので、お前は祭りに行かなくて良いのかという質問は、呑み込んでおく。リュカが俺の傍にいたいのなら、それで構わない。

ぶっちゃけ俺も、無理して祭りに行くことを考えなくはなかった。だが脱げないフードは場違いだし、この前リュカも言っていたように、逆に目立ってしまう。そもそもリュカが目立つので、共にいれば確実に視線が集まってくる。

それに祭りのような賑やかな場ともなると、お節介を焼こうとする者達が現れるかもしれない。もっと開放的になって楽しめるようにと、あくまでも善意でフードを取ろうとしてきたら、とてつもなく厄介だ。ついでに酔っ払いに絡まれる可能性も捨てきれない。

考えれば考えるほどに、参加しないほうが無難である。

後ろからリュカに抱えられながらも黙々と作業していたところ、ふと左腕を撫でられた。さらには手首を緩く掴まれ、作業を中断させられる。

「ねぇザガン。魔導具、急がないと間に合わない？」

「いや、予定よりも早く進んでいるが」

「じゃあせっかくだし、俺達も浴衣を着ようか。それからカキ氷作って、テラスに出て食べよう。きっと美味しいよ。あと、ここからでも花火は見えるだろうから、夜は一緒に見ようね」

そうか。祭りに行かなくても、浴衣を着て良いのか。

浴衣……そういえば前世ですら着たことがないな。そもそも男で着る奴が、あまりいなかった。せっかくなので、この機会に挑戦してみようか。

「リュカが着るのなら、俺も試してみる」

背後にいるリュカを見ると、彼は嬉しそうに微笑んで、ちゅっと頬にキスしてきた。

「うん。その浴衣、ザガンの綺麗な黒髪にとても似合ってるよ。すごく格好良くて、すごく色っぽい。今すぐ襲っちゃいたいくらいだ」

「それだと、すぐ脱ぐことになってしまうではないか。着たばかりだぞ」

衣裳部屋に置かれていた着付けの仕方の紙を読みながら、浴衣を着てみた。リュカは紺色、俺はやはり黒が落ち着くので、それで。互いに着付けをし合ったが、俺が着終えるとすぐに抱き締めてきたから、まだ自分の姿は確認出来ていない。

リュカに引っ付かれたまま、どうにか鏡の前に移動した。ん、きちんと着られているな。帯に変なところも見当たらない。

そのまま鏡越しに、傍に立つリュカへと視線を向ける。いつも以上にイケメンに見えるのは、やはり衣装のせいだろう。せっかく格好良いのだから、蕩《とろ》けた表情で俺を見ていないで、もう少しキリッとしてほしいが。

「リュカも、とても男前で格好良いぞ」

「えっ……」

褒めると、リュカは驚いて目を見開いた。何か変なこと言ったか？　首を傾げつつも見返すと、だんだん彼の頬が緩んでいき、ぎゅううと抱き締められる。微妙に痛い。

「嬉しい！　ザガンに褒められた。ホント嬉しい」

そういえばリュカの容姿についての感想を、言葉にしたことはなかったかもしれない。いつもイケメンだとは思っているが、男が男の容姿などいちいち褒めないだろう。

まぁ、リュカはやたらと俺を可愛いと褒めるが、たぶん容姿のことではない。では何かと問われると、答えを出したくないので思考は放棄しておく。

肩に顔を埋めるリュカの、その頭を撫でていると、鼻を押し付けてスーハー呼吸し始めた。コイツ発情してないか？　首筋を舐められ、ちゅううと吸われて、キスマークまで付けてくる。ポーションを飲めば消えてしまうからと、滅多に付けてこないのに。

挙句《あげく》そのまま押し倒そうとしてきたので、頭を押し返して離れさせた。

「止めろ、着たばかりだと言っただろう。それに、カキ氷を作るのではなかったのか？」

「うぅ……ごめんね。ザガンが無自覚で誘ってくるから、調子に乗っちゃった。花火までは、頑張って我慢するよ」

誰も誘っていないからな。あとなんで、花火までなんだ。せめて寝る前まで我慢してほしい。むしろ、今日こそ触れるだけにしてほしい。


リビングに戻ったら、さっそくカキ氷を作った。魔力を必要としない手動の器具で、冷凍庫に準備されていた氷をゴリゴリ削り、冷蔵庫に入っていたシロップをかける。

それからテラスに出て、ウッドデッキの端に直接座り、キラキラ輝いている夏の海を眺めながら食べた。ふぅ、冷たくて美味い。

「防具を脱いでしまうと防暑機能がなくなるから暑くなるけど、そのぶんカキ氷が美味しいね」

「そうだな。浴衣もカキ氷も……季節を感じられるのが良い」

冷蔵庫と冷凍庫内の食料は全て、侯爵家のメイド達が用意したものだそうだ。リュカと一緒にいると、貴族に仕える人々の、素晴らしい仕事振りを垣間見られる。

リュカは俺とは違い、常に他者と関わり、支えられながら生活している。そして支えてくれる者達や、未来の王である兄の力になるため、何よりリュミエールを破壊して国を守るために、ダンジョン攻略の旅をしている。

……そのようにたくさんの人々と関わり、守ろうとしている彼が、はたして国を捨てて俺に付いてくるだろうか？　この前ノエルから質問されたせいか、つい考えてしまう。俺達はこの旅を終えたあとも、共にいられるのかと。

今回のように毎日一緒に寝起きして、共に過ごすことは、とても幸せかもしれない。しかし俺は闇属性なので、王都には住めない。

でもリュカが俺に付いてくることも、難しいのではないかと思うようになった。彼は俺を大切にしてくれるが、同じくらい、王子としての責任感も強いから。

――共にエンディングを迎えても、俺達の未来は分かたれているかもしれない、と。

贅沢な悩みだ。最後まで生きられるかどうかさえ、まだわからないのに。

どうにかなりそうという余裕が出てきたがゆえの、新たな悩み。しかも幸福な内容である。国にとっての絶対悪である俺が、誰かと共に生きるかなんて。

それにもし未来が分かたれているとしても、完全な別れではない。年に数回会うだけでも構わない。前世でも、年に一回会うかどうかの友人はいたし。

そう……たとえ離れたとしても、生きていさえすれば、心はリュカと共に歩んでいける。

「ザガン、どうしたの？　何を考えているの？」

じっと海を見つめていたからか、それとも触れ合っている腕から感情が伝わったのか、リュカが心配そうに顔を覗き込んできた。その目と、視線を合わせる。

「別に。ただこうして、お前と穏やかに過ごせる今が、大切だと思っただけだ」

きちんと思ったままを答えた。だというのに、リュカは苦しげに顔を歪めると、きつく抱き締めてくる。カツンと落ちる、カキ氷のカップ。

「絶対に俺が、ザガンを守るから。だからそんな、つらそうな顔しないで」

どうやら闇組織との戦いについて、悩んでいると思われたらしい。

そういえば結局、ノエルとの会話内容は伝えていなかったな。知らせるような内容でもないので、このまま黙っておくが。

「俺は絶対に負けないし、死ぬつもりもないぞ？」

「わかってる。でもどうしてか、今にも君が消えてしまいそうで」

泣きそうな声で訴えてくるリュカの背を、ぽんぽん叩いて慰める。

もちろん消えるつもりはない。ただ互いの立場上、どうしようもないことがあるだけだ。そしてこの問題について聞くのは、リュミエールを浄化してからで良い。

とりあえずリュカの気が済むまではと、しばらく抱擁《ほうよう》を受け入れていた。するとふと、視界に光るものを見つける。かなり小さいが、あれは……

「リュカ、見てみろ。あそこに魔清がある」

近くの海面上に、魔清が発生していた。リュカも顔を上げて、そちらを見る。

魔清から何か出てきた。小さな魚のようだ。キラキラ輝く魔清を纏ったそれは、スィーと泳ぐようにに宙を飛んで、こちらにやってくる。

どうやら害意はなさそうだし、むしろリュカを慰めるように、彼の顔を確認しながら周囲を飛ぶ。

わずかな時間の、不思議な戯れ。

最後にリュカの頬に身を寄せたあと、魚は海へと入っていった。海上に浮かんでいた魔清も、魚――スピリットが生まれたことで、すでに消えている。

「スピリット……初めて見た」

驚くリュカに、つい笑みが零れてしまった。すると彼は再び俺の腰を抱いて、顔を覗いてくる。

「ザガンは、見たことあるの？」

「ああ。以前、隣国へ行ったと話しただろう？　向こうの国では、普通に見かけられる」

「そっか。そうだよね。スピリットがごく稀にしか現れないというのは、ソレイユ王国だけなんだ。それさえも、今まで信じられなかったくらいだし」

邪神が現れてから、スピリットが消えた。彼らには寿命がないにもかかわらず、邪神出現前からいたはずのスピリット達まで、消えてしまったのだ。そして現在では、先程のように小さなスピリットを、ごく稀に見かける程度である。

彼らは邪神に全滅させられたと言われているが、定かではない。彼らのみというのは、どう考えても不自然だから。人間もいなくなっていたなら、まだ納得出来るが。魔清発生頻度が極端に少ないのも邪神のせいとされているが、やはり憶測にすぎない。

つらつら考えていると、リュカはまたしても苦しげに顔を歪め、黒髪に頬を寄せてきた。

「ねぇザガン。隣国って、どんなところだった？　そこだと闇属性は、迫害されてないんだよね？　……君はその国に、残ろうと思わなかったの？」

＊

エトワール大森林を抜けようと思ったのが、約三年前。古い地図を頼りに、一年以上かけて広大な大森林を抜けた、先。

そこは美しい草原が広がっていた。

テール王国――大地の女神テールに見守られている、穏やかな国。

しばらく歩いていると遠目に田畑や村を見つけたので、そちらに向かう。ソレイユ王国ほどモンスターの気配がしないし、たまにキラキラした魔清を纏っているスピリットさえ見かけた。あれが精霊や妖精と呼ばれるものかと、初めて見た時は驚いたものだ。生息している魔物がこれほど違うのは、見守る神がいるか、いないかの違いだろうか？

ソレイユ王国は約千年鎖国状態であり、大森林には強力なモンスターが多数生息している。だからか大森林側から人が来るとは考えられていないらしく、国境検問所が見当たらなかったので、村の門番に話しかけて検問を受ける。

言語はところどころ違うイントネーションだったし、単語も違うものがあったものの、会話は成立した。千年前までソレイユ王国と交流があったと歴史書に書かれていたのは、本当らしい。あと千年間であまり言語が変わっていないことに感謝した。

ただ言葉は通じても、ソレイユ王国から来たと告げて、当時まだAランクだったシルバーのギルドカードを見せたところ、かなり困惑された。

デザインは違うようだがきちんと国名が記されているし、テール王国は大森林の他に、三国と隣接している。違うデザインのギルドカードを、三種類は認識している。それに時々、他の大陸から来る者もいるそうだ。だから偽造を疑われたわけではない。

そう話されたうえで、何度もこの出身国で本当に合っているか確認してきた。どうやらソレイユ王国から人が来たことが、信じられないらしい。

大事《おおごと》なのか、村の冒険者ギルドに報告してくるから少し待っていてほしいと言われたので、その通りに待つ。すると遠くから、すさまじい魔力を感じた。

黒髪の俺が太刀打ち出来ないと瞬時に悟れるほどの、とんでもない魔力。そちらを見ると、青空を駆けている存在を発見した。

魔清を纏った馬だ。しかもどんどん近付いてくる。見かけたスピリットとは、あまりにも存在感が違う。もしかしてあれが、女神テールか？　そのような存在が、どうしてこちらに来るのだろう。あとデカいな。

まさかと思ったものの、馬はやはり俺の傍に下りた。普通の馬よりだいぶ大きいので、首が痛くなるほど見上げなければならない。だが光り輝いたかと思うと俺と同じくらいまで縮み、さらには人型に変化して、魔清が消えた。

魔清って消せるものだったのか。見た目だけなら、完全に人間である。膨大な魔力と、神々しいほどの美しさで、女神とわかるけれども。

『リュヌの気配を感じて、慌てて来てみたの。ああ、貴方からリュヌの魔力を感じるわ。それも、とても大きい。……そう、リュヌはまだ生きているのね。……良かった。本当に良かった』

頭に流れてくる声。彼女の口は動いていないので、思念だろうか。

リュヌとは誰だ？　そう考えてみても、返答はなかった。こちらの思考を読み取れるわけではないらしい。ただ門番と会話した時のような違和感がなく、俺の知っている言語そのままに聞こえたので、誰とでも意思疎通が可能なもののようだ。

涙ぐんで感激する彼女は、少しして落ち着いたあと、再び思念を送ってきた。

『私はテール。リュヌの眷属《けんぞく》よ、我が地に来てくれて嬉しいわ。それで、どのような用事かしら』

「……夜空に浮かぶ、月を確認しに」

『まぁ！　さすがはリュヌの眷属《けんぞく》ね。そうよね、気になるわよね。リュヌの縄張りからは、見えなくなってしまっているもの』

そう言われたので、あの絵本通り、この世界には月があると確信する。あとは前世と同じかどうか。天体の特徴がまったく違う可能性もある。

ところで俺はリュヌとやらの眷属《けんぞく》だそうだが、サッパリ見当が付かない。しかし喜んでいる彼女にリュヌなど知らないと告げたら、機嫌を損ねてしまうかもしれない。攻撃されたら一溜まりもない魔力差なので、誰かという疑問は内に秘めておく。

「月の満ち欠けを観察するため、ひと月ほどこの近辺に現れるが、構わないだろうか」

『もちろんよ。ぜひ見ていって。良ければ私の住処へ案内するわ』

「いや、なるべく大森林の中にいたいので、遠慮させてほしい。近くの村や街にも、必要なものを買いたい時だけ寄るつもりだ」

他国に長居する気はないし、女神に案内されようものなら、王やら重臣やらに押しかけられるかもしれない。もてなされるのは、このうえなく面倒だ。俺はただの冒険者だし、月を確認しにきただけなので、勘弁してほしい。

けれど強く勧められたら、女神相手なので断れない。そう思ったが。

『そうよね、リュヌの眷族だもの。彼女の縄張りの中にいないと、落ち着かないでしょう』

すんなり納得してくれた。

そうか、リュヌとは、エトワール大森林を縄張りにしている女神なのか。

大森林はほぼ木が生えているだけでありながら、ソレイユ王国と同等か、それ以上の面積がある。それだけ広大なら、神が縄張りにしていても不思議ではない。むしろソレイユ王国の領地でも、他国の領地でもなかった理由がハッキリした。

そして俺は、彼女の眷属《けんぞく》……リュヌの魔力の性質を、そっくりそのまま受け継いでいる。つまりリュヌは、闇属性の女神である。

確かに大森林は、闇属性の神が縄張りにしていると納得出来るほどに暗い。昼でも薄暗く、夜になると底知れぬ闇に沈む場所だ。それでも不思議と、居心地は良い。闇が優しく包んでくれるようにさえ感じる。なるほど、眷属《けんぞく》だからか。

しかしエトワール大森林なのに、女神の名はリュヌなんだな。それに女神テールが涙ぐむほど、姿を現していないと。俺と同じように、引き籠りなのだろうか？

女神テールは、いつの間にか来ていた冒険者ギルドの者達に、俺に良くするよう告げていた。リュヌの眷属《けんぞく》だからと。

彼らは身体をガチガチに緊張させて、何度も頭を下げる。国を見守る神というのは、人々にとって別格の存在らしい。

女神が再び大きな馬となり、空を駆けていくのを見送る。

そのあとは職員達にギルドまで案内されて、テール王国での決まりなどを聞いた。

いつものように大森林内でテントを張り、夜になると大森林から出て、月を観察する。写真を撮影したり、望遠鏡を覗いたり。女神テールが力を使ってくれているようで、昼に雨が降ったとしても夜は快晴になり、月がよく見えた。

淡く美しく輝いている月。望遠鏡で見たところクレーターがあったし、数日観察した結果、満ち欠けや位置についても前世と同じだと判明する。

ちなみに朝起きてから夜までは暇だったので、基本的には大森林でモンスターを討伐し、たまに村で素材を売却した。ソレイユとテールでは通貨が違うので、必要な分だけ。といっても、ひと月でかなりの金額を使ったが。

一年以上もかけて、しかも時々危険に陥りながら、大森林を抜けたのだ。せっかくなのでテールでしか買えないものを手に入れておきたくて、ギルドに頼んで検問で引っかからないよう紹介状を書いてもらい、離れた街にも足を運んだ。

ソレイユ王国のものとは微妙に構造が違う魔導具の数々に、テール王国で発行されている様々な分野の書籍を数百冊ほど。

それから食物。この国は大地の女神テールが見守っているため、農業が最も盛んである。しかも作物は上等なものばかりだ。だから料理をやらないくせに買いまくり、農業専用の魔導具までついつい購入してしまった。

他にも工芸品や、骨董品や、その他もろもろ。

必要以上に買いすぎてしまったのは、闇属性でも普通に髪を晒して歩いている光景に、気分が高揚したからかもしれない。差別されていないことが嬉しかったから。でもさすがに黒髪は一人もいなかったので、俺はフードを被ったままだった。

テール王国の人々は、半数が茶髪、つまり土属性である。女神テールの影響を受けているからだろう。彼女の力が、テール王国全土に広がっている証拠でもある。

ソレイユ王国も邪神が出現する以前は、珍しいながらも光属性がそれなりにいたと、歴史書に記載されていた。特に王族は皆、見事な金髪だったと。現在は『リュミエール』の主人公、リュカ・ソレイユくらいしかいないけれども。

いろんなものを購入し、なんだかんだと、ソレイユ王国の金額にして約三億Gを消費した。もう二度と来ないかもしれないからな。

ただ残念なことがあったとすれば、街で売られている武器や防具が、ソレイユ王国よりもだいぶ劣っていたことである。地上は女神テールに見守られているため、強い魔物がいないのだ。王都のほうに行けば、いくつかダンジョンがあるので強力な装備がたくさん売られていると聞いたが、そんな遠い場所まで行きたくなかったので諦めた。

月を観察していると、女神テールが来ることがあった。

彼女は月について聞きたがったので、俺の持っている知識を伝えた。月の位置が変わったり、欠けたりする理由など。このあたりはテールで購入した天文学書にも載っていたことだ。あとは重力についてや、昼夜での温度差などの前世の知識も。

俺が月のことを話すたび、彼女はとても喜んだ。さすがはリュヌの眷属《けんぞく》だと。俺を通して彼女を見ている……いや、なんだか孫を見るような目である。

逆に、こちらから質問することもあった。

「神ソレイユは眠りについているが、女神テールはソレイユ王国に来られないのか？　貴女は空を駆けられる。こちらに来て、神ソレイユを救うことは」

『残念だけど、行けないわ。ソレイユ王国には結界が張られているのよ。しかもソレイユ自身によるもの。だから我々は無闇に壊せないし、千年前にそちらで何が起こったかも知らないの。彼が無事かどうか……リュヌがどうして、姿を現さなくなってしまったのかも』

神ソレイユの結界が張られているなんて、初めて聞いた。邪神が他国へ逃げないように、閉じ込めるためか？　いやしかし、世界中にいる神々の力を借りたほうが、邪神を倒せるだろう。では他に理由があるのかと考えてみたが、邪神が月を隠しているのと何か関係があるかもしれない、くらいしか思い浮かばなかった。

ともかく約一ヶ月後。月を観察し終えた俺は、見送りに来てくれた女神テールに別れを告げて、大森林の奥深くへと戻った。

＊

「女神テールが言っていたように、俺は大森林にいるのが落ち着くんだ。あと故郷のソレイユ王国も。確かにあそこは穏やかな国だったし、闇属性への差別もない。だがやはり他国であって、俺のいるべき場所ではないと感じた。だから戻ってきた」

「えっと。まず君がリュヌという女神の眷属《けんぞく》なのに驚いたし、まさか女神テールと話しているなんて、思っていなかったというか……ザガン、すごすぎるね？」

「？　お前も神ソレイユの魔力の性質を、そっくりそのまま受け継いでいるではないか。リュカは、神ソレイユの眷属《けんぞく》だぞ」

いや、リュカはこの情報を知らないのか？　ゲームの設定資料集にあっただけだろうか。驚いたように瞬きする彼にそう思ったものの、数秒後には頷いた。

「ああ、そうだよね。城でもたまに言われてたけど、そもそも神ソレイユが実在しているかどうか曖昧《あいまい》だったから、忘れてた。今の話を聞くに、本当にいるんだね。……うん。とにかくどんな理由であれ、ザガンが俺の傍にいてくれるなら良いんだ」

ちゅっと髪にキスされ、抱き締められる。暑いが、それでも抵抗しなかった。今はリュカの腕の中が、最も落ち着く場所だから。恥ずかしいので本人には伝えないけれど。

リュカの肩に頭を置くと、後頭部を大きな掌で覆われ、撫でられながら包まれる。決して離さないと訴えてくる。それが、とても心地好い。

俺には今、リュカがいる。安らげる場所がある。

……あの者達には、そういう場所があるのだろうか？

「この国で生まれた闇属性達が全員、あの地で生まれていれば、平和に過ごせたのにな。せめてテール王国へ連れて行くことが出来れば、良いのだが」

けれど数百人を守りながら大森林を抜けるとなると、何年かかるか想像も付かない。それにきっと、半数以上が死んでしまう。それほどに大森林のモンスターは強い。

俺がテール王国に行けたのは、闇に潜めたからだ。そして、いくらでも身を隠せたから……独りきりで、守るものなんて、何もなかったから。

結局俺に出来ることは、とてつもなく少ない。星の欠片を守り、彼らが邪神に殺されないよう、邪神復活の目論見を砕くことだけ。

だが砕いたあとはどうする？　王に差別をなくすよう願うからと説得して。それで諦めてくれるなら良い。しかし諦めなかったら、捕らえて国に渡さなければならない。そうしたら全員処刑されるだろう。多くの人間を殺しているから。闇属性だからと。

だから願う。どうか諦めてくれ、そして隠れていてくれと。

「……ザガンは、本当に優しいね」

「優しい？　むしろ、とてつもなく残酷ではないか」

国の変化を望み、革命を起こそうとしている彼らに、停滞を強要するのだから。それも、同じ闇属性である俺が。星の欠片を最多数集めたところで、差別をなくすなんていう難しい願いは、王に却下される可能性もあるのに。

いやそもそも、来月を過ぎても、生きているかどうかが問題だ。結局のところ、行き着くのはそこである。あれこれ考えたところで、死んだら意味がない。

「リュカ、そろそろ中に戻るぞ。花火までだいぶ時間があるから、作業する」

「そうだね。それに熱中症になったら、大変だものね」

リュカが腕を緩めたので、落ちていたカップやスプーンを拾う。カキ氷を食べるだけだったはずなのに、随分話し込んでしまった。それにやはり夏は暑く、汗をかいている。早く九月下旬になってほしいような、ほしくないような。

部屋に入るとすぐに、リュカが麦茶を入れてくれた。それを飲み干してから、リビングのクッションに座り、作業を再開する。

後ろのソファに座ったリュカは、魔導具を見ながらも手持ち無沙汰のようだ。昼飯にはまだ早いし、何か時間を潰せるものはあったか……

「そういえば、テール王国で驚いたことが一つある。あの国では、スピリットもモンスター同様に討伐するんだ。農作物を荒らす奴は、全て討伐対象になる。逆に害のないモンスターは、放置しておくことが多い」

「えっ、スピリットも倒しちゃうんだ。そっか、魔清か魔瘴かの違いだけで、どちらも魔物だものね。魔清から生まれたら人間に友好的、というわけではないのか。でもモンスターを放置していても危険じゃないなんて、テール王国はすごいな」

「ソレイユ王国のモンスターは、気性が荒いからな。人間を見ると、問答無用で攻撃してくる。そういう意味では、まだ大森林のモンスターのほうが大人しいかもしれない。ただしモンスター自体とても多くて強いから、危険には変わりないが」

あちこちで魔瘴が発生するため、モンスターが蔓延《はびこ》っているエトワール大森林。こちらから手出ししなければ、何もしてこない種族はそれなりにいるものの、人間かどうか関係なく襲ってくる種も相当数いる。しかも強い。

だがゲームでのザガンは、子供でありながら大森林を抜けられた。何ヶ月もかかったということは、捨てられた場所はそれなりに奥だっただろうに。あくまでもゲーム設定であるが、それでもザガンはすごいと感じる。

「良かったら、テールで購入した魔物辞典を見てみるか？　知らないスピリットがたくさん載っていて、なかなか面白かったんだが」

「ふふ。ザガンのお薦めだね？　ぜひ見せてほしいな」

「べ、つに。そういう本なら、リュカも楽しめるかと思っただけだ。何をしているかわからない魔導具製作を眺めるよりも、良いだろう」

嬉しそうな笑顔にちょっと照れてしまったが、気を取り直して、バッグから魔物辞典を数冊出す。それをリュカに渡すと、彼は麦茶を飲み干してから受け取った。さっそく開いているので、俺も作業に集中することにする。

と思ったが、数分もせずに話しかけられた。

「ねぇザガン。これ、テール王国の地図なんだけど。……《エトワール大森林》のところが、《リュヌ大森林》になってる」

どういうことだ？　咄嗟《とっさ》に振り返り、彼の膝上にある本を覗いてみる。

表紙を開いてすぐの、折り込み。そこには確かに、《リュヌ大森林》と書かれていた。この本だけか、それとも他でもリュヌ大森林なのか。

確かテールで購入したものの中には、世界地図もあったはずだ。いろんなものを買いまくっていたので、本当に地図を購入していたか半信半疑だったが、バッグの中を探したら発見した。リュカの隣に移動して、その地図を広げてみる。

広大な海と、山と、森に囲まれているのがソレイユ王国。地図にもソレイユと書かれている。そして隣接している大森林の名前は――リュヌ。

「ソレイユ王国はそのままソレイユって書いてあるように読めるけど、テール王国と言葉が違うわけではないんだよね？」

「ああ、言葉はだいたい同じだ。それに神名と地名はどこも同じのようだから、女神テールが『リュヌの縄張り』と言っていた以上、《リュヌ大森林》が正しいのだろう」

「つまりソレイユ王国が、意図的に名前を変えたんだね。これも千年前の王家が関わっているのかな。うーん、また兄上に手紙を書かないと」

千年前に神ソレイユと邪神がぶつかり、どちらも倒れた。

だがそれだけではないと、今なら推測出来る。

どうして邪神は、月を隠しているのだろう。どうして神ソレイユは、国を覆うほどの結界を張っているのか。ソレイユの民に月が伝わっていない……月の存在を隠蔽された理由。名前を変えられた、リュヌ大森林。

「ねぇザガン。もしかして女神リュヌって、月の女神か、邪神の、どちらかだったりしない？」

そんなリュカの問いかけに、逡巡《しゅんじゅん》する。

「……そうだな。まず月の女神かどうかだが……《太陽の神》が光属性で、《邪神》が闇属性なら、《月の女神》は聖属性だろうと、勝手に思っていた」

呼び名がなかった神々に、印象や名前を付けたのは人間である。

光属性である神を《太陽の神》とし、ソレイユと名付けた。土属性である女神を《大地の女神》と称え、テールと名付けた。

では闇属性の女神に、《月の女神》という印象は合っているか否か。

「言われてみれば、月の女神だと、聖属性のほうがしっくりくるかも」

リュカも月の写真を見たからか、そのイメージを持ったようだ。それに絵本でも、月の女神は銀髪に描かれていた。念のため絵本を出して表紙を見てみるが、やはり銀……いや、一筋だけ銀色が入っていて、他は塗られていないな？

全てに魔力が宿っているこの世界で、白髪は死人である。つまり死んだという暗示か、それとも意図的に塗っていないのか。――本当は、黒髪だから？

「そういえば女神テールは、俺が月を確認することに対し、さすがリュヌの眷属《けんぞく》だと褒めていた。月の話をするたび、嬉しそうにしていた。そうなるとやはり、女神リュヌが、月の女神かもしれない。断定は出来ないが」

「ううん、良いんだよ。そもそも月の女神自体、実在してるかわからないしね。月は実際あったけど、女神のほうは、その絵本の創作の可能性もあるでしょ？」

頷く。確かにこれはあくまでも、月が存在していることを後世に伝えるための本かもしれない。

神々の関係までが、絵本通りとは限らないだろう。

「それと、邪神かどうかについてだが。女神テールは、女神リュヌが生きていることを喜んでいたし、神ソレイユとも良好な関係のようだった。だからリュヌが邪神だとすると、だいぶ複雑な関係になってしまう」

「ソレイユとリュヌが争い、しかしテールはどちらとも友人……うん、面倒臭い。そんな状況に国民が千年間も巻き込まれているなんて、思いたくないなぁ」

眉を寄せつつも、目を瞑《つむ》ってじっと考えるリュカ。ソレイユ王国に纏わる秘密だ。王子として、どうしても理由が知りたいのだろう。

「すまないリュカ。俺が女神テールに、ちゃんと聞いておけば良かった。その……あの時はまだ、ソレイユ王国の者達が月を知らないということを知らなかったし、絵本の内容についても、深く考えていなかったから」

「ああ、謝らないでザガン。君は悪くないよ。そろそろお腹空いたね。祭りの日だし、焼きそばでも食べようか」

柔らかく微笑まれ、頭を撫でられた。そして額に、ちゅっとキスされる。大袈裟に慰められて、少々照れてしまう。どう考えても、リュカのほうが優しいと思うぞ。


焼きそばを食べたあとは、魔導具製作の続き……ではなく、マジックバッグの中を整理した。テールで買った本をシンディに読んでもらえば、何か見つかるかもしれないと思ったから。五百冊以上あるが、彼女なら読めるはずだ。

ついでに大量の食材や、スピリットを討伐して入手していた、ソレイユ王国では得られない素材の数々。他にもノエル達が使えそうなものを、片っ端からリュカに譲渡した。

夕食後は、リュカと共にテラスで花火を見たが……やはり抱かれてしまった。ゲームでのヒロイン達は大変だと、人事のように考えていたせいだろうか。それともリュカに抱き締められると、どうしても抵抗出来なくなってしまうからか？

本当に大変だった。快楽で死にそうなくらい気持ち良かった。

そしていつも通り、後半ほぼ覚えていないまま、気付けば朝になっていた。

＊

朝食を終えたあと、先にダンジョンへ向かうリュカ達を見送るのは、少々面倒だった。リュカが俺に引っ付いて、離れようとしないせいで。

「ううう、ザガンとずっと一緒にいたい……離れたくない」

気持ちはわからなくもないが、すでにノエル達は玄関を出ていて、待っている状態だ。だから当然、彼女達から言葉が飛んでくる。

「こらリュカ！　いつまで私達を待たせる気だい⁉」

「お主が放さないと、ザガンの作業が滞るぞ。間に合わないと困るのであろう？」

ミランダから怒鳴《どな》られ、カミラから窘められる。それでも動こうとしないリュカ。作業は予定より順調だが、言ったらさらに離れなくなりそうなので、黙っておく。

「リュカ、そろそろ行け。あまりノエル達を待たせるな」

背中を叩いて促してみると、さすがに俺に言われたからか、渋々顔を上げて腕を緩めた。その隙に、中に戻ってきていたミランダとカミラに引き摺られていく。

「あああああっ、ザガンまたね！　気を付けてね！」

「ああ、またな」

最後にノエルが顔を出して、笑顔で手を振ってきたので頷くと、扉が閉じられた。騒々しい別れになったが、しんみりされるよりマシなので良しとする。また二週間後には、会えるのだし。

俺はもうしばらく作業して、片付けたのは夕方過ぎ。

夜、リュカに託されていた鍵をきちんとかけて、別荘を出る。波の音を聞きながら砂浜を歩き、門を出たらまた施錠。まるで自宅から出るような感覚に、頬が緩む。

この五日間、とても楽しかった。リュカ、ノエル、ミランダ、ニナ、カミラ、ベネット、シンディ。彼らと共に過ごした、平穏な生活。

朝起きたらリュカが隣で寝ていて、皆で朝食を食べたあとは、カミラと同じ空間で作業しながらリュカ達の鍛錬する様子を眺めた。昼前にはベネットの料理する音が聞こえてきて、昼食はシンディがいなかったものの、夕食は全員で時間を共有した。

夕食後、後ろのソファに腰かけて作業を見ていたノエル。その隣にはニナが座り、ミランダも結局いつも、リュカ達が戻ってくるまでダイニングにいた。

そして夜は、リュカと……やはり五日連続はとてつもなく大変だったが、それでも気持ち良かったのは、確かである。

とにかく一時的でも彼女達と仲間になれたような気がしたし、ノエルと十四年前よりも家族らしく暮らせたのは、奇跡と思えるほどに嬉しかった。

ただ不思議なことに、それ以上にリュカと家族のような生活を送れたことに、多大な喜びが湧いている。俺を心から愛してくれているからだろうか？　ずっと共にいたいと願うほどに、俺を望んでくれているからか。

今まで独りで生きてきた。闇属性であるがゆえに屋敷から出て、結果的に家族を失い、父上からいただいた名も捨てた。ずっと孤独のまま、生き続けるのだと思っていた。

けれどリュカに出会った。属性など気にせず俺を好きになり、話しかけてくれた。デートに誘ってくれた。告白までして、何度も愛を伝えてくれた。

男だとか、闇属性だからとか、独りで生きてきた強さが失われていく恐怖とか。いろいろな要素が絡んで告白を断ってしまったのに、リュカは待つと言ってくれた。まだ友人で良い、ゆっくり恋まで育てるからと。

そんなふうに俺を心から望み、大切にしてくれて。今回も、家族と暮らすというのはこういうものだと、教えてくれるような生活だった。それが本当に嬉しかった。

しかし自分の中にある、リュカへの大切という想いが何かは、まだよくわからない。ぶっちゃけ友人であっても、同居は可能である。

それにどれだけ愛され求められても、俺は闇属性だ。いつか別れが来るかもしれないという可能性が、頭の片隅で主張し続けている。その前に死ぬ可能性も。

いやもちろん、絶対生きてみせる。

明日からも滞りなく作業するためにも、そろそろ移動しよう。

屋敷に背を向けようとし、けれどふとある言葉が浮かんできて、動きを止めた。

一瞬迷ったものの、それでも告げる。わずかな時間だけでもリュカ達と家族のように過ごした、その思い出に向かって。

「――いって、きます」

この世界に転生して、初めて口にする言葉。屋敷で遠くから見送ってくれた母上にも、ノエルと彼女を抱えていた執事、大森林まで送ってくれた父上にさえ言えなかった。あの頃を思い出すと、今でも胸が痛む。

だが俺はザガンだ。たとえ血が繋がっていても、とっくに彼らの家族ではない。

……俺に帰る家などない。今までも、これからも。この国が変わらない限り……差別がなくならない限り、リュカと暮らすことは出来ない。

今度こそ背を向けて、歩き出す。

そしてすぐに、闇へと紛れた。

おまけ

浴衣エッチ

おまけ　浴衣エッチ

夜七時から花火が上がるので、夕飯をきちんと済ませ、数分前にはリュカとテラスに出た。昼間より涼しく、風も少し吹いているので、浴衣姿だとちょうど良く感じられる。

リュカが言うには、花火は同時に数ヶ所で上がるらしい。大都市は広いし人口も多いので、一ヶ所だけだと人が密集してしまうからと。そのうちの一つがここから近いので、敷地外に出なくても見えるということだ。

花火はすぐに上がった。結構近く、音もすぐに届いてくる。

ヒュー……ドンッ！　パラパラパラ……

いくつも上がる、夜空に咲く美しい大輪の花。前世と変わらない色とりどりの鮮やかさと、心臓に響く大きな音に、懐かしさを覚える。俺にとっては、一番の夏の風物詩だ。

「綺麗だね」

「ああ、そうだな」

花火の音に声が掻き消されないのは、花火が少し離れているのと、リュカがとても近くにいるからである。腰を抱かれ、頭に頬を押し付けられている状態。しかもわざわざ耳元に唇を近付けて囁《ささや》くので、くすぐったい。咄嗟《とっさ》に肩を縮ませると、嬉しそうに喉を震わせ、頭にキスしてくるし。

「花火に夢中なザガン、可愛い」

「……可愛くないし、お前もちゃんと花火を見ろ」

「見てるよ。ザガンの綺麗な肌に、反射している花火を。ほら、ザガンの頬が赤くなってる」

ちゅっと頬にキスされた。それは屁理屈と言わないか？

というか、せめて十分は何もせず大人しくしていてほしい。そうすれば屋敷に入るから。いくら花火が綺麗でも、一時間以上眺めるような情緒は持ち合わせていない。

けれどリュカは、まだ三分も経っていないのに、キスしてくる。太腿から尻までをゆっくり撫でられて、震えそうになる。

「今日ずっと思っていたことなんだけど、ザガンの浴衣姿、お尻のラインがすごく色っぽいんだよね。触りたくて、我慢するのが大変だったよ」

「ん、……こらリュカ、尻は撫でるな」

花火に集中出来ないし、このままでは外で抱かれてしまう。ゲームと同じように、またも青姦になってしまう。祭りに行くわけではないから、今回は関係ないと思っていたのに。

「っ……あ、ん……」

尻の間を指が通っていくせいで、びくりと身体が跳ねた。しかも浴衣の上からなのに、的確にアナルの場所を当てて、弄ってくる。足から力が抜けそうになり、慌ててテラスの柱を掴んだ。

「立っているの、つらいね。座ろっか？」

「……中に戻ってから、すれば良いだろう」

「ベッドに行くと浴衣を一気に脱がしちゃいそうだから、俺は外が良いな。ねぇザガン。誰も見ていないから、外でしよう？　ね？」

耳を食《は》まれ、ピチャリと舐められる。ゾクゾクして腰が震えるし、尻に力が入り、谷間でリュカの指を挟んでしまった。すると嬉しそうに笑われる。

「耳を苛められたのに、お尻がきゅってなったね。ザガン可愛いなぁ」

「う……リュカが、そうしたのだろう」

「うん、そうだね。ザガンがどんな刺激でも、お尻を疼《うず》かせるようになってくれて嬉しい。今夜もいっぱい奥を突いてあげるからね。もっともっとエッチになろう？」

なりたくないので頷かないでいると、後ろから抱き締められて、下腹部を撫でられた。その手が浴衣の中に入ってきて、直に太腿を撫でてくるから、ビクッと反応してしまう。さらにはパンツ越しにペニスまで揉んできて、身悶えずにはいられない。

「ふふ、ザガンの可愛い童貞おちんちん、もう勃起してエッチな蜜を滲《にじ》ませてる。後ろをちょっと弄られただけなのにね」

「ふ、ぁ……ん、触るな……」

「うんうん、こっちじゃなくて、お尻に入れられてイきたいよね。ザガンの可愛いおちんちんは、おしっこするだけの場所だもの」

外でセックスしたくないから拒否しているのに、わざとリュカの都合良いように変換するのは、どうにかならないのか。恥ずかしくて顔が熱くなってしまう。

火照った頬にキスされたあと、また耳を食《は》まれた。それだけでゾクゾクして背中が撓る。うう、気持ち良い。先端を弄られているペニスも気持ち良い。

「は……ん、リュカ……やめ……」

「このままだと、パンツがびしょびしょになっちゃうね。脱いじゃおうか」

頷いていないのに抱えられ、テラスに座らされた。そしてパンツを下ろされる。両足から抜かれて完全に脱がされると、リュカはそのパンツに、顔を押し付けた……って。

「そんなもの嗅ぐなっ」

「ザガンのエッチな匂いがする……はぁ、これだけでイきそう」

恍惚とした表情でそんなことを抜かす男に、ブワッと体温が上がる。くそ、エロゲ主人公め！

だがいくら睨んでもどこ吹く風だし、しかも人のパンツなのに懐に入れた。あれはもう返ってくる気がしない。諦めて息を吐き、夜空を見上げる。はぁ、花火が綺麗だ。

「うーん。浴衣の隙間から覗くザガンの足、エッチすぎてどうにかなりそう」

「どうにかなってしまえ」

ボソッと呟いたが、彼には聞こえたようだ。楽しげに喉を鳴らして、肩に頭を置いてくる。

「ザガンがいつもより言い返してくる。ツンツンしていて可愛いなぁ」

「……別に、お前との行為が、嫌というわけではないからな」

拒絶した態度を取りすぎて悲しませるかもしれないと思うと、言い訳せずにはいられなかった。

なおリュカは、ぐぅっと喉から変な音を出す。

「ねぇ、ホントに可愛すぎるんだけど？　ザガンは俺にどうしてほしいの？　暴走させて、今すぐ奥までぐちゃぐちゃに犯してほしいの？」

「いや、そんなつもりはない。……ぁ、リュカ……」

リュカは背後から俺を抱えるように座り直すと、今度は胸元に手を入れてきた。前を広げられ、肩まで露出されたあと、乳首を摘まれる。両方ともクリクリ弄られて、身体が震えてしまう。

「あ、ん……、……んぅ」

「乳首、またちょっとだけ、ぷっくりになったね。それに感度もちゃんと上がってる。ねぇザガン、もしかして服に擦れて痛くなったり、感じちゃったりしてない？」

「ふぁ……まだ、してない……ん」

「そっか、まだしてないか。ふふ、ホント可愛い」

上機嫌でうなじにキスしてくる。強く吸われて、キスマークも付けられた。今日はよく付けてくるが、浴衣だからか？

乳首を弄られ続けるせいで緩やかな快感が全身へと巡り、だんだん下腹部が疼《うず》いてきた。何も咥《くわ》えていない物足りなさに、アナルがヒクヒク収縮する。

この数日間で、本当にリュカのものを入れてほしくなるなんて、思いもしなかった。しかも意識したせいか、さらに足りなくなる。うう、どうすれば。

「ぁん……リュカ、リュカ……」

我慢出来なくなり、リュカの勃起しているペニスに、尻を押し付けた。だが布越しなのでどうにもならず、何度も擦り付けてしまう。早く、早く疼《うず》いている胎内を、なんとかしてほしい。

「お尻カクカクしてる。ザガン、もしかして入れてほしいの？」

「ん、ん……ぁん」

もどかしさのあまり頷いてしまったが、リュカは揶揄《からか》ってこなかった。むしろ労るように頬にキスしてくる。促されるまま背後に視線を向けると、柔らかく微笑まれた。

「俺のペニス、エッチなお尻に入れてって、言える？」

すぐさま首を横に振った。そんなのは無理だ、恥ずかしくて絶対言えない。……いや、焦らしに焦らされたら、わからないけれど。

「やっぱり、いきなりおねだりするのは難しいんだね。俺としても、無理矢理言わせたいわけじゃないし。じゃあ今回は、どっちが良いか頷くだけにしようか。今すぐ中に入れてほしいか、それとも、舐めてから入れられたいか」

譲歩してくれたことに、ホッと吐息が零れる。頷くだけなら出来そうだ。

「ここに、すぐ入れてほしい？」

下腹部を撫でられたが、首を横に振る。昨夜のような、酷すぎる羞恥は感じたくない。そもそも俺は淫乱ではないから、いきなり入れようとしても入らない、はずだ。

「いつもみたいに、舐めてから入れようか？」

頷いた。それなら受け入れられる。恥ずかしいが、確かにいつもされていることだから。

「じゃあザガンのエッチなお尻、いっぱい舐めてトロトロにしてから、入れてあげるね」

「……ん」

もう一度コクリと頷くと、リュカは嬉しそうに笑みを零した。

＊

身体を痛めないよう、わざわざ室内に戻ってラグやクッションを持ってくるくらいなら、部屋に戻れば良いのではないか？　冷静な部分ではそう考えるも、男としては、花火を見ながらセックスするというシチュエーションに滾《たぎ》るのも理解出来るので、仕方なく受け入れる。

今回だけだからな。今後は外でなんて、ヤらないからな。

クッションを抱えてラグの上に四つん這《は》いになると、はだけている背中に唇を寄せられた。

「ザガン、膝痛くない？」

「ん……大丈夫だ」

「なら良かった。ふふ、きちんと着てるのも良いけど、乱れているのも魅力的だね。いつもと違った艶やかさがある。ザガン、すごく官能的で綺麗だよ」

浴衣の上から尻を撫でられ、太腿も撫でられた。その手はゆっくり前に移動すると、浴衣の中に入ってくる。すると今度は直に太腿を撫でられ、尻に移動しながら浴衣を捲られた。少しずつ快感を呼び起こされる愛撫に、吐息が漏れる。

完全に露出し、外気に晒された尻。掴まれて両親指で左右に開かれると、間に顔を埋められた。そんな場所を嗅がれる羞恥と、かかる吐息の刺激で、震えてしまう。しかもキスされ、ぺろりと舐められた。じんわり染み込んでくる、リュカの魔力が気持ち良い。

「は……、ん……ぁん……」

「ん。ちょっと舐めただけで、ふっくらした可愛い縁がパクパク息づいてる。ふふ、ずいぶんエッチな身体になっちゃったよね」

「……そんな。それは、リュカが……」

「もちろん、俺がそうしたんだ。ザガンが俺のためにエッチになってくれて、すごく嬉しい」

「…………ん」

頷いたら、いつものようにいっぱい舐められた。れろれろ、ぴちゃぴちゃ。音を立てて舐め回されるし、唾液を入れられながら、舌先でくりくり弄られる。ああ、気持ち良い。気持ち良くて、尻が震えてしまう。

中に舌が入ってくると、括約筋を広げられる感覚にゾクゾクした。全身が大きく戦慄《わなな》くものの、尻はリュカにガッチリ掴まれているので、舌が抜けることはない。

「はぁ……あ、あん……ん、あ」

舐め回されて、括約筋を解かされていく。喘ぎ声は花火の音で掻き消されるけれど、ちゅぷちゅぷ鳴る唾液音は身体から響いてくるせいか、どうしても聞こえてしまう。快楽に羞恥を上乗せされて、さらに身体が震える。

リュカに舐められるの、気持ち良い。堪らない。でも出来れば、もっと奥までほしい。リュカの大きいペニスで、奥の奥まで満たしてほし……いや違う、俺は淫乱じゃない。胎内がきゅんきゅん蠢《うごめ》いているなんて気のせいだ。もっと、もっと奥まで欲しい、なんて。

「ぁん……ん、あ、あふ……んっ」

「ん、可愛い声。でもちょっと、花火がうるさいかも」

舌が抜けていき、括約筋がいきなり狭まったことで、小さく尻が跳ねた。快感が巡っているせいで、全身がヒクヒク痙攣《けいれん》している。だが腹の奥は、もっとヒクヒクしていた。足りない。どうしても足りなくて、腰を揺らしてしまう。

自分の身体が情けなくて、じわりと涙が滲《にじ》んだ。もうだいぶ、淫乱になっている気がする。リュカは本当に、こんな身体が好みなんだろうか。いざ淫乱になった時に、嫌がらないか？　今のところは愛おしそうに、アナルにキスしてくるけれど。

「ねぇザガン。そろそろ入れて良い？」

腰を掴まれて、ペニスを宛がわれた。ぷちゅりと触れてくる先端の熱さに、自然と吐息が漏れていくし、勝手にアナルが開く。

すぐに入れられると思ったが、何故かペニスは離れた。またぷちゅりと触れてきたものの、また離れる。もどかしくて背後にのろのろ視線を向けると、リュカと目が合った。ニッコリ微笑まれて、背中に覆い被さられる。

「ふふ。エッチなお尻にちゅーされるの、気持ち良いね？」

「ぁん……わかったから、早く、入れろ……」

「……、……うん。ありがとうザガン」

リュカは一瞬目を見開くと、すぐに蕩《とろ》けるような笑みに変わった。どうして礼を言ったのか。そう疑問には思ったものの、ペニスが入ってきて考える余裕がなくなる。

太いもので括約筋をいっぱいに広げられながら、腸壁を侵食されていく。途中、カリで前立腺を刺激されるから、ぶるりと背筋が震えた。反射的に締め付けそうになったけれど、もっと奥まで来るはずなので、胎内を開くように心がける。

「んあ……ふ……、ん、ん」

「ん、今日もトロトロで気持ち良いよ。そのまま、……は」

少しずつ満たされながら、直腸を押し上げられていく。緩める努力をしているからか、引っかからずに結腸手前まで侵入してきた。

リュカが埋まっている感覚と、滲《にじ》んでくる光の魔力に、身体がビクビク痙攣《けいれん》する。視界がチカチカ点滅する。疼《うず》いていた場所を埋められて、心が、身体が満たされる。気持ち良い、リュカに抱かれるの、とてつもなく気持ち良い。

「ふぁあ……リュカ、……ぁん、ん——……」

背中からぎゅっと抱き締められて、下腹部を撫でられた。大きな掌のあったかさと、そこにリュカのペニスが埋まっているという事実に、思考が蕩《とろ》けていく。

「はぁ、ザガンの中すごく蠢《うごめ》いてるし、きゅうきゅう搾ってくる。ふふ、今日も入れただけでイっちゃったね。お尻を舐めてから入れると、イきやすいのかな？　ホント可愛いなぁ」

「んぁ？　……あ、ぁん、……んっ」

頭がふわふわするし、花火の音と同時だったこともあり、後半がよく聞こえなかった。それにすぐに腰を動かされ、意識を持っていかれる。奥を軽くつつかれただけで、腰が痙攣《けいれん》する。

「ふぁ、あ、……あぅ、……あ、あ、ん」

ずるずる引き抜かれていき、またずるずる奥まで埋め込まれた。小刻みに突かれたら、ぐるぐる掻き混ぜられる。そうして奥を柔らかく解されたあとには、いつものように、結腸まで埋められるのだ。ああ入ってきた。奥の奥まで。すごい、すごく気持ち良くて、蕩《とろ》けてしまう。

「んあぁ、あ……んん、ん……あ、あう」

「はっ、あ……ザガン、気持ち、良い？」

「ん、きもち、いい……ふぁ」

「可愛い。ザガン大好き。んっ……ザガン、大好きだよ」

感極まったように何度も愛を囁《ささや》いてくるから、胸が甘く疼《うず》いた。ついでに胎内も強く締め付けてしまい、背中が弓なりに反れる。

奥まで抉られるたび、ブワブワッと全身に快感が広がった。我慢出来なくて、自分からも腰を揺らして、胎内を混ぜてしまう。気持ち良い、背中から抱き締められてリュカの温もりに包まれながら、熱くて硬いリュカのペニスでいっぱいにされているのが、本当に気持ち良い。

「あ、ぁ、リュカ……もうイく、あ、あ」

「はぁ……ザガン、ザガン……ッ」

イくと言ったからか、より激しく奥を突かれた。括約筋も腸壁もたくさん擦られて、身体が大きく震えるし、逃げるように腰を振ってしまう。それでもなお奥を抉られる。

「ぁ……っ、あ、ん――……ッ！」

ビクビクビクッと、脳天まで駆け抜けていく快感。イってる、イってる。とても気持ち良い。

イきながらペニスを強く締め付けたからか、背に覆い被さっているリュカが、耳元で呻《うめ》き声を漏らした。熱い吐息にゾクゾクして、さらに快感が溢れる。

「は、っ……ぁ、く……っ！」

「ッ――……、――……」

結腸奥に精液を出されて、その熱さに全身がガクガク痙攣《けいれん》した。リュカの魔力に侵されて、自分の魔力が外に放出されていく。まるで俺が、リュカのものに塗り替えられていくよう。しかもそれが不思議と嬉しくて、胸があったかくなる。

「ん……ふぁ、ん……、ん……」

快感の余韻に浸っていたら、うなじにキスされ、ペニスが出ていった。満たされていたものがなくなる感覚や、きゅっと縮む括約筋に、小さく震えてしまう。

抜かれたのに動けないでいると、突き出していた尻を横に倒された。胎内から、ぬちゅりと艶《なま》めかしい音が聞こえてくる。そのまま仰向けにまでされると、涙でぼんやりしている視界の中、恍惚としているリュカを見つける。

「自分の精液で、浴衣汚しちゃったね。それにこんなに乱れて……今のザガン、すごくエッチだ」

「……、…………」

反論しようとして唇を開いたが、声にならない音が漏れただけだった。快感の余韻から抜け出せない。それにまだ一度しか射精されておらず、もっとたくさんリュカの魔力が欲しいと胎内が訴えており、どうしても腰を揺らしてしまう。

返事が出来ないまま身動ぎしていると、額に張り付いていた髪を優しく梳《す》かれて、涙の零れていた眦《まなじり》も拭われた。そしてちゅっと、唇にキスされる。閉じていなかった咥内に舌が入ってきて、舌先が触れ合い、そっと舐められる。

ちゅ、ちゅ……と唇を吸われながら、時々触れる舌先。慈しむような、柔らかくて優しいキス。心地好さに酔いしれていると、唇が離れていった。代わりに頬を撫でられる。

「そろそろ花火、終わっちゃうね」

「……そう、か」

ようやく言葉を返せた。ふわふわしていた頭も、少し治まっている。

花火が終わるなら、今夜のセックスも終わりだろう。皆が帰ってくる前に、汚れてしまったラグやクッションを、片付けなければならない。物足りない気はするが、淫乱になりたくないので我慢しよう。時間が経てば疼《うず》きも消えるはずだ。

などと考えながら、最後とばかりにたくさんの花火が打ち上げられる光景に、目を奪われていたのがいけなかったのだろうか？　ふと気付けば両足を抱えられていて、晒されたアナルに再びペニスを宛がわれていた。

「ふぁ？　や……リュカ、皆が帰ってくる、のではっ……あっ、んぅうう」

先程まで入れられていたせいで、にゅぷにゅぷと簡単に奥まで埋まってきた。再びリュカのペニスで胎内を満たされ、しかも先程出された精液をゆっくり塗り込まれるものだから、すぐに快感が湧く。すごく気持ち良くて、身悶えてしまう。

「確かにこのままだと、みんな帰ってきちゃうね。だから大丈夫なように、俺の首に腕を回して、しがみ付いてくれる？」

「わ、わかった……っ、あ、あ」

動かれて奥を刺激されるのをどうにかしたくて、言われた通りリュカの首に腕を回し、ぎゅっと抱き付いた。すると足を抱えられたまま、……えっ、なん。

「ひっ⁉　……ああ、あ……ゃ、やめ、リュカ、んぁあっ！」

ぐわっと持ち上げられて、重力でリュカのペニスを思いっきり奥まで咥《くわ》えた。しかもリュカは、俺の頬にキスすると、そのまま歩き出す。振動がすごくてガクガクするし、涙が溢れた。これはまさか、駅弁スタイルというものでは。

あ、あ、嘘だ。これイっている。射精はしていないものの、またイってしまっている。気持ち良い、気持ち良い。

「んあぁ、や……これ、深いぃ……イってる、あ、あんん……っ」

「はぁ……可愛い。ザガン、すごく可愛い。このまま寝室まで運んであげるからね。落としたくないから、そのまましっかり抱き付いて、ペニスもぐもぐしてて？」

むしろ落としてほしいのだが、イっているせいで身体から力が抜けなかった。リュカにしがみ付いて、ペニスをきつく締め付けるばかり。

窓を開けてリビングに入り、窓を閉めるという動作を、触手でしているのが視界に入ってきた。触手一本出した程度ではペニスが萎《な》えないくらい、魔力操作が上達している。

それは良い。それは良いから、もう下ろしてほしい。大きく揺さ振られ、奥深くまで抉られるせいで、ずっと軽くイってしまっている。ビクンビクンと身体が跳ね続ける。頭がふわふわする。

「やぁ、あ……止まれ、リュカぁ」

「ん？　ここで止まってほしいんだね。じゃあしばらくここで、揺さ振ってあげる」

「ち、ちがっ……おろし、あ、ぁ、あんっ」

「ふふ、可愛い鳴き声。せっかくの祭りだもの、食べ歩きもしないとね。ほらザガン。歩きながらペニスもぐもぐするの、美味しいね？」

「やぁ……あ、あんんっ……あ、あふ……んっ」

「もう飛んじゃってるかな？　ザガン、また俺のミルク、ゴックンしてくれる？」

「ふぁあ……あ、ぁ……する、するからぁ」

「ホント？　ザガンのエッチなお尻、上手にミルク、ゴックン出来る？」

「ん、できる。ごっくんできる……」

「んんんっ。ザガンが可愛すぎて、どうにかなりそう」

気持ち良さのあまりに空イキしすぎて、よくわからなくなっていた。強烈な快楽で全身が痙攣《けいれん》しているし、涙も零れる。鼻を啜《すす》るたび、ちゅ、ちゅ、と頬にキスされる。

移動する振動で奥を抉られ、時折その場に止まられて立ったまま揺さ振られて、びゅくびゅく中出しされた。リュカの子種が胎内で暴れ回る。ふぁ、気持ち良い。

そんなふうに抱かれ続けて、いつ寝室に辿り着いたのかもあやふやなまま、ベッドに下ろされてもペニスを抜いてもらえず……

いつ眠ったのかさえ不明なまま、気付けば朝になっていた。

＊

朝陽が差し込んでいる室内。気持ち良さそうに眠っているリュカ。

状況を理解したあと、見ていたらだんだん腹が立ってきたので、昨日と同じくベシッと脇腹を叩いた。起こさないよう加減はしたが。

はぁ、まだリュカのペニスが挟まっている感覚がする。いったいどれくらいの時間、埋められていたんだろう。タプタプ入っている精液も、いつもより多い。

しばらくはリュカに引っ付いて、腹に意識を集中させた。こんなに溜まったままだと動いたら漏れてしまうので、光の魔力をゆっくり全身に巡らせながら、闇の魔力へと変換していく。リュカの魔力が浸透してくる感覚は、とても心地好い。

そうして消化しているうちに、リュカが目を覚ました。ぼんやりしながらも俺を見て、蕩《とろ》けるような甘い微笑を向けてくる。

「おはようザガン。今日も可愛いね」

「……おはようリュカ」

どうやら俺は、リュカの顔……特に笑顔に弱いらしい。起きたら文句の一つくらい言いたかったのに、その気が失せてしまった。まぁ、今日からまたダンジョン攻略だからな。二週間は会えなくなるので、怒らないでおいてやる。

結局いつものように抱き締められ、リュカの優しくあたたかい温もりに包まれる。

「ああ、放したくないなぁ。ずっとこうしていたい」

「……あと三十分くらいなら、許されるんじゃないか？」

「そうだね。ふふ、ザガン大好き」

その言葉にコクリと頷くと、嬉しそうに頭に頬を擦り寄せられた。

ちなみに、名残惜しげにベッドを出たあと。準備を終えてリビングに行くと、テラスに置きっぱなしにしていたラグやクッションが、回収されていた。誰も言及してこないのでスルーさせてもらったが、どうにも居た堪れない。

……本当にもう絶対、外ではしないからな。

ハッピーエンドのその先へ ー
ファンタジックなボーイズラブ小説レーベル

アンダルシュノベルズ

&arche NOVELS

美しき悪役による
執愛の逆転劇

悪役令息の七日間

瑠璃川ピロー／著

瓜うりた／イラスト

若き公爵ユリシーズは、ここがBLゲームの世界であり、自分はいわゆる「悪役令息」であると、処刑七日前に思い出す。気質までは変わらなかった彼は、自身の悪行がこの世界の価値観では刑に問われる程ではないことを利用し、悔い改めるのではなく、「処刑する程の罪ではない」と周囲に思わせ処罰を軽減しようと動き始める。その過程で、ゲームでは裏切る可能性もあった幼少期からの従者トリスタンが、変わらぬ忠誠と執着を向けていると気づき、彼を逃がさないため、ある提案を持ち掛け……

詳しくは公式サイトにてご確認ください。
https://andarche.alphapolis.co.jp

異世界BLサイト“アンダルシュ”

新刊、既刊情報、投稿漫画、ツイッターなど、BL情報が満載！

この作品に対する皆様のご意見・ご感想をお待ちしております。

おハガキ・お手紙は以下の宛先にお送りください。

【宛先】

〒150-6019 東京都渋谷区恵比寿 4-20-3 恵比寿ｶﾞｰﾃﾞﾝﾌﾟﾚｲｽﾀﾜｰ 19F
（株）アルファポリス　書籍感想係

メールフォームでのご意見・ご感想は右のＱＲコードから、
あるいは以下のワードで検索をかけてください。

アルファポリス　書籍の感想　検索

ご感想はこちらから

本書は、「アルファポリス」（https://www.alphapolis.co.jp/）に掲載されていたものを、
改稿、加筆のうえ、書籍化したものです。

エロゲーの悪役《あくやく》に転生《てんせい》したはずなのに
気《き》付《づ》けば攻略対象者《こうりゃくたいしょうしゃ》になっていた

柚木ハルカ（ゆずき はるか）

2024年 1月 31日初版発行

編集－星川ちひろ
編集長－倉持真理
発行者－梶本雄介
発行所－株式会社アルファポリス
〒150-6019 東京都渋谷区恵比寿4-20-3 恵比寿ｶﾞｰﾃﾞﾝﾌﾟﾚｲｽﾀﾜｰ19F
TEL 03-6277-1601（営業） 03-6277-1602（編集）
URL https://www.alphapolis.co.jp/
発売元－株式会社星雲社（共同出版社・流通責任出版社）
〒112-0005 東京都文京区水道1-3-30
TEL 03-3868-3275
装丁・本文イラスト－羽純ハナ
装丁デザイン－AFTERGLOW
（レーベルフォーマットデザイン－円と球）
印刷－中央精版印刷株式会社

価格はカバーに表示されてあります。

落丁乱丁の場合はアルファポリスまでご連絡ください。

送料は小社負担でお取り替えします。


ISBN978-4-434-33314-9 C0093